www.blue-panther-books.de

Trinity Taylor

Ich will dich noch mehr

Erotische Geschichten

www.blue-panther-books.de

BLUE PANTHER BOOKS TASCHENBUCH
BAND 2151

1. AUFLAGE: SEPTEMBER 2007
2. AUFLAGE: OKTOBER 2008

VOLLSTÄNDIGE TASCHENBUCHAUSGABE

ORIGINALAUSGABE
© 2007 BY BLUE PANTHER BOOKS OHG,
HAMBURG
ALL RIGHTS RESERVED

COVER: GETTYIMAGES
UMSCHLAGGESTALTUNG: WWW.HEUBACH-MEDIA.DE
GESETZT IN DER TRAJAN PRO UND ADOBE GARAMOND PRO

PRINTED IN GERMANY
ISBN 978-3-940505-00-2

WWW.BLUE-PANTHER-BOOKS.DE

INHALT

1. Drehtag 7

2. Waldspiele 49

3. Undercover No. 1:
   Deckname Mary 81

4. Ex-Freund 119

5. Pfauenmaske 157

6. Verschwörung 187

7. Kosmetik-Termin 209

8. Karibik Abenteuer No. 1:
   Falscher Pirat 241

9. Vorurteil .... nur im Internet / 285

Mit dem Gutschein-Code
TRINITY2007
erhalten Sie auf
www.blue-panther-books.de
diese exklusive Zusatzgeschichte als PDF.
Registrieren Sie sich einfach!

Drehtag

Lynn überprüfte den Saum eines Rockes, der mit anderen Kostümen auf der Stange hing. Konnte sie hier noch etwas rauslassen? Clarissa, die Sketch-Darstellerin, war eindeutig zu groß für diesen Zweiteiler.

»Schnell, hier entlang«, hörte Lynn jemanden leise rufen.

»Was hast du vor, Clarissa?«, fragte eine männliche Stimme.

Als Lynn Clarissas Kichern vernahm, schob sie die Kleider auf der Stange etwas zur Seite und blickte durch den Spalt. Clarissa hielt einen Mann an der Hand. Dieser war niemand anderes als Daniel Bellford. Lynn stockte der Atem.

»Clarissa, was ist los? Warum tust du so geheimnisvoll?«, fragte Daniel.

Sie blieb stehen und blickte Daniel von unten verführerisch an. Mit einem Ruck hatte sie sein Hemd geöffnet, so dass die Knöpfe wegsprangen.

»Bist du verrückt?! Was soll das?«, rief er.

»Was wohl ... Bist du nun ein Mann, oder eine Memme?«

Lynn beobachtete, wie Clarissa sich über die Lippen leckte und ihr Oberteil rasch öffnete. Ihre runden, festen Brüste sprangen sofort in die Freiheit und die Nippel zeigten pure Gier, berührt zu werden. Rot und steif standen sie ab und verlangten nach ihm. Doch nicht nur Clarissa schien vor Lust zu beben, auch Lynns Köper zitterte. Clarissa rieb sich die

Warzen mit ihren Fingerspitzen und seufzte leicht.

Daniel packte ihre Handgelenke. »Hör auf damit! Du weißt genau, dass mich so etwas nicht anmacht.«

»Und warum nicht? Bist du etwa schwul?«

»Nein.«

»So? Aber die Crew denkt das.«

»Mein Privatleben geht niemanden etwas an.«

»Ich glaube, die anderen haben Recht.«

»Haben sie nicht. Ich unterwerfe mich nur nicht deiner Kunst der Verführung.«

Clarissa lächelte überlegen. »Ach ja, und was ist das da unten?« Ihr Blick galt seinem Schritt, in dem es sich verräterisch beulte. Ohne zu zögern schob Clarissa sich dicht an ihn heran und rieb ihren Körper an seinem, wobei ihr Unterleib an seiner empfindlichen Stelle schubberte.

Daniel zog scharf die Luft ein. »Hör auf damit!«

»Aber warum denn? Wie ich sehe, hat dein Kleiner da unten genauso viel Lust wie du. Nur mit dem Unterschied, dass du es nicht zugeben willst. Na komm schon, Daniel. Treib es mit mir. Bitte! So ein Angebot bekommst du nie wieder.«

Daniel rührte sich nicht.

Sie zog ihn noch einmal dicht an ihre Lippen und flüsterte: »Falls es dich beruhigt: Keiner wird je davon erfahren. Niemand wird wissen, wie wir es getrieben haben.«

Lynn kauerte hinter den Kleidern und ihr Herz schlug laut in der Brust. Im Stillen betete sie, Daniel würde es nicht tun und würde stark bleiben. Sie schloss die Augen und versuchte, ihrem Wunsch dadurch noch mehr Nachdruck zu verleihen.

Daniel war der Boss und Kopf einer Comedy-Produktion mit einer zehn Mann starken Crew unter sich. Er hatte die Ideen, er führte Regie, er sorgte für die perfekten Pointen zur rechten Zeit. Die Show hatte ein Sendeformat von einer Stunde die Woche. Zusätzlich wurden kurze Sketche gedreht, die neben der Live-Comedy mit hineingestreut wurden.

Daniel hatte Lynn vor etwa einem Jahr als Aushilfe bei der Maske engagiert. Die Dame, die hauptsächlich die Maske betreute, kündigte nach einem Monat, nachdem Lynn bei der Show begonnen hatte.

Seit Lynn Daniel Bellford das erste Mal gesehen hatte, war sie verrückt nach ihm. Doch sie hatte genauso wenig eine Chance, an ihn heranzukommen, wie Clarissa. Inzwischen war Lynn zum Mädchen für alles geworden, aber zu ihrem großen Bedauern ließ er sie noch immer nicht bei den Sketchen mitmachen. Diese Aufgabe erledigte ausschließlich Clarissa. Und, wie Lynn in diesem Moment feststellte, bekam sie auch noch den anderen wichtigen und begehrenswerten »Job«.

Lynn kam zurück in die Realität und betrachtete gebannt das Geschehen. Clarissa bog den Kopf nach hinten und nahm ihren Oberkörper mit, so dass Daniel ihre erigierten Brustwarzen sehen konnte.

Lynn hatte es befürchtet: er war eben auch nur ein Mann! Er packte Clarissas Handgelenke und zog sie ihr auf den Rücken. Sein Mund machte sich über ihre roten Knospen her und biss hinein. Clarissa quiekte auf. Aus Wonne, aus Lust und Sieg.

Lynn hasste sie dafür. Diese Frau hatte es doch tatsächlich geschafft, Daniel für sich zu begeistern. Noch nie hatte Lynn gesehen, wie Daniel einer anderen Frau verfiel. Er akzeptierte keine Nähe, keine langen Blicke und schon gar keine Küsse. Die Kussszenen, die in den Sketchen vorkamen, wurden immer von den anderen Crewmitgliedern besorgt. Daniel war bei Frauen sehr nett, sehr charmant und sehr distanziert. Dass er hier nicht widerstehen konnte, war allerdings kein Wunder.

Clarissa war eine hübsche, große Frau mit langen, rot gelockten Haaren. Ihre leuchtend grünen Augen konnten jeden Mann aus der Fassung bringen. Es wunderte Lynn, dass sie es nicht schon viel früher bei Daniel geschafft hatte.

Sie schloss die Augen und sah ihn vor sich, wie er an Clarissas Brüsten saugte. Lynn konnte sich so stark in Clarissa hineinversetzen, dass sie wünschte, sie wäre an ihrer Stelle.

»Oh, Daniel, ja …«

Nur widerwillig vernahm Lynn Clarissas Stimme und öffnete die Augen. Das Bild, was sich ihr bot, konnte sie kaum fassen. Ohne Eile und Hektik zog Daniel mit gezielten Bewegungen seine dunkelblaue Jeans aus und warf sie zur Seite, sein Hemd folgte mit lässigem Schwung. Clarissa und Lynn beobachteten fasziniert das Spiel seiner Muskeln. Langsam fing Clarissa an, ihren Rock für ihn zu öffnen, doch er hielt ihre Hände fest.

»Was ist?«, fragte sie mit plötzlicher Unsicherheit.

»Lass ihn an.«

»Aber ich …«

»Lass ihn an, hab ich gesagt. Wenn du schon mit mir spielst, dann aber nach meinen Regeln.«

Lynn bekam eine Gänsehaut und Clarissas Gesicht verfinsterte sich. »So war´s aber nicht abgemacht.«

»Abgemacht?«, verwundert blickte Daniel sie an. »Wie kommst du denn darauf? Es war überhaupt nichts abgemacht und deshalb kann ich jederzeit die Spielregeln bestimmen.«

»Das will *ich* aber nicht.« Trotzig griff Clarissa nach ihrer Bluse. Daniel schnappte sich ihre Handgelenke und drückte sie ihr auf den Rücken.

»Lass das, Daniel. Ich will jetzt nicht mehr.«

»Aber ich will. Du hast mich scharf gemacht, da kannst du nicht in dem Augenblick kneifen, wo es für mich spannend wird.« Er küsste ihre Halsmulde.

»Nein, nicht…« Doch kaum hatte er ihre Brüste erreicht, fing Clarissa an zu schnurren. Sie ließ ihren Kopf nach hinten fallen und bot ihre ganzen Reize dar. Dann spreizte sie die Beine für ihn, lockte mit ihrer faszinierenden Weiblichkeit.

Lynns Herz klopfte laut, als Daniel Clarissa zwischen die Beine fasste. Diese fiepte auf und schlang ihre Arme um seinen Oberkörper. Mit einer geschickten Bewegung hatte er ihr Höschen zur Seite geschoben und holte mit der anderen Hand sein steifes Glied aus der Boxershorts. Innerhalb von Sekunden war er in ihr, ohne, dass Lynn seine Männlichkeit gesehen hatte. Sie war enttäuscht und hoffte auf einen späteren Blick.

»Oh, ja, Daniel … oh, ja!«, stöhnte Clarissa. Sie griff nach seinen muskulösen Oberarmen und hielt sich an ihnen fest.

Seine Stöße waren kräftig und ausdauernd. Lynn kam es so vor, als verfolge er nur ein einziges Ziel: zu kommen, und das möglichst schnell. Oder wünschte sie es sich?

Plötzlich, ohne, dass es ihre Schuld war, fiel direkt neben ihr ein Kleid vom Bügel. Langsam und leise löste es sich – Lynn war wie geschockt. Sofort blickte Daniel hoch und guckte in ihre Richtung. Lynn wagte kaum zu atmen. Hatte er sie etwa gesehen? Doch das war unmöglich, denn sie war wirklich gut versteckt. Ihr Herz hämmerte in der Brust. Sie war unfähig, sich zu bewegen und verharrte reglos. Die Sicherheit, auf die sie hoffte, war das Halbdunkel.

Daniel blickte wieder auf Clarissa und auf das, was sie ihm anbot. Gekonnt schob er seinen Glied in sie und atmete schwer. Clarissas Brüste wippten im Takt. Sie stöhnte, ließ Daniel los und hielt sich jetzt am Tisch fest. Dieser schaukelte bedrohlich, doch Daniel brachte nichts aus der Ruhe.

Krampfhaft klammerte Lynn sich an einer Garderobenstange

fest. Ihr war bewusst, ein Voyeur zu sein. Aber wegschauen war unmöglich. Noch nie war sie Zeuge gewesen, wie eine Frau von einem Mann so schonungslos bearbeitet wurde. Eisige Kälte ging von der Situation aus. Lynn war auf einmal erleichtert, nicht an Clarissas Stelle zu sein.

»Bist du soweit?«, fragte Daniel keuchend.

»Ja, gleich.«

Doch Daniel konnte sich anscheinend nicht mehr zurückhalten. Mit einem lauten Seufzer kam er, schloss krampfhaft die Augen und legte seinen Kopf in den Nacken. Er flüsterte etwas, was Lynn nicht verstand. Sie vermutete eine Entschuldigung und sofort stieg er wieder in ihrem Ansehen.

Als er sich aus Clarissa zurückzog, drehte er sich sofort weg, so dass Lynn keine Chance hatte, sein männliches Prachtstück zu begutachten. Seine Shorts waren schnell angezogen und die Jeans ebenfalls. Als er sich sein Hemd locker übergeworfen hatte, legte er Hand an Clarissa. Diese stöhnte und sein Reiben brachte sie wieder auf Touren. Clarissa hatte die ganze Zeit auf der Tischkante gehockt, nun legte sie sich einfach lang. Hemmungslos und grazienhaft. Lynn sah ihr Geschlecht. Eine rasierte, rosige Muschi, die vor Lust glänzte und geschwollen war. Darauf die gekonnt kreisende Hand Daniels.

Lynn schluckte und ihr Mund öffnete sich. Sie fühlte genau diese Hand auch in ihrem Schoß. Wie gerne hätte sie diesen Augenblick an Clarissas statt dort gelegen und sich von der geschickten Hand zum Höhepunkt bringen lassen. Wie sehr hätte sie sich unter Daniels kräftiger Hand verwöhnen lassen, sich nur für ihn geöffnet, nur für ihn ihre intimste Stelle gezeigt, sich nur für ihn offenbart. Ein winziger Laut entfuhr ihr. Sofort presste sie die Lippen zusammen und hielt die Luft an. Zum Glück stöhnte Clarissa fast zeitgleich auf und war so geil, dass sie anscheinend die volle Aufmerksamkeit Daniels besaß. Da er nicht einmal mit der Wimper gezuckt hatte, konnte Lynn wieder frei atmen. Vielleicht sollte sie gerade jetzt die Chance nutzen, um leise zu verschwinden.

Clarissa hechelte und quietschte. Doch es war so schnell vorüber, dass Lynn sofort den Schritt zurücknahm, den sie gerade gemacht hatte. Wie eine Statue verharrte sie auf ihrer alten Position und wartete darauf, dass die beide gingen.

Endlich war es soweit. Die beiden verschwanden. Lynn war erleichtert. Eine Weile verharrte sie, wartete, dass wirklich niemand mehr zurückkam. Schließlich besann sie sich auf das, weswegen sie überhaupt hier war und machte sich ein paar Notizen zu den Kostümen auf ihrem Laufzettel. Danach ging sie zur Tür, blickte zurück, um sich zu vergewissern, dass die wichtigsten Kostüme an ihrem Platz hingen. Dann schaltete sie das Licht aus und öffnete die Tür. Ein Arm versperrte ihr den Weg. Erschrocken stieß sie einen Schrei aus.

»Wie lange warst du hier schon drin?«

Lynns Herz raste so sehr, dass sie fürchtete, es könnte zerspringen. »Was - ich?«

»Wer sonst! Oder siehst du hier noch jemanden?«

»Nein.«

»Na, also. Los, sag schon: Wie lange?«

»Wie lange? Also, etwa, so um die … ich weiß nicht …«

»Verdammt! Ich hab´ nicht den ganzen Tag Zeit!«

»Soll ich jetzt eine Zeit sagen?«

»Willst du mich auf den Arm nehmen?!«

Lynn versuchte, sich zu konzentrieren und das Richtige zu sagen. Dieser Arm, der ihr den Weg in die Freiheit versperrte, gehörte niemand anderem als Daniel Bellford. Sie schloss kurz die Augen, schluckte und straffte sich, dann sagte sie entschieden: »Ich habe alles gesehen.«

Er ließ die Hand vom Türrahmen sinken. Womit Lynn nicht gerechnet hatte: die Hand legte sich um ihren Hals, während die andere die Tür schloss. Lynn schrie auf.

»Ich hoffe, du begreifst, wenn ich dir jetzt sage, dass dieses Wissen ausschließlich unter uns bleiben muss!«

Lynn atmete schwer. Ein Hauch von Angst mischte sich in das Berauschtsein von Daniel so männlich berührt zu werden. Seine Haut duftete nach herbem Parfum, das, was sie nur zu sehr von ihm kannte. Doch noch nie hatte sie es so intensiv wahrgenommen. Wenn er ihr jetzt die Klamotten vom Leib gerissen hätte, ihr in die Brustwarzen gebissen und in sie eingedrungen wäre, sie hätte vor Lust und Freude Tränen vergossen. Diese Vorstellung verwandelte sich in ein so starkes Verlangen, dass sie zitterte.

»Lynn! Hast du das verstanden?«

»Ja«, presste sie hervor. Ihr Körper vibrierte und überzog sich mit einem Hauch von Feuchtigkeit.

Daniel ließ die Hand sinken. »Tut mir leid«, sagte er leise, »ich wollte dir keine Angst machen. Du zitterst ja.«

Er stand ihr gegenüber. Ihre Augen hatten sich an das Halbdunkel gewöhnt.

»Es ist nicht Angst, die mich zittern lässt …«, flüsterte sie.

Schweigend blickten sie sich an. Lust, Verlangen und Unausgesprochenes stand zwischen ihnen. Ein blasser Streifen Lichts von einem entfernten Fenster legte sich auf seine Brust und ließ erkennen, dass auch er schneller atmete als normal.

Mit einem Mal schoss ihr Mund auf ihn zu. Ihre Lippen pressten sich auf seine, und er erwiderte den Kuss ohne zu zögern. Ihre Zungen umschlangen sich, erkundeten hektisch den Mund des anderen. Sie legte die Arme um ihn und er drückte sie an sich. Durch die Bluse spürte sie seine Hitze. Ihre Küsse waren stürmisch und leidenschaftlich. Seine Arme blieben nicht lange auf ihrem Rücken. Eine Hand löste sich und griff ihr an den Busen. Lynn stöhnte auf. Sie taumelte, doch er hielt sie mit der anderen Hand auf dem Rücken bei sich. Sein Mund rutschte hinunter zu ihrem Hals, biss sanft hinein, hinterließ ein heißes Brandmal. Seine Hand knetete ihre Brust und zwirbelte die Spitzen der Warzen durch den BH. Lynns Körper zitterte noch mehr. Eine Träne der Lust löste sich aus ihrem Augenwinkel. Er hatte sie bemerkt und küsste sie weg, glitt dann wieder zu ihrem Hals, sog die Luft ein, atmete ihren Duft. Sie merkte, wie er sich an seiner Hose zu schaffen machte. Auch wenn sie sich im Taumel der Lust, des Verlangens befand, so erfasste sie doch eine kleine Welle Verstandes und sagte ihr, dass sie es auf die Schnelle nicht wollte. Lynn hielt inne.

»Was ist?« Sofort reagierte er auf sie.

»Ich glaube … ich möchte so nicht weiter machen.«

»Aber, du hast …«

»Ich weiß …«

»Daniel?«, rief Clarissa aus der Entfernung.

»Verdammt!« Daniel schnaubte verächtlich und guckte auf den Boden.

»Es tut mir leid. Ich weiß auch nicht, was in mich gefahren ist. Das Einzige, was ich weiß, ist, ich will nicht wie *sie* sein – nicht in Ihren Augen, Daniel«, sagte Lynn leise.

Nach einer Weile nickte er. »Verstehe.«

Wieder standen sie sich gegenüber und schwiegen.

»Daniel? Daniel!« Clarissas Suche war hartnäckig.

»Los, schnell, geh wieder hinter die Kostüme.« Er machte eine Handbewegung.

Lynn huschte zurück und ging in die Hocke.

»Ach, hier bist du! Ich habe dich schon die ganze Zeit gesucht. Was machst du denn hier im Dunkeln?«

»Ich habe meinen Schlüssel gesucht und das Licht gerade ausgemacht.«

Clarissa baute sich mit verschränkten Armen vor ihm auf. »Das kann ja wohl kaum sein, mein Lieber. Ich kam nämlich den Gang herunter und konnte sehen, dass hier kein Licht ausging.«

»Was ist los mit dir? Spionierst du mir jetzt schon hinterher? Du tust ja gerade so, als hättest du soeben den Part der eifersüchtigen Ehefrau eingenommen.«

»Und wenn schon. Welche Erklärung hast du?«

»Ich schulde dir keine! Aber bevor du ein Fass aufmachst: ich habe das Fenster geschlossen. Daran solltest du vielleicht das nächste Mal denken, bevor du deine Kleider für mich fallen lässt und deine Lust für alle Welt hinausstöhnst.«

Lynn unterdrückte ein Kichern.

Im Nu war Clarissa aus dem Zimmer. Daniel folgte und Lynn hörte ihn fragen: »So, was war? Warum hast du mich gesucht?«

***

»Jetzt nicht blinzeln, Freddy, okay?«

»Du bist lustig, Lynn, wie soll ich denn bitte nicht blinzeln, wenn du mir mein Auge ausstichst?«

Lynn setzte den Eyeliner ab und lachte. »Freddy, bitte. Ich kann gar nicht verstehen, warum ihr Männer damit solche Probleme habt. Ich komme weder in dein Auge noch steche ich es dir aus. Ich ziehe nur einen Strich und das weit unterhalb vom Auge. Hab doch Vertrauen.«

»Vertrauen? Ha! Ich habe nur zwei von den Dingern und

würde die gerne behalten.«

»Ich gebe dir mein Wort darauf.«

»Nimm es mir nicht übel, Lynn, aber irgendwie genügt mir das nicht.«

»Nun stell dich doch nicht so an. Wir sind im Zeitdruck. Du weißt genau, dass Daniel immer pünktlich mit den Proben anfangen möchte.«

Lynn setzte den Eyeliner an.

»Au, Vorsicht!«, jammerte Freddy.

Die Tür öffnete sich und Daniels Kopf erschien im Spiegel. »Lynn, hast du mal bitte fünf Minuten Zeit?«

Mit klopfendem Herzen blickte sie ihn an. »Ja, klar. Sofort?«

»Ja.«

»Okay. Ich komme gleich. Wasch mir nur kurz die Hände.« Lynn setzte den Kajal wieder an und Freddy gab sich Mühe, tapfer zu sein.

***

Kurze Zeit später klopfte Lynn an Daniels Bürotür und trat sofort ein.

»Setz dich.« Daniel stand auf und ging ans Fenster, so dass er ihr den Rücken zukehrte. Lynn erwartete eine Strafpredigt, oder irgendetwas, was mit letztem Freitag im Kostümraum zu tun hatte. Es waren seitdem fünf Tage vergangen und Daniel hatte bisher dazu geschwiegen. Wahrscheinlich würde er jetzt damit herausrücken.

»Lynn …«

Plötzlich schoss ihr der Gedanke einer Kündigung durch den Kopf. Würde er so etwas tun? Es war sein gutes Recht, ihr zu kündigen, denn sie hatte damit angefangen, sich ihm an den Hals zu werfen. Der Gedanke, ihn nie wieder sehen zu können, ließ ihr fast die Tränen kommen. Im Stillen schalt sie sich für ihr Verhalten, sie war einfach zu weit gegangen. Trotzdem hatte Lynn gehofft, er würde etwas für sie empfinden, war sich dessen sogar sicher gewesen. Hatten die Gefühle sie so getäuscht?

»Lynn«, Daniel drehte sich zu ihr um, »wie du ja weißt, ist Clarissa seit Montag krank. Und so, wie es aussieht, wird sie noch die nächsten zwei Wochen fehlen. Da wir bereits seit gestern im Zugzwang sind, Sketche zu drehen, wollte ich dich bitten, ihren Platz einzunehmen. Ich weiß, dass du die Rollen nicht auf der Stelle auswendig kannst, aber es wäre gut, so schnell wie möglich den Text zu lernen und mit den anderen zu proben.«

Vor Freude wäre sie ihm am liebsten um den Hals gefallen. Das waren drei wunderbare Neuigkeiten: Ihr wurde nicht gekündigt, sie konnte in seiner Nähe bleiben und endlich bei den Sketchen mitspielen.

»Würdest du dir das zutrauen?«

Lynn nickte eifrig. »Ja, klar!«

»Lionel wird mit dir proben und ich werde mir später anschauen, ob es dir liegt und wie du über die Kamera beim Publikum ankommst.« Daniel machte eine kurze Pause. Lynn wartete, wenn auch ungeduldig. Erwartungsvoll blickte sie ihn an und spürte ein leichtes Ziehen in ihren Brüsten, denn sie wusste, er würde zum vergangenen Freitag Stellung nehmen.

»Lynn … ich …, äh, ich … werde für zwei Wochen nach New York fliegen. Wenn du deine Sache gut machst, dann wirst du öfter bei den Sketchen dabei sein, okay?!«

»Okay.« Lynn versuchte, sich ihre Enttäuschung nicht anmerken zu lassen. Wieso hatte er nichts über Freitag gesagt?

Und warum musste er ausgerechnet jetzt nach New York? Nun konnte sie endlich bei den Sketchen mitspielen – und er war nicht dabei ...

Lynn erinnerte sich siedendheiß an ihren Satz, dass sie in seinen Augen nicht so wie Clarissa dastehen wollte. Vielleicht brauchte Daniel eine Frau, die er nur mal zwischendurch flachlegen konnte?

»Lynn?«

Sie schreckte hoch. »Ja?« Es klang ein wenig zu hektisch und zu schrill.

»Du kannst jetzt gehen, wenn du willst.«

»Okay.«

Bei der Tür blieb sie stehen, drehte sich um. »Guten Flug, Daniel.« Erwartungsvoll blickte sie ihn an, doch er hatte sich an seinen Schreibtisch gesetzt und war in einen Stapel Unterlagen vertieft.

»Danke«, nuschelte er.

***

»Und, sind doch nette Texte dabei, nicht wahr?« Freddy strahlte übers ganze Gesicht.

Lynn nickte.

»Ein paar Sketche habe ich geschrieben«, sagte er stolz.

»Hey, Freddy«, rief Peter auf einer Leiter stehend von einem Scheinwerfer hinunter, »gib nicht so an. Nur weil du dabei gesessen hast, heißt es noch lange nicht, dass du auch mitgeschrieben hast.«

»Peter, sei froh, dass du so weit da oben bist, sonst würde ich dir einen Tritt in den Hintern verpassen.«

»Sachte, sachte, Leute. Wir wollen doch unsere junge Lady nicht gleich verschrecken, oder? Hallo, Lynn. Schön, dass du mal dabei bist.« Lionel hatte sich ihr zugewandt und klopfte ihr freundschaftlich auf die Schulter. »Hast du uns schon einmal live zugesehen?«

Lynn nickte. »Ja, ich habe gestern sogar einige Passagen gesprochen und gespielt. Daniel wollte sehen, ob ich dafür geeignet bin.«

»Gut, dann kennst du ja deinen Text, oder?«

»Stimmt.«

»Und, wie findest du ihn?«

»Klasse! Ist auf jeden Fall mehr Text, als ich dachte.«

Lionel lächelte und wandte sich an die anderen: »So, Leute, dann kommt mal zusammen, ich möchte gerne anfangen. Für alle, die gestern und vorgestern nicht dabei waren: ich habe für zwei Wochen das Kommando, da Daniel nach New York fliegen musste. Da Clarissa noch für unbestimmte Zeit krank sein wird, hat Daniel Lynn für die Sketche eingesetzt. Sie wird auch im ersten gleich mit dabei sein. Dafür habe ich uns im Hotel ›Wilshire Grand Hotel‹ einen Fahrstuhl für zirka drei Stunden gemietet …«

»Einen Fahrstuhl?«, unterbrach Peter ihn.

»Ja, ganz recht. Der Fahrstuhl-Sketch wird dort geprobt und aufgenommen. Da wir das Ding in einer Stunde zur Verfügung haben, sollten wir uns schnellstens auf den Weg machen. Dafür brauche ich Freddy, als Schauspieler, dich Peter, fürs Licht und Lynn, dich ebenfalls als Schauspielerin. Ihr anderen könnt hier bleiben, eure Texte durchgehen oder eine Pause machen.

Peter, ich kann dich im Auto nicht mitnehmen, da ich die Rückbank und den Beifahrersitz für das Equipment der Kamera brauche. Aber, Freddy, du kannst ihn doch bestimmt mitnehmen, oder?«

»Klar, kein Problem.«

»Ich nehme mein eigenes Auto«, sagte Lynn.

»Gut, dann sehen wir uns in einer halben Stunde im Foyer des ›Wilshire Grand Hotel‹.«

***

Das ›Wilshire Grand Hotel‹ war sehr edel. Lynn kannte es nur vom Vorbeigehen und da machte es schon einen luxuriösen Eindruck. Innen übertraf es allerdings ihre kühnsten Erwartungen. Elegant, schlicht und geschmackvoll, alles in einem warmen Elfenbeinton gehalten. Ein Page kam ihr entgegen.

»Kann ich Ihnen behilflich sein, Madam?«

»Nein, vielen Dank, ich warte nur auf ein paar Arbeitskollegen, wir haben den Fahrstuhl gemietet, um dort einen Sketch zu drehen.«

»Verstehe. Sehr wohl, Madam.«

Dieser Page, groß, kräftig und gut aussehend, die dunklen Haare mit Gel zur Seite gekämmt, übte auf sie eine ungeheure Faszination aus.

»Ach, entschuldigen Sie…«, rief sie dem Pagen hinterher.

»Ja, bitte, Madam.« Er war sofort zur Stelle und machte eine leichte Verbeugung mit dem Kopf.

»Könnten Sie mir sagen, wo ich mich ausziehen, ich meine, umziehen kann?«

»Links neben dem Fahrstuhl befinden sich die Damentoiletten, Madam.«

»Vielen Dank. Dann werde ich mich umziehen, denn es wird von mir verlangt, nur in Unterwäsche zu spielen.«

Der Page blieb vor ihr stehen und blickte sie eine zeitlang an, ehe er sagte: »Das wird bestimmt sehr verführerisch aussehen.«

»Vielleicht. Wollen Sie mir nicht beim Entkleiden behilflich sein, dann können Sie sich selber davon überzeugen …«

Der Page zögerte. Schließlich sagte er: »Sorry, Madam, wenn ich das tue, verliere ich meinen Job.«

Lynn schluckte. Wie konnte sie nur so weit gehen?

»Tut mir leid«, flüsterte sie und ging im Laufschritt zur Damentoilette. Auch wenn Lynn sich selbst nicht verstand und sich über ihre direkte Art ärgerte, so prickelte ihre Muschi und es zog in ihren Brüsten. Die Vorstellung, er käme doch und würde seinen langen, harten Schwanz in sie stoßen, machte sie verlangend.

»Lynn, bist du soweit?«, rief Lionel in die einen Spalt breit geöffnete Tür der Toilette hinein.

»Ja, ja, bin gleich fertig.«

Ihre Gefühle zerstreuten sich sofort in sämtliche Winde. Lionels Organisation war gestrafft und ließ keine Lücken im Zeitplan zu.

»Lynn, du kommst in den Fahrstuhl, während Freddy sich bereits darin befindet. Spielt es einmal trocken durch, damit ich sehen kann, welches Licht wir brauchen, wie und wo ihr steht und wie es aufgenommen wirkt.«

Lynn fuhr in den ersten Stock, stieg aus und ließ den Fahrstuhl wieder nach unten fahren. Als er hochkam und sich öffnete, standen Freddy, Lionel und Peter vor ihr.

Lynn stieg dazu. Peter drehte den Scheinwerfer mehr in ihre Richtung. Doch er war nicht zufrieden. Lynn sollte sich nicht bewegen und er nahm einen zweiten Scheinwerfer dazu, der seitlich beide Schauspieler beleuchtete. Peter richtete ständig neu aus, während sich Lionel in die Lichtschranke stellte, damit die Tür nicht zuging.

Dann war Peter endlich zufrieden. Er machte Lionel ein Zeichen, soweit zu sein. Dieser trat in den Fahrstuhl zurück und gab Lynn und Freddy grünes Licht zum Spielen.

Lynn sah auf die Lichtleiste des Fahrstuhls, während sich die Tür schloss. Elf Stockwerke zeigte sie an - höher ging es nicht. Sie drückte auf die Ziffer elf, dann blickte sie Freddy an.

Eine Weile beäugten sich die beiden. Schließlich ging sie einen Schritt auf ihn zu, zog ihre Bluse aus, warf sie auf den Boden und sagte: »Los, mach, dass ich mich wie eine Frau fühle.«

Er knöpfte sein Hemd auf, zog seine Hose aus und warf beides ebenfalls auf den Boden. Dann sagte er: »Los, ...« Weiter kam er nicht, denn die Fahrstuhltür öffnete sich. Verwirrt blickte er sich um.

Lionel hob die Hand: »Stopp! Ja, ganz nett. Aber entweder solltet ihr schneller werden, was ich sehr schade finden würde, oder, Lynn, du hältst den Fahrstuhl einfach an.«

»Anhalten?«

»Mit dem Stopp-Schalter.«

»Also, ich weiß nicht«, zögerte sie.

»Das ist doch nicht schlimm. Wir können ihn jederzeit in Gang setzen, wenn wir den Stopp-Schalter wieder umlegen«, beruhigte Lionel sie.

»Du hast wohl Erfahrung«, mutmaßte Peter.

»Ja, ungewollte. Okay, ihr beiden. Noch einmal! Lynn, vielleicht solltest du etwas verführerischer sein, und lass dir mehr Zeit.«

Sie nickte.

Im ersten Stock stieg sie wieder zu, blickte Freddy tief in die Augen und war erstaunt, dass es sie anmachte. Vielleicht, weil sie sich austoben konnte, und es verlangt war. Schnell betätigte sie die Stopp-Taste. Mit Herzklopfen nahm sie das Anhalten und das damit verbundene Geräusch wahr. Doch die Männer, die ihr cool entgegenblickten, machten ihr Mut.

Diesmal ließ sie sich Zeit mit dem Ausziehen der Bluse. Vor den drei Männern nur im BH zu stehen, erregte sie. Bei Freddy konnte sie sogar eine Regung in der Hose erkennen. Das machte sie so scharf, dass ihre Nippel sich aufstellten und hart gegen die Spitze des BHs drückten. Freddy kam diesmal einen Schritt auf sie zu. Ihr Herz fing an zu pochen.

»Los«, hauchte sie erregt, »mach, dass ich mich wie eine Frau fühle.«

Er zog sich das Hemd langsam aus, die Hose ließ er an, was Lynn zusätzlich anmachte, da sie genau wusste, warum er diesen Schritt ausließ. Stattdessen warf er sein T-Shirt vor ihr auf den Boden. Sie blickte auf seinen kräftigen, braun gebrannten Oberkörper. Er hatte wohl ihren Blick bemerkt und ließ kurz seine Muskeln spielen. Er zögerte, ehe er sagte: »Hier, waschen und bügeln!«

»Und: Stopp!«, rief Lionel. »Wow, gar nicht so schlecht. Aber, Freddy, warum hast du deine Hose nicht ausgezogen? Das fand ich vorhin besser.«

»Weil ... weil ich das sehr übertrieben finde.«

»Na, mal sehen, was Daniel dazu meint, wenn er sich die Aufzeichnung anzieht. Also, ich fand es ansonsten prima. Peter, bist du mit dem Licht klar gekommen?«

»Ja, ist völlig ausreichend.«

»Gut, dann sind wir hier soweit durch. Wir fahren zurück ins Studio und nehmen gleich die anderen drei Sketche auf.«

»Was, so schnell ging das?« Lynn war verblüfft.

»Ja, Liebchen, so viel Zeit haben wir nicht. Und es liegen noch eine ganze Menge anderer Sketche vor uns. Du siehst ja, wie viel Zeit die Vorbereitungen gebraucht haben, alleine, bis das Licht steht. Okay, Leute, Abmarsch!«

***

Auf der Rückfahrt zum Studio dachte Lynn an das prickelnde Gefühl im Fahrstuhl, obwohl Freddy gar nicht ihr Typ war. Auch der Page hatte es ihr angetan. Gerade, als sie das Hotel verlassen wollte, traf sie ihn an. Er trug zwei schwere Koffer, unterdrückte ein Keuchen. Zu sehen, wie sein Atem stoßweise ging, und er ihr dabei geradewegs in die Augen blickte, ließ sie feucht werden. Warum mischten nur so viele verschiedene Gefühle ihr Innerstes auf? So kannte sie sich, und vor allem ihren Körper, gar nicht.

***

»Lynn, bist du bereit?«, fragte Lionel und holte sie aus ihren Tagträumen.

»Ja, ja, klar«, schoss die Antwort aus ihr heraus.

»Dann geh endlich auf deine Position oder brauchst du es schriftlich?«

Lynn seufzte. Heute war der vierte Tag und sie hatten schon einige Sketche hinter sich. So einfach, wie der Fahrstuhl-Sketch fielen die anderen nicht aus. Das lag aber daran, dass Lionel kaum zufrieden zu stellen war. Ständig hatte er etwas auszusetzen und sie mussten die Szenen wiederholen und neu drehen. Zum Glück lag es nicht nur an ihr, sonst hätte sie bestimmt verzweifelt aufgegeben. Doch mit jedem Tag, an dem sie noch mehr Zeit verloren, wurde Lionel ungeduldiger. Es war schwierig für alle, ruhig und gelassen zu bleiben. Eigentlich war es so gut wie unmöglich.

Lynn zog sich ein Nachthemd über und huschte ins Bett, das im Studio aufgebaut war.

»Du willst doch wohl nicht mit Jeans und Pullover ins Bett gehen, oder?«, fragte Lionel schroff.

Lynn stockte der Atem. Sollte sie sich etwa komplett ausziehen?

»Ich, also, ich dachte …«

»Ist mir egal, was du dachtest. Los, mach schon, sonst verlieren wir noch mehr Zeit, die wir nicht haben.«

»Aber, soll ich denn meine ganzen Sachen …?«

»Ja, verdammt! Du trägst doch so´n Fummel drüber. Kann doch nicht zu viel verlangt sein, oder?!«

Lynn schluckte, wand sich aus dem Bett und lief zur Umkleidekabine. Es gab nur eine für Männer und Frauen gemeinsam. Zum Glück war hier niemand. Schnell war sie aus der Jeans und dem Pullover. Ihren Slip ließ sie an, konnte ja sowieso niemand sehen. Und den BH? Schnell zog sie ihn mit aus und warf sich dann ihr Nachthemd über. Als sie zur Tür lief, gab sie einen erstickten Schrei von sich. Die Tür stand offen und ein Mann blickte hinein. Es war Daniel Bellford. Lynns Herz begann zu rasen.

»Wie lange stehen Sie da schon?«, fauchte sie.

»Lange genug, um mir das anzusehen, was du dir bereits unerlaubter Weise bei mir angesehen hast.«

»Ich konnte damals nichts erkennen.«

»Oh, dann hab ich ja noch mal Glück gehabt.«

»Lassen Sie mich vorbei, Lionel dreht sonst völlig durch.«

Daniels Mine wurde ernst. »Warum? Was ist denn los? Seid ihr nicht im Zeitplan?«

»Welcher Zeitplan? Sie meinen den militärischen Ablauf?«

»Wie bitte? Läuft es denn nicht?«

»Doch, schon, aber wir können es ihm anscheinend nicht recht machen. Tut mir leid, dass ich damit herausplatze. Lionel macht das wirklich gut.«

»Schon gut, Lynn, ich werde mich selber überzeugen.«

Er ließ sie vorbei. Als sie auf seiner Höhe war und sein Parfum wahrnahm, das ihr noch mehr Herzklopfen verursachte, hauchte er in ihr Ohr: »Sehr hübsch!«

Sie lief zum Studio.

»Mein Gott, hat das lange gedauert! Dir kann man ja im Laufen die Schuhe besohlen! Los, ins Bett, aber zack, zack!«

Lynn sprang förmlich ins Bett und Bernard hinterher. Mit ihm hatte sie noch keinen Sketch gedreht, hatte ihn auch sonst noch nicht gesehen. Sie fragte sich, ob er geeignet war. Denn, während Freddy schon eine gewisse Faszination auf sie und mit Sicherheit auch auf das Publikum ausübte, erschien ihr Bernard eher fade und ausdruckslos. Zu allem Übel wurde ihr Eindruck auch noch mit diesem Sketch bestätigt.

Er sollte ein Glas vom Nachttisch nehmen, eine Tablette hineinwerfen, umrühren und ihr geben. Sie sollte fragen, was das sei und er antworten, dass es gegen ihre Kopfschmerzen sei, woraufhin sie bemerken würde, dass sie keine hätte. Das bedeutete, freie Fahrt für ihn, womit er sich auf sie wälzen würde und beide so täten, als hätten sie Sex.

Lionel war am Verzweifeln: »Nein, nein, nein, und nochmals nein! Das ist ja nicht zum Aushalten!« Er raufte sich die Haare. »Bernard, hast *du* die Tablette eingenommen? Und bist du dir sicher, dass es keine *Schlaftablette* war? So kommen wir keinen Schritt weiter! Das, was ihr mir hier bietet, ist NICHT komisch! Ganz und gar nicht! Wie du dich schon auf sie wälzt, unglaublich, das kann ja jedes achtzigjährige Ehepaar schneller und lustvoller. Mein Gott, du willst diese Frau doch haben, nimm sie dir, reiß ihr die Sachen vom Leib, von mir aus vögel´ sie auch, aber tu irgendetwas, was so aussieht, als wolltest du dieses Weib verdammt noch mal haben!« Lionels Kopf war rot angelaufen.

Bernard saß auf der Bettkante und blickte auf seine Füße.

»Und Lynn, nun zier dich doch nicht so! Mach´s dem armen

Jungen doch nicht so schwer! Wo ist eigentlich Freddy? Ich wollte ihn für die Szene haben, kann der denn endlich mal wiederkommen?«

»Wir haben ihn dann in fast allen Sketchen, Lio«, warf Peter ein.

»Das ist mir egal, Hauptsache, die Szene stimmt. Zur Not mach ich es. Na gut, wir proben das jetzt noch einmal. Dann drehen wir richtig. Also, Bernard, gib dir Mühe, und Lynn, du auch!«

Klar, dass sie auch noch eine reingewürgt bekam. Lynn gab sich Mühe, nicht prüde zu sein. Doch es lag ganz eindeutig nicht an ihr, denn sie war zur Seite gedreht und spürte nicht einmal, dass Bernard mit im Bett war. Als er ihr das mit der Tablette sagte, war seine Stimme ein Flüstern.

Lionel war kurz vor dem Durchdrehen. Er sprang hinter der Kamera hin und her, dass Lynn sich beherrschen musste, nicht zu lachen. Doch statt ihr machte es jemand anderes: Daniel.

»Hey, Lio, immer mit der Ruhe, was ist denn hier los?«, presste er lachend hervor.

»Daniel? Was machst du denn hier? Ich dachte, du bist in New York?«

»War ich auch. Hat aber nicht so lange gedauert, wie ich angenommen habe. So, und was ist jetzt hier los? Wie ich sehe, hast du alles im Griff.«

Lionel lachte schrill und laut auf. »Ich dreh gleich durch!«

»Das sehe ich.«

»Niemand macht, was ich ihm sage, ständig müssen wir die Szenen neu drehen! Warum versteht mich eigentlich niemand? Unser Zeitplan hinkt deshalb völlig hinterher.«

»Lio, nun beruhige dich erst einmal. Wie ich es deinen

Unterlagen entnehmen kann, die dort vorne auf dem Tisch liegen, hast du schon alles bis auf den Lampen-Sketch aufgenommen.«

»Ja, das stimmt, aber wir ...«

»Das ist doch fantastisch! Nun komm wieder runter! Wir haben noch genug Zeit. Ich werde mir das ganze einmal ansehen und gucken, ob wir das eine oder andere verbessern müssen. Wenn alles gut ist, dann können wir schon die Sketche für den nächsten Monat aufnehmen.«

»Aber ich dachte ...«

»Nicht zu viel denken, Lio. Alles ist gut. Nun spielt eure Szene in Ruhe zu Ende. Was mir allerdings bei den Requisiten aufgefallen ist: Warum trägt Lynn so ein Großmutter-Nachthemd? Ich dachte, dass der Typ, ob Ehemann oder Geliebter, scharf auf sie werden soll. Wie wäre es also mit einem Negligé? Und Lynn könnte auch mit dem Rücken zu ihm liegen, dann könnte er dichter bei ihr sein und seine Hand auf ihren Busen legen.«

Lionel nickte zustimmend und fragte Lynn, während sie errötete: »Hast du ein Negligé?«

»Am besten ein Schwarzes oder Rotes«, fügte Daniel hinzu.

»Ein Schwarzes.«

»Sehr schön, dann bring es morgen bitte mit. Lio, ich denke, wir warten auf das Negligé. In diesem weißen ›Rühr-mich-nicht-an-Fummel‹ hat es keinen Sinn.«

»Okay.« Lionel wirkte erleichtert.

»Hast du für heute noch etwas geplant?«, fragte Daniel.

»Nein, ich wollte den Sketch noch im Kasten haben und dann Feierabend.«

»Gut. Okay, Leute, ihr könnt nach Hause gehen. Wir sehen uns morgen um neun Uhr. Lynn, dein Negligé nicht vergessen!«

Sie nickte.

»Lio, ich werde mir deine Aufnahmen gleich einmal ansehen. Wo hast du denn die vom …«

Lynn ging zum Umkleideraum. Negligé, spukte es ihr im Kopf herum. Das konnte ja heiter werden! Das Schwarze und Einzige, was sie hatte, war so gut wie durchsichtig. Sie konnte es unmöglich tragen. Die einzige Chance, die sie sich ihr bot, war, sofort bei »Victoria Secret« ein neues Negligé zu kaufen oder erst morgen früh. Eigentlich war Lynn zu müde, um sich jetzt noch ins Einkaufscenter zu begeben. Sie beschloss, morgen loszugehen und sich in aller Frische eins zu kaufen. Gute Idee!

***

Um halb neun erwachte Lynn. Sie brauchte einen Moment, um die Ziffern ihres Weckers in ihrem noch träge arbeitenden Gehirn umzusetzen. Dann schoss sie hoch wie ein Blitz.

»Um Gottes Willen! Ich komme zu spät!«

Sie war schon aus der Wohnung, als sie umkehrte, zum Schlafzimmerschrank rannte und ihr schwarzes Negligé hervorzog. Es war völlig zerknittert. »So ein Mist!«, fluchte sie. Ein Neues zu kaufen, dazu hatte sie nun wirklich keine Zeit.

***

Um halb zehn erschien Lynn völlig aus der Puste im Studio. Sie stammelte ein »Sorry, dass ich zu spät bin, aber meine Katze …«

Lionel blickte sie scharf an, Daniel allerdings lächelte ihr mit einem: »Ist nicht so schlimm«, zu und wies auf einen Platz am Tisch.

»Wir besprechen gerade, was wir verbessern können, und wie wir es umsetzen. Ich habe beschlossen, dass wir drei Szenen wiederholen und den Rest so lassen. Im Großen und Ganzen ist alles sehr gut gelungen und ich finde, ihr habt das super gemacht. Ein großes Lob geht auch an Lionel, der mich hervorragend vertreten hat.«

Lionel errötete.

»Lynn, dann kommen wir zu dir. Deine Szenen gefallen mir ausgesprochen gut. Da es für dich noch Neuland hinter der Kamera ist, finde ich es sehr erstaunlich, was du gezeigt hast. Allerdings gibt es zwei Szenen, die ich gerne noch einmal mit dir drehen möchte. Als erstes, die Fahrstuhl-Szene. Die finde ich nicht überzeugend und als zweites dieser Kopfschmerz-Bett-Sketch. Ich habe vorgesorgt und den Fahrstuhl für elf Uhr im ›Wilshire Grand Hotel‹ reservieren lassen.« Er blickte auf die Uhr. »Wir sollten uns deshalb schleunigst auf den Weg machen. Bernard, du hast für drei Stunden frei. Sei aber bitte pünktlich um zwei Uhr wieder hier. Denn danach möchte ich sofort weitermachen.«

»Alles klar, Daniel.«

»Gut, auf geht´s.«

***

Als Lynn den Fahrstuhl betrat, war sie erstaunlich ruhig. Doch kaum öffnete sich die Tür, machte ihr Herz einen Satz und fing an zu rasen, denn vor ihr standen nicht Peter, Lionel und Freddy, sondern nur Daniel.

»Wo sind die anderen mit Licht und Kamera?«

»Wir sollten diese Szene erst einmal proben. Ich habe da gewisse Vorstellungen.«

Lynn schluckte.

»Als erstes ziehst du deine Bluse und deinen BH aus.«

»Wie bitte?«

»Ich habe deine Brüste gesehen, sie sind sehr vorzeigbar.«

»Vorzeigbar?«

»Durchaus. Sie sind sogar sehr hübsch.«

»Das mache ich nicht!«

»Warum nicht? Du kannst stolz auf sie sein.«

»Nein, ich meine, ja, das bin ich, aber ich zeige nicht ...«

Die Fahrstuhltür öffnete sich im elften Stock. Daniel drückte auf den Stopp-Schalter.

»Lynn, wir können diesen Sketch komplett vergessen, wenn du nicht ein bisschen Haut zeigst. Denn so klasse finde ich ihn nicht. Er lebt von der Handlung, nicht von der Pointe.«

»Ich kann das nicht.«

»Doch, das kannst du. Clarissa hätte das auch gemacht!«

»*Ich* mach´ das nicht!«

Daniel seufzte. »Na schön, dann wird die Kamera dich eben nur von hinten erfassen. Ist das besser?«

»Man wird meinen Busen nicht sehen!«, beharrte Lynn.

»Nein, man wird ihn nicht sehen«, versprach Daniel. »Außerdem hätte ich gerne, dass du dich, nachdem du oben herum nackt bist, zu mir hinunterbeugst und an meiner Hose fummelst. Dann kannst du deinen Satz sagen. Wichtig ist, dass es wirklich so aussehen soll, als wenn du ihn da herausholst. Mit anderen Worten: mach es richtig! Wenn ich mein Hemd ausgezogen habe, fummelst du noch weiter. Wenn ich das T-Shirt ausgezogen habe, sage ich meinen Satz und du hörst auf, blickst mich entgeistert an. Wir werden deinen Blick in der Nahaufnahme einfangen. Alles verstanden?«

Lynns Herz klopfte heftig. Sie war verwirrt und in ihrem Kopf rasten die Gedanken. Bisher hatte Daniel solche Sketche nie gedreht. Er ließ immer die anderen Männer ran, wenn es um einen Hauch von Erotik ging. Sogar bei einem Kuss hörte es bei ihm schon auf. Lynn nickte, unfähig zu sprechen.

»Sehr schön, dann komm einfach in den Fahrstuhl rein.«

»Was denn, hier, so?«

»Klar, erst mal Trockenübung, sozusagen.«

Lynn wurde unsicher, tat aber, was er sagte. Sie ging in den Hotelflur, blickte sich schnell nach beiden Seiten um und betrat dann den Fahrstuhl. Beide sahen sich an. Lynn begann, ihre Bluse aufzuknöpfen, schnell und geschickt.

»Lass dir Zeit. Sowie beim Ansehen, als auch beim Öffnen deiner Bluse.«

Lynn nickte und machte weiter. Als sie die Bluse auf den Boden geworfen hatte, glitten ihre Hände auf den Rücken. Mit klopfendem Herzen hakte sie ihren BH auf. Schon jetzt stellten sich die Brustwarzen vor Erregung auf. Er würde sie gleich ansehen, sie begutachten. Als Lynn den BH fallen ließ und ihm ihre Blöße präsentierte, blickte er ihr gerade in die Augen. »Na komm«, flüsterte er. Sie ging in die Hocke und ergriff seinen Gürtel, löste die Schnalle und öffnete den ersten Knopf. »Mach, dass ich mich wie eine Frau fühle!«, raunte sie.

»Das muss wollüstiger kommen!«

Sie nickte und öffnete den zweiten Knopf. Er zog sich sein Hemd aus, schneller, als sie dachte. Als sie den vorletzten Kopf aufmachte, hatte er sein T-Shirt zu fassen. Erleichtert schloss Lynn die Augen. Er warf ihr das T-Shirt hin. »Hier, waschen und bügeln.« Danach machte er eine Pause. Sie stand wieder auf und legte sich erschrocken die Hände vor den Busen, denn ein älteres Ehepaar starrte empört in den Fahrstuhl.

***

Lynn stand im ersten Stock, die Fahrstuhltür öffnete sich. Diesmal waren Lionel und Peter mit dabei. Lionel hielt die Kamera auf sie gerichtet. Unsicher und mit klopfendem Herzen betrat sie den Fahrstuhl. Der intensive Blick Daniels hielt sie für einen Augenblick gefangen und plötzlich spürte sie, wie ihr alles egal wurde. Es schlug sogar ins Gegenteil um: Sie wollte sich ausziehen und diesen Männern, die es kaum erwarten konnten, ihren hübschen, großen Busen zeigen. Sie verspürte das Verlangen, Daniel dazu zu bringen, dass er ihn diesmal ansah. Es würde zu einem Spiel werden, einem Spiel, das sie, Lynn, gewinnen würde.

Lynns Blick bohrte sich in Daniels, als sie sich die Bluse aufknöpfte und von den Armen gleiten ließ. Ihre Hand schoss nach vorne und stützte sich hinter Daniel auf die Lichtleiste der Etagenknöpfe. Mit einem kurzen Klick drückte sie den Stopp-Schalter hinunter. Der Fahrstuhl gab ein jaulendes Geräusch von sich, während Daniel und Lynn sich tief in die Augen blickten. Lynn löste ihre Hand vom Rahmen und griff an den Verschluss des BHs. Schnell hatte sie ihn aus den Ösen. Ihre Schultern drückte sie, erst die rechte, dann die linke, kurz nach vorne und die Träger rutschten ihr über die Arme. Sie streckte die Hände aus und ließ ihn an sich herunterrutschen. Um zu zeigen, wie scharf sie war, und das nicht nur für die Kamera, fasste sie sich an die Brüste. Die Nippel hatten sich aufgerichtet und ragten steil und kirschrot nach vorne. Sie verlangten nach mehr, genau wie Lynn. Sie wollte die drei Männer geil auf sich machen, wollte, dass sie sich kaum beherrschen konnten. Am liebsten hätte sie sich von allen dreien hier im Fahrstuhl vögeln lassen wollen.

Sie las in Daniels Blick, dass er sich zu beherrschen versuchte, doch der Mann in ihm war stärker. Er senkte seine Augen, um ihr auf die bebenden Brüste mit den steifen Nippeln zu gucken. Sekundenlang verharrte sein Blick dort. Lynn triumphierte innerlich. Sie hatte die erste Runde des Spiels gewonnen. Als er ihr wieder in die Augen sah, las sie Lust darin. Die zweite Runde war gewonnen. Mit einem Lächeln auf den Lippen, ging sie auf die Knie. Grob griff sie nach seiner Gürtelschnalle, öffnete sie und zog sie mit einem Ruck aus den Schlaufen. Daniel sog scharf die Luft ein. Sein Schwanz reckte sich ihr in der Hose entgegen. Runde Nummer drei war gewonnen. Mit Schwung zog sie die Knöpfe auf. »Mach, dass ich mich wie eine Frau fühle!«, schleuderte sie ihm an den Kopf und griff an seinen Schwanz durch die Boxershorts. Daniel stöhnte auf, er riss sein Hemd auf, doch er schaffte es nicht mehr, sich seines T-Shirts zu entledigen. Lynn hatte angefangen und massierte seinen Schwanz. »Verdammtes Luder!« Er riss sie hoch, packte sie an den Oberarmen, schleuderte sie herum und drückte sie hinter sich gegen die Fahrstuhlwand.

»Macht das Scheißding aus!«, rief er den beiden sprachlosen Männern zu und warf sich gegen Lynn. Sowie Lynns als auch sein Atem gingen stoßweise. Als Daniel sie kurz anblickte, war sein Ausdruck voller Lust und Gier. Bei ihr schien er nichts anderes zu lesen. Ohne zu zögern trafen sich ihre Münder. Wild und stürmisch küssten sie sich, ihre Zungen umschlangen sich, Daniels Hände griffen nach ihren Brüsten, kneteten sie, zogen an den langen Nippeln. Lynn spürte seine starke Erektion durch die Boxershorts. Sie spreizte die Beine, als er sich zwischen sie presste. Sie wollte, dass er ihre Klitoris traf, und er schaffte es. Mit leisem Stöhnen rieb sie sich an ihm und er an ihr. Beide waren gefangen, besessen, gierig und wild aufeinander.

»Daniel! Ihr könnt das hier nicht tun, um Gottes Willen!«, Lionels Stimme schien ihn in die Wirklichkeit zurückzuholen.

Daniels Kopf schoss nach oben, er blickte kurz auf die Fahrstuhlwand, dann in Lynns gerötetes Gesicht und kniff die Augen zu. »Verdammt!«, presste er hervor.

Als er die Augen öffnete, schloss er seine Hose, wandte sich von Lynn ab und drehte sich zu den Männern. »Wir setzen noch mal an. Versucht, die Kamera so zu halten, dass ihr ›ihn‹ nicht mit drauf habt. Muss ja nicht jeder sehen, was ich fühle.« Er atmete tief durch und drehte sich zu Lynn. »Knie dich noch einmal hinunter. Und bei Gott, sei nicht so schnell! Wie soll ich da bitte mein T-Shirt ausziehen können?«

»Schon klar.« Lynn kniete sich wieder vor ihn und wartete, bis er den Gürtel eingezogen und geschlossen hatte.

»Okay, seid ihr fertig?«, fragte Lionel.

Beide nickten. Lynn öffnete die Schnalle und zog den Gürtel aus den Schlaufen. Nach dem Ruck bemerkte sie, wie sein Schwanz ihr unter der Hose entgegenzuckte. Das Verlangen nach dem geilen Glied machte sie schier wahnsinnig. Als sie die Knöpfe öffnete, stieg ihr sein männlicher Duft in die Nase. Ihr Slip wurde nass. Sie war so scharf, dass sie sich am liebsten seinen Schwanz in den Mund gesteckt hätte. Ihr Herz hämmerte und ihre Brüste schmerzten vor Verlangen. »Mach, dass ich mich wie eine Frau fühle!«, presste sie zwischen den Zähnen hervor und riss die Knopfleiste auf. Er öffnete sein Hemd und zog es zusammen mit seinem T-Shirt vom Körper. Lynn stoppte abrupt. »Hier, waschen und bügeln!«, ranzte er sie an.

Lynn guckte entgeistert. Sie spürte, wie die Kamera ihr Gesicht heranholte.

»Okay, wir haben es!«, rief Lionel.

***

Als Lynn diese Nacht im Bett lag, konnte sie nicht einschlafen. Die Fahrstuhlszene und Daniel schwirrten ihr im Kopf herum. Was war mit ihnen beiden passiert? Sie konnte immer noch nicht glauben, dass Daniel sich so vergessen hatte. Allerdings, gestand sie sich ein, war sie diejenige, die ihn provoziert hatte. Im Nachhinein schämte sie sich, sehr sogar.

Wie konnte sie so über die Stränge schlagen? Kein Wunder, dass Daniel durchdrehte.

Ihr graute vor dem morgigen Tag. Die Bettszene mit Bernard war dran, dazu das durchsichtige, schwarze Negligé. Heute hatten sie diese Szene weder geprobt noch gedreht. Anscheinend war Daniel bedient. Lynn war sehr froh darüber und konnte eine kleine Auszeit gebrauchen.

Sie fragte sich, ob er bei den Proben der Bett-Tabletten-Szene anwesend wäre. Ihre Gedanken schweiften weiter zu Lionel und Peter ab. Wie würden sie ihr jetzt entgegentreten? Hatten sie den anderen Crew-Mitgliedern etwas über die Fahrstuhl-Ausrutscher-Szene erzählt? Normalerweise blieb so eine Neuigkeit nicht sehr lange ein Geheimnis. Auch fragte sie sich, wie Daniel ihr gegenüber reagieren würde. Als sie heute allgemein »Auf Wiedersehen« sagte, hatte sie weder Daniels Stimme gehört noch hatte er sich nach ihr umgedreht. Dass er nichts zum Fahrstuhl-Auftritt gesagt hatte, war schlimmer, als wenn er sie hochkant rausgeschmissen hätte. Dann hätte sie wenigstens gewusst, woran sie wäre.

Lynn rollte sich zur Seite und guckte auf die Leuchtziffern ihres Weckers: es war halb zwei. Stöhnend warf sie sich in ihr Kissen auf die andere Seite und ärgerte sich, nicht einschlafen zu können. Über diesen Ärger schlief sie ein.

***

Mit einem Ruck zog Lynn den Gürtel des Bademantels stramm. Darunter befand sich das hauchdünne Negligé. So, wie Daniel es wollte, hatte sie den BH ausgezogen, allerdings den Slip angelassen. Irgendwie musste Lynn morgens an geistiger Umnachtung gelitten haben, denn sie hatte sich ausgerechnet heute eine weiße, lange Hose angezogen. Und was trägt man normalerweise unter einer weißen Hose? Klar, einen weißen

Slip, besser noch: einen weißen String! Und was sollte man unter gar keinen Umständen unter einem schwarzen Negligé tragen? Genau, einen weißen String! Mit Sicherheit würde das Requisit bei der Danielschen Kontrolle rausfliegen. Davor graute Lynn. Ihr graute auch davor, mit der Schlaftablette Bernard im Bett zu liegen, während er ihren Busen laut Daniels Anweisung betatschte. Das ging nun wirklich zu weit!

»Lynn, wo bleibst du denn?« Peter hatte seinen Kopf durch die Umkleide-Tür gesteckt.

»Ich ... ich war in Gedanken.«

Peter lächelte. »Kann mir auch vorstellen, wo du warst.«

»Oh, nein! Peter, warte kurz, ich muss dir etwas sagen.«

Er hielt inne und blickte sie interessiert an.

»Es tut mir leid, was gestern passiert ist. Ich weiß auch nicht, was mit mir los war – was mit uns los war. Ich kann dir nur sagen, ich bin sonst nicht ...«

»Herzchen, nun bleib mal ganz locker.«

»Aber, wenn ihr es irgend jemandem erzählt – oder vielleicht habt ihr es ja schon ...«

»Wer, *ihr*? Ach, WIR? Lionel und ich?« Er lachte glockenhell. »Hör zu, Täubchen, was ich dir jetzt sage, bleibt so sehr unter uns, wie das, was wir aus Versehen gefilmt und gesehen haben, okay?!«

»Okay«, unsicher, wo die Reise hingehen sollte, nickte Lynn.

»Gut. Mich wundert zwar, dass du es noch nicht bemerkt hast, denn ich habe manchmal das Gefühl, dass man es *mir* zumindest sehr stark anmerkt. Du guckst schon so. Ja, ganz genau, ich stehe auf Männer, und Lionel auch. Also, warum sollte ich ein Interesse haben, zu verbreiten, dass du und Daniel scharf aufeinander seid?! Ihr passt doch ganz wunderbar. Auf jeden Fall besser, als die Hysterikerin Clarissa mit ihren

Starallüren. Dagegen bin ich ja ein Waisenkind.« Er lachte hell und Lynn stimmte mit ein. »Komm, Schätzchen, beeilen wir uns lieber, sonst wird der Big Boss böse.« Er lachte wieder und zog Lynn an der Hand nach draußen.

»Wie ist er heute drauf?«, fragte Lynn atemlos, als sie im Studio ankamen.

»Zu mir war er nett ... Ich drück dir die Daumen.«

»Wofür?« Lynn blickte sich nach ihm um, aber er hatte sich seinen Scheinwerfern zugewandt. Daniel stand mitten im Raum, unterhielt sich mit Bernard und hatte dabei den Fuß auf einen Stuhl gestellt. Sein Ellenbogen stützte sich auf den Oberschenkel. Bernard entdeckte Lynn. Daniel folgte seinem Blick, indem er sich umdrehte. Genau dieser Blick würde entscheidend sein, dachte Lynn und hielt die Luft an. Aber, sie konnte in ihm nicht lesen. Zu schnell hatte Daniel sich wieder abgewandt.

»Okay, Leute, es sind alle da. Ich habe ja gestern den Betreffenden gesagt, wie ich mir die Szene in etwa vorstelle. Und so schlecht fand ich die heutige Probe gar nicht. Bernard, du musst noch dein T-Shirt ausziehen. Das sieht sonst nicht aus.«

»Das kann ich aber leider nicht.«

»Warum nicht?«

»Ich habe erstens so viele Brusthaare, die nicht alle sehen sollen und zweitens eine Narbe.«

»Ach, Bernard, die Haare sind doch männlich ...«, winkte Daniel ab. Lynn dachte an Daniels Brusthaare und es zog in ihrem Unterleib.

» ... und das mit der Narbe. Die könnte Lynn dir ruck zuck überschminken, nicht wahr, Lynn?«

»Ja, klar, kein Problem.« Sie fühlte sich ertappt und bekam Herzklopfen, weil er sie so direkt ansprach.

»Siehst du, Bernard. Alles kein Problem.«

»Nein, aber so kann ich das nicht.«

»Meine Güte, Bernard, ich muss sogar meinen BH für eine Szene fallen lassen«, versuchte Lynn es.

Er überlegte kurz. »Das ist dein Problem. Nein, ich mache das trotzdem nicht.«

Daniel seufzte und schloss kurz die Augen. »Also gut, dann macht schon, ab ins Bett.«

Lynn ging zum Bett, ließ ihren Bademantel fallen und verschwand unter der Bettdecke.

»Halt! Lynn, was war das?«, fragte Daniel.

Mist, er hatte Argusaugen und vor allem hatte er ihr auf den Hintern geguckt!

»Was denn?«, fragte sie unschuldig.

»Dein Slip, er ist weiß und total ungeeignet!«

»Ich habe heute leider keinen anderen mit. Sorry.«

»Ja, auch von mir sorry! Aus mit dem Ding!«

»Wie bitte?«

»Aus! Ausziehen. Schwarzes Flatterkleidchen, haudünn und weißen Slip, sorry, das geht gar nicht. Komm, Lynn, ich habe nicht ewig Zeit.«

»Aber, man sieht ihn doch gar nicht, wenn ich im Bett bin«, versuchte sie es.

»Ausziehen, hab ich gesagt und keine weitere Diskussion.«

Lynn rutschte zur Bettkante, stand auf und zog den Slip aus. Sie hatte sich so etwas ja schon gedacht. Vor Lionel und Peter war es ihr nicht mehr peinlich. Vor Bernard, dem Langweiler, sowieso nicht und vor Daniel ... Da würde sie am liebsten ihr Negligé noch hochziehen, um den String abzustreifen.

Sie verschwand wieder im Bett. Bernard folgte mit seinem grünen T-Shirt. Wie romantisch, so ganz in grün, dachte Lynn verärgert. Sie war fast nackt und dieser Typ durfte in voller Montur das Bett mir ihr teilen.

»Okay, das Ganze erst mal als Trockenübung. Und los!«, gab Daniel an.

Bernard nahm das Glas, drückte die Tablette ins Wasser, reichte Lynn das Getränk und sagte seinen Text. Als sie verneinte, sprang er auf Lynn und bewegte seine Hüften. Entsetzt starrte sie ihn an.

»Halt! Bernard, was machst du denn da?! Hast du dir die Schlussszene so vorgestellt oder hat Lynn etwas damit zu tun?«

»Also, ich dachte, weil ich gestern so steif war ...«

»Nein, Bernard. Sei heute einfach insgesamt ein bisschen lockerer. Stell dir vor, du würdest sie begehren, sie wollen ...«

»Okay, kein Problem.«

Bernard versuchte, sich Mühe zu geben, doch er leierte seinen Text runter und küsste Lynn am Ende. Das war besser, aber auf keinen Fall zu akzeptieren. Nach einigen weiteren Versuchen und darauffolgenden Anweisungen Daniels, er solle doch mal die Hand um sie legen, oder versuchen, sich an sie zu kuscheln, oder seinen Kopf an ihren zu legen, scheiterten seine Versuche. Er bekam es nicht hin. Er war gehemmt und leidenschaftslos. Wenn er einen Arm um Lynn legte, sah es steif und ungelenk aus. Bernard versuchte es immer wieder und gab nicht auf. Wer aufgab, war Daniel.

»Es reicht!«, rief er und Lynn konnte sehr gut hören, wie sehr Verzweiflung in seiner Stimme mitschwang.

Zum Erstaunen aller zog er seine Klamotten aus, ließ sie achtlos auf den Boden fallen und schritt schließlich nur noch in Boxershorts bekleidet zum Bett.

»Raus da!«, fuhr er ihn an.

Bernard robbte aus dem Bett und Daniel ließ sich mit einem

Seufzer hineinfallen.

Lynns Herz schlug ihr bis zum Hals. Das würde sie nicht noch ein zweites Mal durchstehen.

»Los, Bernard, pack´ deine Sachen. Du hast für heute frei.«

»Aber, Daniel, kann ich denn morgen wiederkommen?«

»*Kann*? Machst du Witze? Du *musst* wiederkommen!«

Der Junge lachte erleichtert und wünschte noch einen schönen Tag, damit verschwand er schnell durch die Studiotür.

Peter kletterte auf eine Leiter und richtete einen Scheinwerfer neu aus. Daniel war um einiges größer als Bernard und deshalb musste das Bett anders ausgeleuchtet werden. Lynn schaute zu ihm auf und bemerkte, wie er von dort oben Lionel einen kurzen schmachtenden Blick zuwarf. Dieser wollte cool wirken, doch er wurde weich und lächelte zurück.

Lynn spürte eine Hand auf ihrem Po. »Hey, so war das nicht gedacht.«

»Bist du der Regisseur oder ich?«

»Du, aber ...«

»Bist du der Chef oder ich?«

»Du, aber ...«

»Siehst du! Also, mach, was dein Text dir sagt.« Er wandte sich an Peter und Lionel: »Ihr könnt loslegen und zwar jetzt: Action!«

Lynn lag von ihm abgewendet auf der Seite. Sie achtete gespannt auf die Tablette, die ins Wasserglas fallen sollte, doch stattdessen presste Daniel sich an ihren Körper und fing an zu schnarchen. Sein Arm hing über ihrer Taille und die Hand ruhte auf ihrem Bauch. Langsam wanderte seine Hand nach oben zu ihrem Busen. Alleine die Bewegung reichte schon aus, dass ihre Brustwarzen sich versteiften. Als seine Hände dort ankamen und die Warzen zärtlich zusammendrückten, spürte sie, wie sein Schwanz an ihrer Poritze anwuchs. Gerade, als Lynn mit rasendem Herzen nach Luft rang, wandte sich Daniel ab und holte vom Nachttisch das Glas. Er ließ die Tablette hineinfallen und wartete einen Augenblick.

»Hier, Darling!«, hauchte er in ihr Ohr.

Lynn tat, als würde sie erwachen. »Was? Was ist denn?«

»Deine Medizin, Darling.«

»Medizin? Was für eine Medizin?«

»Deine Kopfschmerztablette.«

»Kopfschmerztablette? Aber ich habe doch gar keine Kopfschmerzen.«

Sie hatte ihm jetzt ihren Körper zugewandt und die Decke war nach unten gerutscht, so dass ihre Brüste mit den erigierten Brustwarzen deutlich zu sehen sein mussten, doch Lynn traute sich nicht, sie wieder zu bedecken.

Kaum hatte sie den letzten Satz gesagt, warf Daniel das Glas fort, so dass es auf dem Boden zersprang und stürzte sich auf sie. Er bedeckte ihren Kopf mit Küssen, außer ihren Mund, dann wanderte er schnell zum Hals weiter und zum Busen. Ein Bein legte sich über ihre Hüfte und er vergrub seinen Kopf in ihrem Haar.

»Cut!«, rief er und blickte hoch.

»Wow, das war super!«, schwärmte Lionel. »Das war viel besser als bei Bernard.«

»Danke«, entgegnete Daniel und nickte kurz. Dann wandte er sich wieder Lynn zu, die unter ihm lag. Er schwang sein Bein zurück und sagte: »Gut gemacht, Lynn.«

Atemlos blieb sie zurück und war enttäuscht, dass alles vorbei war. »Bernard fand ich besser«, sagte sie schlicht.

Daniel, schon auf der Bettkante, drehte sich mit einem Ruck um. »Wie bitte?«

»Was?«, fragte Lynn unschuldig.

»Was du da eben gesagt hast!«

»Ach so, das mit Bernard? Ja, er war irgendwie leidenschaftlicher als du. Er hat mir unter der Decke auch zwischen die Beine gefasst …« Lynn hielt den Atem an.

»Kleine Schlampe«, zischte Daniel.

»Warum? Er hat seinen Job gar nicht so schlecht gemacht, wie du dachtest. Ich habe damit nichts zu tun.«

»Als ich in dieses Bett kam, warst du nicht erregt. Erst jetzt, wo ich es verlasse.«

»Vorhin war es die Enttäuschung, dass Bernard das Bett verlässt und du kommst. Und nun ist es die Vorfreude auf Bernard, der im Umkleideraum auf mich wartet.« Lynn wusste nicht, warum sie das sagte. Wie konnte sie ihn nur so quälen und solche Lügengeschichten erfinden!

»Na, dann viel Spaß mit ihm.« Daniel stand auf und ging zu seiner Jeans. Lynn sackte in die Kissen und hörte das Klimpern der Gürtelschnalle. Sofort dachte sie an die Fahrstuhlszene. Sie konnte nicht glauben, dass Daniel sich von ihr so täuschen ließ. Fühlte er nicht ihre Erregung in seiner Nähe.

»Mach das Licht aus, wenn du gehst«, rief er von der Tür.

»Ja, mach ich.« Lynn hörte die Tür ins Schloss fallen. Sie war so enttäuscht, dass ihr eine Träne über die Wange lief. Aber was hatte sie sich vorgestellt? Dass er es mit ihr hier im Studio treibt, im Requisitenbett? Wie naiv war sie eigentlich! Wahrscheinlich würde er jetzt zu Clarissa fahren und sie gesund pflegen, indem er ihr eine Injektion gab: seine »Injektion«.

Auch aus dem anderen Auge löste sich eine Träne. Lynn dachte daran, dass jetzt ihre Wimperntusche verlaufen würde und wischte sie sich verstohlen weg.

»Hey, wer wird denn da weinen? Liebeskummer?«

Lynn schreckte hoch. Allmählich musste sie Daniel kennen. Er neigte ja dazu, sie zu erschrecken.

»Nein, ich dachte …«

»An was?« Nur in Boxershorts bekleidet, stand er vor ihr, die Hände in die Hüften gestemmt.

»Was machst du denn hier? Du wolltest doch gehen.«

»Erst wollte ich dir noch zeigen, wer hier der bessere Liebhaber ist.«

Lynns Herz fing an zu hämmern und die Röte schoss ihr ins Gesicht. »Wie bitte?«

»Du hast schon richtig verstanden. Es gibt jetzt erstens eine Lektion und zweitens eine Revanche.«

Lynn konnte nicht sprechen vor Aufregung. Sie sah ihn auf sich zukommen. Sein Kopf kam ganz dicht und sein Mund senkte sich auf ihre Lippen. Als er seine Zunge in ihren Mund schob, seufzte sie. Daniels Hand wanderte zu ihren Brüsten und fand schnell eine der erregten Brustwarzen. Sein Schwanz wurde steif und presste sich an Lynns Oberschenkel. Daniels Hand wanderte nach unten, rutschte unter das Negligé und suchte das Schamdreieck. Unter Lynns Seufzer tauchte er erst einen Finger in sie, dann zwei. Sie wusste, dass sie mehr als feucht war, seine Finger mussten dort unten gebadet werden.

»Oh, Baby, ich halt das nicht lange aus.« Damit zog er seine Boxershorts aus und legte sich auf sie. Schnell hatte sein geiler Schwanz ihre nasse Höhle gefunden und tauchte in sie ein. Lynn stöhnte auf und hielt sich an ihm fest. Wie hatte sie sich nach diesem Mann gesehnt! Automatisch schloss Lynn die Augen, doch sie wollte ihn anblicken, jetzt, wo er da war.

»Endlich«, flüsterte er, »ich dachte schon, du wolltest es im Dunkeln genießen.«

»Nein, ich will mir nicht entgehen lassen, dass du es bist.«

Er lächelte. Dann wurde sein Blick verlangend und er stieß fest und tief in sie. Kurz quiekte Lynn auf und krallte sich an seine Oberarme. Gleichmäßig pumpte er in ihr und mit jedem neuen Stoß hatte Lynn das Gefühl, dass sein Schwanz an Größe zunahm. Er beugte sich zu ihren Brüsten hinunter und saugte an einem Nippel durch das zarte Negligé. Die Lust durchströmte ihren Körper und breitete sich im Unterleib aus. Als Daniel weiter in sie stieß, wallte ihr Orgasmus auf. So schnell hatte sie ihn weder erwartet, noch kommen gespürt. Sie schrie vor Wonne auf und schloss die Augen. Lichtblitze tanzten vor ihrem inneren Auge, während seine Stöße ihre Lust verteilten. Dann kam auch er und stöhnte laut dabei auf, während er sich in ihr ergoss. Ermattet sackte er auf ihren Körper und wühlte sein Gesicht in ihr Haar. Lynn umklammerte seinen Oberköper mit den Armen und seinen unteren Körper mit den Beinen. Sofort fiel Lynn in einen traumlosen Schlaf.

***

»Na, Lynn, ihr hattet ja viel Spaß als ich krank war, wie man so gehört und gesehen hat.« Clarissa kam ihr entgegen und blieb mitten im Gang stehen, so dass Lynn nicht vorbei kam.

»Ja, doch, es war ganz nett. Und du, geht es dir wieder besser? Hat dich ja ganz schön erwischt, bei sechs Monaten Krankheit, oder war es vielleicht keine?«

»Doch! Das war es! Und es war *sehr* schlimm!«

»Na, dann alles Gute.« Lynn machte Anstalten, weiterzugehen. Aber Clarissa schien irgendetwas auf dem Herzen zu haben, denn sie blieb hartnäckig stehen.

»Ist noch etwas?«, fragte Lynn Interesse heuchelnd.

»Wie ich schon sagte, ihr hattet bestimmt viel Spaß, wie ich *gesehen* habe ...«

Lynn hatte keine Lust auf dieses Spielchen. »Na schön. *Was* hast du denn gesehen, Clarissa?«

»Zum Beispiel diesen wunderbaren Fahrstuhl-Sketch.«

Für eine Sekunde blieb Lynns Herz stehen. Hatten Lionel und Peter etwa doch den »verbotenen Film« herausgerückt?

»Ja, und?«

»Also, ich hätte mich nicht oben herum ausgezogen. So klasse sind deine Brüste auch nicht.«

»Dann betrachte dich morgen mal genauer im Spiegel …«

»Wie bitte?«, kreischte Clarissa auf.

»Gibt es Stress, Mädels?«, fragte Daniel, der mit einem Block im Arm vorbei kam.

»Nein, Daniel«, flötete Clarissa. »Alles in Ordnung.«

»Lynn?«

»Alles okay, wir kriegen das hin.«

»Sehr schön.« Er wandte sich ab und ging an Clarissa vorbei. Vor der Tür zum Studio drehte er sich um, zwinkerte Lynn zu und lächelte. Sie lächelte zurück.

Blitzschnell drehte sich Clarissa um. »Also doch eine heimliche Liebelei. Dann haben die Gerüchte wohl ihre Richtigkeit.«

»Clarissa, wovon redest du?«

»Na, wovon schon! Von Daniel und dir! Man hört munkeln, dass ihr es mit einander treibt.«

Lynn legte den Kopf in den Nacken und lachte herzhaft.

»Warte nur ab, ich werde es schon herausbekommen.«

»Ich leugne gar nichts.«

»Dann gibst du es also zu?«

»Was soll ich zugeben, Clarissa?«

»Na, was wohl?! Dass du es mit Daniel treibst.«

»Ja, natürlich treibe ich es mit ihm. Es wäre ja auch schlimm, wenn wir es nicht mit einander treiben würden.«

Clarissa blieb der Mund offen stehen als Lynn fortfuhr: »Er ist seit einem Monat mein Mann.« Lynn zeigte ihren Ring und ließ eine leichenblasse Clarissa stehen.

»Vorurteil«

Die Internet-Story

Mit dem Gutschein-Code
TRINITY2007
erhalten Sie auf
WWW.BLUE-PANTHER-BOOKS.DE
diese exklusive Zusatzgeschichte als PDF.
Registrieren Sie sich einfach!

WALDSPIELE

Bei dieser Kälte, dachte Daryl, würde sie nie ins Schwitzen kommen. Auch wenn sie innerhalb der letzten vier Wochen ihren Laufstil verbessert hatte, so war er noch immer nicht optimal. Wenn sie schneller lief, war ihr zwar nicht mehr kalt und es traten ihr sogar die eine oder andere Schweißperle auf die Stirn, was aber wiederum zur Folge hatte, dass sie von Seitenstichen gequält wurde. Genau dieser Augenblick war jetzt. Sie stützte die Hände in die Hüften und beugte sich vor, um eine Position zu finden, in der die Stiche sie nicht malträtieren konnten. Vielleicht sollte sie doch lieber eine andere Sportart ausüben. Walking war eine sehr schöne Alternative zum Joggen. Morgen würde sie sich gleich ein Buch über Walking kaufen und es so schnell wie möglich ausprobieren.

Daryl richtete sich wieder auf und seufzte. Verwundert blickte sie sich um, denn der zweite Seufzer kam nicht von ihr. Die Dämmerung hatte sich über den Wald gelegt und ließ ihn dunkler erscheinen, als er war. Vorsichtig schlich Daryl zwischen den Bäumen auf die Seufzer, die sie aus den Büschen hörte, zu.

Da, sie hatte die Quelle der Laute entdeckt: Eine junge, schlanke Frau lag auf dem Waldboden und zwischen ihren Beinen konnte Daryl einen männlichen Hinterkopf entdecken. Bei der Vorstellung, halb nackt auf dem kalten Boden zu liegen, bekam Daryl eine Gänsehaut, die allerdings bei dem Anblick, der sich ihr bot, schnell verschwand. Sie schluckte und konnte sich von dem Pärchen nicht abwenden.

»Oh, Frank, du bist so gut. Du machst mich so unendlich geil«, seufzte die am Boden liegende Schönheit.

Er wühlte weiter in ihrem Schoß. Sein Kopf bewegte sich rhythmisch auf und nieder. In Daryls Schoß fing es an zu brodeln. Sie stellte sich vor, wenn der Mann es bei ihr machen würde, jetzt und hier. Sie schämte sich für ihre Gedanken, denn sie hatte eine gute und strenge Erziehung genossen, die ihr solche Art der Gefühle untersagte. Das hatte allerdings zur Folge, dass sie mit ihren dreiundzwanzig Jahren noch Jungfrau war.

Die Frau, die auf dem Waldboden verwöhnt wurde, steigerte ihr Lustgestöhne und griff sich an ihre prallen Brüste. Mit Schwung riss sie die Knöpfe der Bluse auf und presste hektisch ihre Nippel. Schnell war der Mann zu ihr hochgerutscht und biss in die Warzen. Die Frau stieß kleine quiekende Schreie aus und schleuderte den Kopf vor Wonne hin und her, während sie die Arme um ihn schlang. Er fummelte an ihrer Scham, warf einen roten String beiseite, nachdem er mit geschlossenen Augen an ihm gerochen hatte und schob sich ihr entgegen. Dann bewegte er sich gleichmäßig.

Daryl schoss die Röte ins Gesicht. Erst jetzt hatte sie begriffen, dass der Mann mit seinem harten Glied in die Frau gedrungen war und sie nun von innen massierte. Sofort wurde Daryl feucht und verlangend. Sie hatte sich an einem Baum abgestützt und merkte, wie ihre Nerven zu flattern begannen. Ihre Brustwarzen richteten sich auf und drängten gegen den BH-Stoff.

Diese Art der Reaktion hatte sie bisher nur einmal erlebt. Es war auf der High School, lag ein paar Jahre zurück. Sie würde den Augenblick nie vergessen, als die Tür geöffnet wurde und der Neue vor der Klasse stand: Josh! Groß, kräftig, gut aussehend. Sein erster Blick galt ihr, Daryl. Sie konnte sich bis heute daran erinnern, was für eine Hitze er in ihr ausgelöst hatte. Ausgerechnet neben *sie* wurde er gesetzt, obwohl noch drei weitere Plätze frei waren.

Nach einer Woche hatte er sich anscheinend gut akklimatisiert. Denn, kaum dass die Lehrerin sich zur Tafel gewandt hatte, spürte sie seine Hand. Sie ruhte erst nur auf ihrem Oberschenkel. Noch jung und unerfahren, hatte sie vor lauter Peinlichkeit und Unbehagen nicht gewusst, wie sie reagieren sollte. So ließ sie seine Hand einfach gewähren. Als er sich langsam und bestimmt seinen Weg zu ihrem Unterhöschen gebahnt hatte, krampften sich Daryls Hände in ihre Federtasche.

Es war das erste Mal in ihrem Leben, dass sich ihre Brutwarzen aufstellten und hart wurden. In ihrem Höschen breitete sich eine bis dahin noch unbekannte Hitze und Feuchtigkeit aus. Daryl konnte sich noch genau erinnern, wie sich ihr Körper dem unglaublichen Gefühl hingab, als er mit seien Fingern in ihre feuchte Spalte eindrang und sie dort massierte. In den Stuhl gepresst, den Mund halb geöffnet, gab sich Daryl dem faszinierenden Gefühl der Lust hin. Er entfachte ein solches Feuer in ihr, dass sie glaubte, irgendetwas tun zu müssen, um es zu löschen. Sie wusste bloß nicht, was. So weit war sie bisher in ihrem Leben noch nicht gekommen.

Josh war geschickt und schien von der Reaktion Daryls ebenso begeistert zu sein, denn er massierte sie mit voller Hingabe und hörte nicht auf, als sie versuchte, seine Hand wegzuschieben. Denn ein Fünkchen von Verstand sagte ihr, dass es nicht gut war, mitten in der Unterrichtsstunde Sex zu haben. Noch dazu mit einem Jungen, den sie nicht kannte und der Möglichkeit, jeden Moment von einem der Mitschüler oder, im schlimmsten Fall, der Lehrerin, entdeckt zu werden.

Daryl wusste nicht, wie Josh es geschafft hatte, keinen der normalerweise sehr neugierigen Blicke der Mitschüler auf sich zu ziehen. Auch, wie *sie* es fertig gebracht hatte! Denn ihr Gesicht war von Lust gezeichnet und die ein oder anderen Laute waren ihr im Zustand völligen Dahinschmelzens entwischt. In dem Moment, als sich ihr Körper zusammenkrampfte und die Erregung am höchsten war, und Daryl das Gefühl hatte, nicht mehr atmen zu können, hörte er auf. Mit einem wissenden Grinsen auf dem Gesicht, blickte er sie an. Daryl war entsetzt! Wahrscheinlich ließ ihn das zu ihr herüberbeugen, den Kopf hinter ihrem Ohr schief legen und flüstern: »Irgendwann wirst auch du die Erlösung erfahren, Herzchen, aber nicht jetzt.«

Fassungslos und unbefriedigt hatte sie ihn angestarrt. Unfähig, ein Wort zu sagen, oder auf seine Gemeinheit zu reagieren. Er stand auf und ging ohne ein weiteres Wort auf die Toilette.

Noch heute fragte Daryl sich, ob sie ihm hätte folgen sollen, damit er sein »Werk« dort zu Ende geführt hätte. Mit Sicherheit hatte er dort sein Werk an sich *selber* zu Ende gebracht. Nach diesem mehr als eindeutigen Satz, war ihr Selbstbewusstsein geschwunden. Sie fühlte sich benutzt und gedemütigt.

Heute sah Daryl es anders, aber sie war nie wieder in diese Wonnen gekommen, selbst dann nicht, wenn sie selber Hand anlegte und sich heimlich sanft zum Höhepunkt massierte. Es ging ihr nicht aus dem Kopf, dass es etwas Unanständiges war.

Und nun beobachtete sie dieses Pärchen, das es hemmungslos mitten im Wald miteinander trieb und Daryls Unterleib in Aufruhr brachte. Sie wünschte sich auf einmal so sehr, Teil dieses Geschehens zu sein, dass sie sich nur mit Mühe davon abhalten konnte, nicht hinzulaufen und den fremden Mann anzubetteln, sich ihm hingeben zu dürfen.

»Hey, alles okay mit Ihnen?«, fragte eine fremde Stimme hinter ihr.

Erschrocken blickte Daryl sich um. »Ja, ja ... Alles okay.«

»Ich dachte, weil sie hier so einsam im Wald stehen und ...« Er wandte sein Gesicht von ihr ab und blickte in die Richtung, in die sie gesehen hatte. Sein Ausdruck veränderte sich. Ihm klappte der Mund auf. Eine Weile konnte er sich nicht von dem Treiben abwenden, starrte gebannt auf das, was ihm dort geboten wurde.

Daryl riss sich von der Sexidylle los und blickte auf den jungen, gut gebauten Mann, der ihr irgendwie bekannt vorkam. Sie nutzte die Zeit, ihn weiterhin zu beobachten und nachzudenken. Fast hätte sie sich vor die Stirn geschlagen: Es war kaum zu glauben - Daryl verschlug es den Atem! Aber hier stand er vor ihr, wahrhaftig und leibhaftig! Josh, Josh Bryant! Wie in Trance betrachtete sie ihn, war fasziniert. Ihr Blick glitt an seiner Lederjacke hinunter auf seine dunkelblaue, verwaschene Jeans, wo sich sein Glied verräterisch gegen die Knopfleiste drückte. Es ließ ihn also nicht kalt, das Spielchen.

»Hey, wo starren Sie mir denn hin?«, riss er sie aus ihren Gedanken.

»Und wo starren *Sie* hin?«

»Moment mal. Ich habe *Sie* hier mit den beiden erwischt. Also, wenn hier jemand voyeuristisch veranlagt ist, dann ja wohl *Sie*!«

»Und, was macht das schon?«, wurde Daryl schnippisch und wunderte sich über ihre Courage.

»Ich werde Sie ...«

»Josh? Josh! Wo steckst du?«, rief eine Frauenstimme.

»Hier, Darling«, rief er.

Das nackte Pärchen erschrak, raffte die Klamotten und war in Windeseile verschwunden.

Eine junge, hübsche Frau mit blondem Pferdeschwanz und einer eleganten Reithose kam auf sie zu. »Josh, wo bleibst du denn und was machst du hier? Wer ist das?« Sie deutete mit einem Nicken auf Daryl.

»Ich habe Barney gesucht und habe diese Frau erwischt, wie sie einem Pärchen beim Sex zugesehen hat.«

»Aha. Und wo ist das Pärchen?«

»Äh, eben war es noch da. Sie sind bestimmt gegangen.«

»Aha. Und wo ist Barney?«

»Ich habe ihn noch nicht gefunden.«

Mit klopfendem Herzen sagte Daryl. »Wovon reden Sie eigentlich? Ich bin hier spazieren gegangen und Sie haben mich angemacht. Dann haben Sie mich geküsst und mir an den Busen gefasst. Das ist ja das Letzte, dass Sie solche Ausreden erfinden.«

Josh starrte sie entgeistert an. »Wie bitte? Sind Sie jetzt völlig durchgedreht?«

»Josh! Das ist ja wohl die Höhe! Mistkerl!«, schleuderte seine blonde Begleiterin ihm an den Kopf, drehte sich um und ging.

»Sarah! Sarah, so warte doch! Das stimmt doch gar nicht, was dieses Flittchen hier gesagt hat. Sarah!« Sauer wandte er sich an Daryl. »Sind Sie völlig irre? Sie müssen den Verstand verloren haben! Was sollte das?«

»Irgendwann wirst auch du die Lösung erfahren, Schätzchen, aber nicht jetzt!« Damit drehte Daryl sich um und ging ebenfalls.

Anstatt seiner Freundin nachzulaufen, war er mit einem

Satz bei Daryl und hielt sie am Arm zurück. »Moment mal, was hast du da eben gesagt?«

Langsam drehte sie sich zu ihm um. Seine Augen blickten hart, doch es konnte seinem hübschen Gesicht nichts anhaben. Seine dunkelbraunen, leicht gelockten Haare waren verwuschelt und verliehen ihm ein noch immer jungenhaftes Aussehen. Daryls Herz hämmerte in ihrer Brust. Sie wusste nicht, ob es von ihren dreisten Worten kam, oder, weil er sie noch immer mit seinem Gesicht verrückt machte. Sie konnte nichts verlieren. Noch immer hasste sie ihn, weil er sie verlangend nach ihm machte.

»Sicherlich wirst du dich nicht mehr erinnern, welche von den vielen Frauen ich bin, zu der du das gesagt hast, Romeo.«

»Oh doch, Daryl, das weiß ich noch sehr wohl.«

Sie zuckte bei ihrem Namen zusammen. Er hatte sie tatsächlich nicht vergessen!

»Aber ich warne dich, wenn du meine Beziehung auf dem Gewissen hast, dann gibt es richtig Ärger!«

Gegen ihren Willen musste Daryl lachen.

»Was ist daran so komisch, verdammt?«

»Sorry, aber, wie willst du mich finden, damit es Ärger gibt. Du weißt ja nicht einmal, wo ich wohne …« Daryl lachte wieder.

»12 Patterson Avenue.«

Daryl verging das Lachen. »Woher weißt du das?«

»Tja, ich weiß noch eine ganze Menge mehr, Baby. Ich weiß zum Beispiel auch, dass du Bock hättest, von so einem Kerl wie mir hier im Wald mal ordentlich durchgevögelt zu werden.«

Daryls Herz hämmerte in der Brust. Sie hoffte, er würde es nicht an ihrer Stimme bemerken. Wie konnte er nur so von sich eingenommen sein? So unwiderstehlich war er nun auch wieder nicht. Doch die Vorstellung, es mit ihm so wie das Pärchen hier zu treiben, jagten ihr heißkalte Schauer über den Rücken.

»Ich glaube, du überschätzt dich ein bisschen«, versuchte Daryl cool rüberzubringen.

Er setzte ein überlegenes Lächeln auf, das seine Grübchen sichtbar werden ließ. »Nein, tue ich nicht. Ich kenne dich eben.«

»Woher weißt du, wo ich wohne?«

Er lachte und zwinkerte ihr zu: »Man sieht sich!« Damit verschwand er durch das Unterholz.

Doch keine Minute später war er wieder da, baute sich vor ihr auf. Seine Augen durchbohrten sie. »Wenn du schon solche Gerüchte in die Welt setzt, soll auch wenigstens etwas dran sein.« Damit packte er sie, presste seine Lippen auf ihre, versenkte seine Zunge in ihrem Mund und griff währenddessen an ihren Busen. Daryl konnte das Aufstöhnen nicht unterdrücken.

»*Jetzt* habe ich etwas in der Hand, womit ich beschuldigt werden kann.« Er ließ Daryl sprachlos zurück.

Lange blickte sie ihm hinterher, konnte nicht fassen, was sich hier soeben abgespielt hatte. Und sie konnte auch nicht glauben, dass er den Riss in seiner Beziehung, der durch ihre Anschuldigung und seine unverfrorene Art es in die Tat umzusetzen, entstanden war, schnell kitten konnte. Daryl wunderte sich über sich selber. Wo nahm sie auf einmal den Mut her, einem Mann so frech zu begegnen? Vielleicht lag es daran, dass Joshs Auftreten und seine Worte sie herausforderten.

Sie spürte, wie die Hitze nach und nach aus ihrem Gesicht wich. Die Vorstellung, von Josh hier im Wald männlich genommen zu werden, machte sie tatsächlich an.

***

Das Telefon klingelte. Mit einem Satz war Daryl dort und drückte atemlos auf den grünen Knopf. »Hallo?!«

Nach einer Pause. »Ach, hi, Mum, du bist es. Ja, mir geht es gut ... nein, ich bin doch nicht enttäuscht, dass du dran bist. Nein wirklich, ich habe auch niemanden erwartet ... Mum, du weißt doch, wie das ist, ich habe eben viel um die Ohren. Ich kann dich nicht jeden Tag anrufen ... Aha ... so? ... und, was hat Tante Carol gesagt? ... Ach wirklich?« Daryl hörte sich die Geschichte von ihrer Mutter an, doch die Gedanken waren längst wieder bei Josh. Wenn er ihre Adresse kannte, hatte er dann auch ihre Telefonnummer? Sie machte sich total verrückt! Bei jedem Telefon- oder Haustürklingeln dachte sie, es könnte Josh sein. Sie rief sich ins Gedächtnis, dass er eine Freundin besaß. Aber warum hatte er sie dann geküsst?

»Ja, ja, natürlich höre ich dir zu, Mum. Nein, ich bin mit meinen Gedanken nicht woanders. Wo sollte ich denn schon sein?« Daryl lachte kurz und verlegen auf. »Erzähl einfach weiter, Mum. Allerdings muss ich gleich zum Sport. Du weißt ja, ich muss ein bisschen von meinen Pfunden herunterkommen ... Nein, viel habe ich nicht zugenommen, aber so viel, dass ich den Drang habe, ein bisschen abzuspecken ... Na schön, aber von mir aus können wir gerne noch ein bisschen weiterklönen. Bitte nicht meinetwegen auflegen ... Okay, Mum. Ja, ich wünsche dir auch noch einen schönen Sonntag. Bye!«

Daryl sprang vom Bett und zog sich ihre Joggingkluft an. Als sie das schlabberige T-Shirt überwarf, stockte sie. Ihr kam der Gedanke, dass sie jemandem begegnen könnte, der Lust auf sie bekam. Doch mit den Klamotten würde sie bestimmt niemand haben wollen. Sie tauschte die Jogginghose gegen eine Strechhose und das drei Nummern zu große T-Shirt gegen ein eng anliegendes, hellblaues Top. Sie betrachtete sich im Spiegel und war äußerst zufrieden. Ihr vom vielen Joggen strammer Po wurde dicht von der Hose umschlossen und ihre Nippel zeichneten sich ganz deutlich von dem hellblauen, dünnen Stoff ab. Dadurch, dass das T-Shirt so kurz und die Hose so eng waren, konnte man ihren weiblichen Schritt gut erkennen. Sie band ihre Haare zu einem Pferdeschwanz, der beim Joggen auf- und abwippen und auf ihre Weiblichkeit hindeuten würde.

Sie nahm den Schlüssel und verließ die Wohnung. Schon auf der Straße spürte sie, wie die männlichen Blicke sie verfolgten. Es war das erste Mal, dass sie sich so aufreizend angezogen hatte, und Schamesröte breitete sich auf ihrem Gesicht aus. Doch sie wollte es durchziehen, anfangen, ihr Leben anders zu leben. Josh hatte ihr gezeigt, dass Männer sie attraktiv finden konnten, und genau das stellte sie nun hier auf der Straße fest. Fehlte nur noch, dass ihr jemand hinterher pfiff. Sie lachte in sich hinein.

Beim Wald angekommen, machte sie ein paar Dehnübungen und lief dann langsam los. Erst nach und nach wollte sie ihr Tempo steigern. Sie hoffte, das Pärchen wiederzutreffen, um es beobachten zu können. Da sie schon seit längerer Zeit durch den Wald joggte, und auch als Kind hier Verstecken gespielt hatte, kannte sie jeden geheimen Winkel. Dieser Wald war prädestiniert für solche Spielchen, da man auch mit dem Auto gut herankam. Es gab zwar keine offiziellen Parkplätze, aber um ein geeignetes Liebesnest zu finden, brauchte man kein Pfadfinder zu sein.

Da, sie hatte ein Stöhnen gehört. Das wurde aber auch endlich Zeit, denn sie lief schon die zweite Runde durch das dichte Grün. Vorsichtig pirschte Daryl sich heran und wurde belohnt. Ein Pärchen war in vollem Gange. Es war nicht das vom letzten Mal, aber das war ihr egal. Hauptsache nacktes Fleisch. Dieses Pärchen probierte die 69er Stellung aus. Daryl bekam Herzklopfen, als sie erkennen konnte, wie der harte Penis von ihm zwischen ihren Lippen verschwand. Mit dem steifen Stück im Mund stieß sie verhaltene Stöhnlaute aus, denn seine flinke Zunge glitt in ihrer Spalte hin und her.

Daryl wurde feucht. Ihr Höschen presste sich durch das Joggen noch tiefer in ihre Poritze und steigerte ihre Lust.

»Na sieh mal einer an, hier wird gespannert!«, riss sie eine männliche Stimme aus den Gedanken. Daryl schloss kurz vor Freude die Augen, denn sie hatte im Stillen sehr gehofft, dass es Josh sein würde. Nicht umsonst hatte sie den gleichen Tag und die gleiche Uhrzeit gewählt. Provokativ drehte sie sich zu ihm um und drückte ihren Busen heraus.

Der Mann nickte anerkennend. Aber, oh Schock, es war nicht Josh! Ihr Gesicht versteinerte sich, der Mann kam näher und griff ihr ohne Umschweife an die Brüste. Sofort reagierten ihre sensiblen Nippel und zeigten ihre Reaktion auf ihn. Er lachte selbstzufrieden und kreiste mit den Daumen weiter auf den steifen Warzen.

Sie schlug ihm auf die Hände. »Lassen Sie das!«

Verwirrt legte er die Stirn in Falten. »Aber wieso? Eben warst du noch sehr erfreut, meine Stimme zu hören.«

»Das war eine Verwechslung«, sagte sie wahrheitstreu.

Seine Mine wirkte verstimmt, dann hellte sie sich auf. »Ah, verstehe, du willst dich nur richtig erobern lassen. Denn deine Reaktion auf mich ist ja nun sehr eindeutig und was du anhast, ebenso. Okay, dann komm her, Puppe.« Er packte sie etwas gröber und zog sie ran.

»Nein, nein, Sie verstehen nicht. Ich will nicht spielen. Ich drehe hier meine Runden, und …«

»… und guckst anderen beim Vögeln zu. Schon klar. Du bist ja eine ganz Ausgebuffte. Komm, zier dich nicht so.« Er fasste ihr in den Schritt. Ungewollt stöhnte sie auf. Er quittierte das mit einem zufriedenen Lächeln und rieb sehr gekonnt auf dem Stoff über ihrer Klitoris. Der Typ hatte es drauf. Aber sie wollte nicht ihn, sondern Josh. Sie wollte sich nicht von irgendeinem wildfremden Mann mitten im Wald vernaschen lassen.

Mit einem beherzten Stoß machte sie sich von ihm frei. »Lassen Sie das, verdammt! Ich habe nicht auf Sie gewartet.«

»So, so. Auf wen denn dann?«

»Auf meinen Freund.«

»Mitten im Wald?«

»Genau.«

»Und siehst dabei anderen Menschen beim Sex zu?«

»Ich kann mir ja mal ein bisschen Appetit holen.«

»Und was ist mit meinem Appetit? Du vergisst, dass du dich unter meiner Hand schon ganz schön gewunden hast. Und nun, wo ich zur Sache kommen will, kneifst du.«

»So ist das Leben«, sagte Daryl mit einem Schulterzucken. Sie hoffte, er würde verschwinden. Doch er rührte sich nicht vom Fleck, blickte sie mit zornig, lüsternen Augen an. Langsam machte Daryl ein paar Schritte nach hinten. Aber er schnellte nach vorne wie eine Schlange und packte sie am Arm. Hart presste er seine Lippen auf ihre. Sein alkoholischer Atem schlug Daryl entgegen und ihr wurde speiübel.

Als sie es geschafft hatte, sich von ihm wegzudrücken und Luft zu holen, schrie sie ihn an und rief um Hilfe. Er erstickte ihre Schreie mit weiteren Küssen. Daryl wehrte sich und kämpfte, doch der Mann presste sie hart an sich und schob ihr seine Zunge in den Mund. Daryl schrie in seinen Mund

und zappelte und boxte.

»Hey, lassen Sie sofort die Kleine los!«

Augenblicklich lockerte er seinen Griff. Daryl schnappte nach Luft, konnte sich aber noch nicht befreien. Sie dankte Gott für diesen Fremden. Egal, wer es war, er war ihr Retter!

»Misch dich nicht in fremde Angelegenheiten. Meine Puppe ist heute ein bisschen zickig. Aber wir spielen ja auch nur.«

»Ich müsste mich schon sehr täuschen, wenn meine Freundin seit heute Morgen Männer wie *Sie* bevorzugt.«

»Josh!«, rief Daryl mit rasendem Herzen.

Der Fremde ließ sie mit einem Knurren los. »Von mir aus, hier hast du dein Weib. Dann sag ihr, sie soll die Männer nicht so mit ihren aufreizenden Klamotten verrückt machen. Miststück!« Er drehte sich um und ging.

Daryl flog Josh in die Arme. Tränen der Erleichterung liefen ihr über die Wange. Er hielt sie fest. Nach einer Weile schob er sie sanft von sich und blickte sie an. »Daryl, verdammt, was war denn das? Hast du dem Typen dein Okay gegeben?«

»Nein, ich dachte anfänglich, dass du es bist, und dann das Pärchen dort drüben …«

»Aha, du hast wieder deine voyeuristische Seite ausgelebt.«

»Ich kann doch nichts dafür, wenn die es hier im Wald treiben und das nicht gerade leise.«

»Ja, ja. Schon gut. Wo sind sie denn?«

Daryl lachte auf. »Aha, da ist wohl noch jemand, der mal ein bisschen auf den Geschmack kommen möchte.«

»Gucken schadet doch nichts.«

»Ganz meine Meinung!« Sie ging das kurze Stückchen vor und teilte ein paar Sträucher. Das Pärchen war tatsächlich noch da. Sie hatten ihre vorige Stellung allerdings aufgegeben. Sie saß auf seinem Becken und ritt ihn im scharfen Galopp, während er ihre Brüste knetete und stöhnte. Dann zog sie das Tempo an und er japste.

Daryl fühlte sich sofort wieder von dieser Szene erotisiert. Da sie mit dem Rücken zu Josh stand und er dicht bei ihr, spürte sie auf einmal, wie seine Erektion sich an ihr Steißbein drückte. Ihre Brüste wurden fest und die Nippel versteiften sich. Seine Hände legten sich auf ihre Hüften und fuhren langsam auf ihren Bauch, dann nach oben, bis sie sich auf ihren Busen gelegt hatten. Seine Finger massierten ihre Nippel. Leise stöhnte sie.

Das Pärchen hatte eine kurze Pause eingelegt, wobei sie immer noch auf ihm saß. Er hatte die Augen offen und massierte mit der einen Hand ihre rechte Brust, mit der anderen streichelte er ihre Scham.

Daryl genoss sowohl das Schauspiel als auch die Fingerfertigkeit Joshs. Mit einem Mal hörte er auf. Sie hörte, wie er an sich herumfummelte und Stoff raschelte. Dann war er wieder bei ihr, zog ohne Umschweife ihre enge Stretchhose samt Slip herunter und drückte sie nach vorne. Schwer atmend war sie sich bewusst, dass sie ihm ihre komplette Rückansicht bot. Ihre Schamlippen waren aufgeklafft und konnten ihm den Weg in ihr Paradies zeigen. Sie hatte auf den Boden geblickt. Als er jedoch an ihrer Spalte herumfingerte und sie leise stöhnte, blickte sie zum Pärchen, ob es etwas von ihrem voyeuristischen Treiben mitbekommen hatte. Es sah nicht so aus. Die beiden waren selber zu sehr beschäftigt mit sich und damit, möglichst viele Geräusche zu dämpfen.

Joshs neugierige Finger befummelten sie überall, in der ganzen Spalte. Als sie zur Ruhe kamen, war es nur, weil sie die Klitoris gefunden hatten und sie zusammenpressten und mit dem Daumen hin- und herdrehten. Daryl seufzte und wand sich unter der Intimmassage. Josh hatte ihren Unterleib so in Aufruhr gebracht, dass sie nicht mehr stillstehen konnte, sich aalte und hoffte, er würde so schnell wie möglich in sie eindringen. Als hätte er ihre Gedanken gelesen, spürte sie seinen Penis am Eingang ihrer Muschi. Mit einem einzigen Stoß war er drin. Daryl schrie auf.

Das Pärchen blickte in ihre Richtung. Die Frau wollte aufspringen und augenblicklich flüchten, doch der Mann hielt sie fest und nickte in Daryls und Joshs Richtung. Sie folgte seinem Blick und stellte mit Erleichterung fest, dass es sich um das gleiche Spiel handelte wie bei ihnen. Nun war es an *den* beiden, einem Schauspiel zu folgen.

Josh hatte Daryl fest im Griff. Sein harter Schwanz flutschte durch ihre Feuchtigkeit immer wieder tief in ihre willige Spalte. Daryl hielt sich seitlich an einem Baum fest und blickte dem auf dem Boden liegenden Mann in die Augen. Der packte seine Freundin und zog sie unbarmherzig auf seinen in ihr steckenden Schwanz. Diese schrie auf und stützte sich auf seinen Knien, den Oberkörper durchgebogen, ab.

Josh hatte die Hände auf Daryls Hüften gelegt und zog sie in dem Tempo zu sich ran, wie er es gerne hätte. Nach einer Weile lösten sich die Hände, zogen ihr Top hoch und befreiten die strammen Brüste aus dem BH. Sofort hüpften sie in die Freiheit und verschafften Daryl ein wunderbares Gefühl, denn der Wind umspielte die empfindlichen Nippel. Aber auch der fremde Mann genoss den Logenblick auf ihre Nippel.

Josh spielte an den harten Warzen, presste sie fest zusammen und zwirbelte sie immer wieder. Daryl stöhnte jetzt laut, denn sein steifes Glied, das sie permanent penetrierte, gönnte ihr keine Pause. Josh stöhnte auch. Selbst das Pärchen schien sich nicht mehr zurückhalten zu können. Josh zog das Tempo an und rammte seinen geilen Schwengel in Daryl. Sie spürte die Welle kommen und presste ihm ihr Hinterteil entgegen, bis der Orgasmus sie überrannte. Währenddessen sah sie, wie das Pärchen kam. Erst er, dann sie. Joshs Ladung schoss in sie hinein und er stieß noch drei Mal nach, ehe er erschöpft seine Hände auf ihren Rücken legte.

***

»Hier, dein Kaffee.« Daryl reichte Josh einen Becher.

»Donnerwetter, das ging ja schnell. Danke.«

Sie ließ sich ihm gegenüber auf dem Sofa sinken, zog die Beine an und nippte vorsichtig an ihrem heißen Milchkaffee. Schließlich ergriff sie das Wort. »Ich hätte nicht gedacht, auf dich zu treffen.«

»Letzte Woche oder heute?«

»Sowie als auch.«

Er lächelte.

»Danke noch mal«, flüsterte sie.

»Wie bitte? Wofür bedankst du dich?«

»Dafür, dass du zur richtigen Zeit am richtigen Ort warst.«

Er zwinkerte. »Gern geschehen.«

Nach einer Weile fragte Daryl: »Sag mal, wirst du deiner Freundin etwas sagen?«

»Meiner Freundin?«

»Na, die junge Frau, die dir letzte Wochen eine Szene gemacht hat.«

»Das war nur die Frau, deren Hund ich ausgeführt habe.«

»Was? Das glaube ich nicht. Irgendwie hatte ich einen ganz anderen Eindruck. Und den Hund habe ich bis heute auch noch nicht zu Gesicht bekommen.«

»Schon gut. Der Hund gehört ihr.« Josh seufzte: »Ja, wir haben Schluss gemacht.«

»*Wir?*«

»Na schön. Ich.«

»*Du?*«

»Sag mal, musst du alles wiederholen was ich sage?«

»Nein, sorry, aber wieso *du*? Nach dem Abgang letzte Woche hätte ich geglaubt …«

»Wollte sie auch, aber ich war schneller.« Er lächelte zufrieden und nahm einen Schluck Kaffee.

»Was soll nun werden? Wie geht es weiter?«, fragte Daryl.

»Hast du einen Hund?«

»Nein.«

»Gut.« Erleichtert schlug Josh die Beine übereinander. »Ich weiß auch nicht, wie es weitergehen soll. Aber aus uns beiden wird wahrscheinlich nichts Festes werden.«

»Das kann man nie wissen …« Daryl blickte ihn geheimnisvoll an.

Er schüttelte den Kopf. »Ich bin kein Freund von Fernbeziehungen.«

»Warum Fernbeziehung?«

»Weil ich in zwei Tagen nach Chicago muss. Geschäftlich.«

»In zwei Tagen schon?« Daryl war völlig überrumpelt. Das hatte sie sich so nicht vorgestellt. Wobei sie eigentlich gar nicht recht wusste, wie sie sich irgendetwas vorgestellt hatte. »Und für wie lange?«

»Keine Ahnung. Vielleicht für eine Woche oder einen Monat oder auch für immer.«

»Oh«, war alles, was sie herausbrachte und nahm schnell einen Schluck Kaffee. Sie versuchte, sich zu entspannen und dachte nach. Schließlich stellte sie die einzig sinnvolle Frage: »Und was machst du dort?«

»Ich arbeite in einer großen Eventagentur, die in Chicago

ihre zweite Filiale eröffnet hat. Ich bin ausgewählt worden, diese Niederlassung zu betreuen.«

»Das ist bestimmt keine leichte Aufgabe.«

»Nein, sicherlich nicht.«

»Freust du dich denn schon darauf?«

»Auf jeden Fall! Was machst du eigentlich beruflich?«

»Du wirst lachen, aber ich arbeite ebenfalls in einer Eventagentur. Unsere ist nur sehr klein, aber wir hatten auch schon recht große Aufträge.«

»Zum Beispiel?«

»Eine Werbecampagne für Byrons Village. Es gab eine Galaveranstaltung und ein umfangreiches Abendprogramm.«

»Wow, das ist nicht schlecht.« Er stellte den Becher auf den Couchtisch. »Sorry, Daryl, dass ich so plötzlich unser kleines Stell-dich-ein verlassen muss, aber ich habe mir für heute noch vorgenommen, in die Firma zu fahren. Ich wollte gerne ein Projekt vor meiner Abreise abschließen.«

»Oh, das kenne ich. Ich bin auch oft am Wochenende noch am Arbeiten.«

Er lächelte, stand auf und warf sich seine Jacke über. Daryl brachte ihn zur Tür. Im Treppenhaus drehte er sich zu ihr um und blickte sie längere Zeit an. Daryl wurde nach und nach unsicher. »Was ist denn?«

»Du bist eine aufregende Frau, weißt du das?«

Beschämt blickte sie auf die Fußmatte. Er hob ihr Kinn mit der geschlossenen Faust. Dann küsste er sie leidenschaftlich. Ihre Zungen verschlangen sich.

»Woher wusstest du eigentlich, wo ich wohne?«, fragte Daryl, als sie wieder Luft bekam.

»Ich habe dich ein paar Jahre nach der Schule in der Shopping Mall gesehen und bin dir gefolgt. Meine Hemmungen waren zu groß, um dich anzusprechen. Ich war mir zwar nicht sicher, ob du hier immer noch wohnst, aber ein Versuch war es wert.«

Daryl lachte. Er streichelte ihre Wange, zwinkerte ihr zu und ging. Einige Zeit blickte sie ihm hinterher, dann schloss sie die Wohnungstür und lehnte sich dagegen. Dieser junge Mann hatte ihr nicht nur damals in der Schule den Kopf verdreht, sondern auch heute. Sie wusste nicht, welche Ambitionen er hatte. Doch nach so einem Walderlebnis war ihm sicherlich nicht nach einer festen Beziehung, sondern eher nach Sex auf die schnelle Tour. Es hatte ja sowieso keinen Sinn, da er bereits in zwei Tagen nach Chicago fliegen würde. Schmerzlich dachte sie daran. Schließlich ließ sie sich auf ihr Sofa sinken und setzte den kalten Kaffee-Becher an ihre Lippen. Was stellte sie sich überhaupt vor? Was stellte er sich vor? Konnte aus Sex Liebe werden? Konnte aus Sex eine Beziehung werden? Wollte er das überhaupt? Wollte sie das überhaupt?

***

Ja, sie wollte es! Sie wollte ihn. Nachdem er am Sonntagabend um halb neun bei ihr geklingelt hatte und er vorsichtig fragte, ob sie noch ein Plätzchen in ihrem Bett frei hätte, erlebte sie ein Feuerwerk der Gefühle. In seinem Arm einzuschlafen und am nächsten Morgen fast in der gleichen Position wieder aufzuwachen, war einfach traumhaft. Allerdings nicht für ihn, denn er beklagte sich über seinen schmerzenden Arm.

Beide fuhren zur Firma. Den ganzen Tag bekam Daryl das Lächeln nicht mehr aus dem Gesicht. Sie war glücklich und ihre Hormone spielten verrückt. Dass er in zwei Tagen nicht mehr da wäre, daran wollte sie nicht denken.

Auch am Montagabend war er bei ihr, sie aßen etwas vom Chinamann, das er mitgebracht hatte, fütterten sich gegenseitig, lachten und hatten bombastischen Sex.

Dienstag lief es nicht anders. Beide genossen die Stunden miteinander. Sie nahmen sich Zeit und waren wild und hemmungslos, schließlich war es ihr letzter Abend.

Der Mittwoch war viel zu schnell da. Daryl brachte Josh um sechs Uhr zum Flughafen. Ihre Tränen hielt sie den ganzen Morgen zurück, doch als er sie im Arm hielt, konnte sie nicht mehr dagegen ankämpfen. Ihr Abschiedskuss war lang und innig. Und er war für immer!

***

Daryl versuchte, mit ihrem Leben klar zu kommen. Doch sie dachte nur an Josh. Aber er dachte leider nicht mehr an sie. Denn seit seinem Abflug, und das waren jetzt zwei Wochen her, hatte er sie nicht einmal angerufen. Gut, er hatte sich nicht auf eine Äußerung eingelassen, die irgendetwas mit dem Begriff Beziehung zu tun hatte. Sie versuchte ja auch, sich damit abzufinden, dass es für sie beide nur ein kleines Sexabenteuer am Schluss seines Lebens in Kanada war.

Daryl schnäuzte sich die Nase. Am Sonntag fiel es ihr immer besonders schwer, nicht an ihn zu denken. Erstens war sie durch die Firma nicht abgelenkt und zweitens hatte sie an zwei Sonntagen die einschneidenden Erlebnisse mit ihm gehabt.

Es klingelte. Mit einem Satz sprang Daryl vom Sofa auf und ging mit Herzklopfen zur Wohnungstür. Sie schloss kurz die Augen, atmete tief durch und lächelte. Mit diesem Ausdruck der Freude öffnete sie die Tür.

»Oh, hallo, Mum.«

»Hallo, Kind. Mein Gott, diese vielen Stufen, die machen mich noch ganz fertig. Willst du nicht mal woanders hinziehen?«

»Warum nimmst du nicht den Fahrstuhl?«

»Du weißt doch, wie sehr ich diese Dinger hasse.«

Daryl nahm ihrer Mutter den Mantel ab und setzte Teewasser

auf. Für sich kochte sie einen Kaffee und stellte den Becher bereit, aus dem vor zwei Wochen Josh getrunken hatte.

»Kind, du siehst aber abgespannt aus. Sag mal, hast du etwa geweint?«

»Nein, ich bin nur erkältet.«

»Warum hast du mir das nicht früher gesagt, dann hätte ich dir ein paar Tropfen Krippostalisitropan mitgebracht.«

»Nein danke, Mum, ich denke, ich bekomme das auch so ganz gut in den Griff.«

»Diese Tropfen wirken aber Wunder!«

»Es ist ein Wunder, dass du diesen Namen aussprechen kannst, und ein noch größeres Wunder, dass du ihn behalten kannst.«

»Ich kann schnell noch mal nach Hause fahren und sie ...«

»Nein danke, Mum, es geht schon.«

»Na schön.« Sie klang etwas beleidigt und nahm einen beherzten Schluck Tee.

»Wie geht es dir denn sonst, Kind, ich habe lange nichts mehr von dir gehört und da dachte ich, ich fahre mal kurz vorbei.«

»Wir haben doch am Freitag telefoniert.«

»Siehst du, das ist der ganze Samstag und halbe Sonntag.«

Daryl guckte gen Himmel und dann in ihren Kaffeebecher. Sie hoffte, dass ihre Mutter bald wieder verschwinden würde, doch stattdessen stand sie auf und lief in der Wohnung herum. Wie Daryl das hasste!

»Kann ich dir helfen, Mum?«

»Nein, nein, ich gucke nur ein bisschen.«

»Das sehe ich.«

»Oh, Darry ...« Auch diesen Namen hasste sie! »Was ist denn das?« Ihre Mutter hob ein Flugticket in die Höhe.

»Wonach sieht es denn aus, Mum?«

»Äh, Flugticket?«
»Richtig.«
»Aber für wen?«
»Für mich.«
»Für dich?«
»Genau.«
»Aber wohin?«
»Nach Chicago.«
»Nach Chicago?«
»Richtig.«
»Und wann?«
»Nächste Woche Donnerstag.«
»Nächste Woche Donnerstag?«

Daryl seufzte. So konnte das den ganzen Tag weitergehen. Aber jetzt wusste sie auch, woher sie diese Macke mit dem Wiederholen hatte.

»Ja, Mum.«

»Aber, Kind, warum denn? Und warum hast du mir davon noch nichts gesagt?«

»Ich hätte es dir heute oder morgen erzählt.«

»Heute oder morgen? Warum nicht sofort?«

»Weil ich mir noch nicht sicher bin, ob ich es wirklich machen soll.«

»Du kaufst ein teures Flugticket und bist dir nicht sicher? Also, manchmal verstehe ich dich nicht. Warum das alles? Könntest du mal endlich in zusammenhängenden Sätzen sprechen, damit ich dich verstehe und nicht ständig nachfragen muss?!«

»Also schön. Ich habe mich verliebt und möchte dem Mann meiner Träume hinterher fliegen.«

Ihre Mutter war das erste Mal, so lange Daryl sie kannte, sprachlos. Sie starrte ihre Tochter an, als hätte sie den Verstand verloren. Endlich fand sie ihre Stimme wieder und glitt in ihr altes Schema hinein. »Du hast dich verliebt und reist einem Mann hinterher?«

»Ja, genau.«

»Ich falle gleich in Ohnmacht.«

»Nein, Mum, das ist nicht nötig.«

»Wer ist dieser Mann, warum hast du mir noch nie von ihm erzählt?«

»Er heißt Josh und du kennst ihn nicht. Er arbeitet in einer Event-Agentur und wurde nach Chicago versetzt. Nun fliege ich ihm hinterher.«

»Weiß er denn, dass du kommst?«

»Ja«, log Daryl.

»Und wie lange wirst du bleiben?«

»Nur eine Woche. Ich musste meinen Urlaub einreichen.«

Ihre Mutter wurde bleich.

»Mum, bleib ganz cool. Ich werde dich anrufen und dir sagen, wie es mir geht, okay?«

»Okay.«

***

»Kleinen Moment, es muss hier irgendwo sein. Ich hab´s bestimmt gleich.« Daryl wühlte ihn ihrer Handtasche. Die Leute hinter ihr in der Schlange wurden unruhig und nervös. Daryl war schon längst nervös. Wieso fand sie dieses blöde Flugticket jetzt nicht? Schweiß trat ihr auf die Stirn. Warum hatte sie nicht schon früher danach gesucht? Sie musste ja die ganze Zeit mit ihrer Mutter reden, die sie nicht eine Sekunde aus den Augen ließ. Ihre Mutter! »Stellen Sie meine Koffer bitte zur Seite, ich bin gleich zurück. Sie lief durch die Schalterhalle und sah noch den Rockzipfel ihrer Mutter aus der Drehtür verschwinden.

»Mum! Mum!« Daryl lief, wie sie noch nie gerannt war.
»Mum, verdammt, bleib´ stehen!«

Endlich hatte Daryl sie eingeholt. »Mum!«

»Kind! Ich dachte, du sitzt im Flugzeug.«

»In welchem, wenn du das Ticket hast!«

Sie wurde wieder blass. »Oh, aber das habe ich nicht.«

»Bist du sicher? Ich sehe es an deiner weißen Nasenspitze.«

Daryls Mutter brach in Tränen aus. »Oh, Kind, das tut mir so leid, aber ich kann dich doch nicht in dein Unglück laufen lassen. Du kennst diesen Mann ja nicht einmal.«

»Das weißt du doch gar nicht!«

»Und Chicago ist so weit weg von Vancouver!«

»Mum, ich habe *mein* Leben und du hast *deins*. Gib mir endlich mein Ticket.«

»Wirst du mich auch bestimmt anrufen?«

»Ja.«

»Jetzt wahrscheinlich nicht mehr, oder?«

»Hör auf, Mum. Und gib mir endlich mein Ticket, sonst hast du deinen Willen doch noch bekommen und die Maschine fliegt ohne mich.«

Ihre Mutter reichte ihr das Ticket und schloss sie noch einmal in den Arm. »Ich wünsche dir alles Gute und hoffe, er ist ein netter Mann, kein Hallodri wie dein Vater, und, dass er es vor allem Wert ist!«

»Ja, Mum, keine Sorge. Wiedersehen.«

***

Richtig sicher war Daryl sich erst, als sie im Flugzeug saß. Entspannt lehnte sie sich zurück, schloss die Augen und dachte an Josh. Josh! Ein Lächeln umspielte ihre Lippen. Sie stellte sich die Situation in ihrer letzten Nacht vor, wie sie erst in der Wanne waren, er hatte sich heimlich ihren ganzen Kerzenvorrat geschnappt und das Badezimmer damit ausgestattet. Es war so herrlich romantisch. In der Wanne rieb er sie mit dem voll Schaum gesogenen Schwamm zwischen den Brüsten, auf den Brüsten und glitt zwischen ihre Schenkel. Als er dort ausgiebige, nicht enden wollende, kreisende Bewegungen vollführte, kam sie in einem gewaltigen Orgasmus. Auf dem Bett ging es weiter. Auch hier hatte er sich »kerzenmäßig« richtig ausgetobt. Dass Daryl jemals in den Genuss der 69er Stellung kommen würde, hätte sie nie gedacht. Er war sanft und ungemein zärtlich, aber auch ausdauernd. Sie konnte sich noch genau an den milden, männlichen Geruch erinnern, als sie sich sein Glied in den Mund schob. Es war so weich und samtig und doch so hart und geil. Als Daryl ihn fast zur Verzweiflung gelutscht hatte, hob und senkte er sein Becken auf sie, als wenn er ihren Mund vögeln würde.

Bei den Gedanken daran, wie seine Zunge unablässig in ihrer Vagina hin und her glitt, bewegte Daryl unbewusst ihren Unterleib. Er griff ihr an den Busen, vorsichtig erst, dann immer sicherer, drückte eine der Brustwarzen zusammen und kurz darauf die andere. Ja, dachte Daryl. Als Josh auch noch in ihrem Schoß mit der Hand kreiste, atmete sie schneller. Aber, wie schaffte er es bloß, an ihre Brüste zu kommen, während sein Gesicht zwischen ihren Beinen arbeitete?

Daryl öffnete die Augen und erschrak. Ihr Sitznachbar hatte sich an ihr vergriffen. Er lächelte sie entschuldigend an und fuhr in seinen Bewegungen fort. Obwohl Daryl nach Worten suchte, die ihm diese Art der Wonne untersagen sollten, ließ sie es geschehen. Sie war so scharf, dass sie nicht zurück konnte. Also ließ sie ihn gewähren und er war fasziniert von dem, was er mit ihr anstellen konnte. Sie wand sich auf ihrem Sitz und stöhnte leise, wobei ihre Gedanken Josh galten.

Ihr Dankeschön drückte sie ihm in einer ähnlichen Tätigkeit aus. Unter der Schlafdecke rieb sie seinen harten Schwanz, bis er in ein Taschentuch spritzte. Danach wollte er sie küssen, doch Daryl winkte ab, drehte sich um und fiel in einen traumlosen Schlaf.

***

»Guten Tag, mein Name ist Daryl Peters. Ich suche nach einem Mr Josh Bryant.« Nervös stand Daryl am Empfangstresen der Event-Agentur und blickte die junge Dame in ihrem royal-blauen Kostüm erwartungsvoll an.

»Folgen Sie diesem Gang. Das Zimmer liegt auf der rechten Seite.«

»Vielen Dank.« Daryl ging mit pochendem Herzen den Flur entlang und blieb vor der Tür stehen. Sie atmete tief ein und klopfte. Als ein: »Herein« ertönte, betrat sie das Zimmer.

»Guten Tag, mein Name ist Daryl Peters«, erzählte sie dem jungen Mann am Fenster, nachdem ihre Augen blitzschnell den Raum abgesucht hatten, ohne Josh entdeckt zu haben.

»Wenn Sie sich als Projektassistentin auf die neue Stelle bewerben wollen, sind Sie hier leider falsch.«

»Es ist eine Stelle bei Ihnen frei?«

»Ja, aber Sie sind, wie gesagt, im falschen Zimmer. Sie müssen zum Empfang zurückgehen.«

»Also eigentlich suche ich Josh Bryant.«

»Ach so. Er ist nicht da.«

»Das sehe ich auch. Wo ist er denn?«

»In Florida.«

»In Florida?«

»Ja.«

»Und wann kommt er wieder?«

»In etwa einer Woche.«

»In etwa einer Woche?« Daryl riss sich zusammen und ermahnte sich, nicht schon wieder wie ihre Mutter alles zu wiederholen. »Schön, dann, äh ...« Sie schrieb einen Zettel. »Hier ist der Name des Hotels, in dem ich abgestiegen bin. Sollte Josh ...« Sie unterbrach sich und hielt inne. Dann schüttelte sie traurig den Kopf, zerknüllte das Papier und warf es in den nächsten Papierkorb. »Nein, vergessen Sie´s. Richten Sie ihm aus, dass ... dass ich nicht da war.« Sie ließ einen verdutzten jungen Mann zurück.

***

Daryl war sehr enttäuscht, Josh nicht anzutreffen und auch noch eine Woche warten zu müssen. Abends zog sie traurig ihre schwarze Spitzenunterwäsche aus und legte sie zu dem Stapel mit den anderen neuen Kleidern.

Daryl schaffte es, diese eine Woche in Chicago zu genießen. Sie bummelte ausgiebig, sah sich die Stadt an, ging im Highland Park, der nahe beim Hotel lag, zweimal joggen und ließ es sich im Spa-Bereich des Hotels gut gehen, indem sie jeden Abend schwimmen ging und sich von einem Masseur, der sein Handwerk verstand, so richtig durchkneten ließ.

Am Mittwoch, einen Tag vor ihrem Abreisetag, traf sie erneut in der Event-Agentur ein. Wieder öffnete sie mit klopfendem Herzen die Tür zu Joshs Büro und wieder war er nicht da.

Sein Arbeitskollege zog mitleidig die Augenbrauen zusammen, als er sagte: »Es tut mir leid, Miss, aber er hat noch einen Tag drangehängt.«

»Wie bitte?« Daryl traute ihren Ohren kaum. Verzweifelt ließ sie sich auf einen Stuhl plumpsen. Sie war den Tränen nahe. Alles war umsonst, der Flug, der Urlaub, das lange Warten, die Hoffnung - einfach alles! Sie schluckte ihre Tränen hinunter, bedankte sich und wünschte dem jungen Mann noch einen schönen Tag. Er setzte zum Nachfragen an, doch Daryl winkte nur ab, schüttelte den Kopf und meinte: »Es hat keinen Zweck. Hätte ich nur auf meine Mutter gehört.«

Als sie noch am gleichen Tag am Flughafen ankam, versuchte sie, einfach einen Tag früher nach Hause zu fliegen, doch auch diesmal hatte sie kein Glück. Sie wurde lediglich auf eine Warteliste gesetzt, auf der schon zweiundvierzig Leute standen. Wieder winkte sie ab und fuhr ins Hotel zurück. Sie bekam ein anderes Zimmer, da sie schon ausgecheckt hatte. Und wieder war ihr zum Heulen zu Mute. An der Hotelbar trank sie einen Martini nach dem anderen und torkelte völlig betrunken ins Bett.

Sie nutzte den nächsten Morgen, um ihren Rausch auszuschlafen und den Nachmittag, um eine Runde im Park joggen zu gehen, was sie hoffen ließ, auf andere Gedanken zu kommen.

Es war kälter, als sie gedacht hatte, aber nicht kälter als bei ihr zu Hause in Kanada. Sie stieß kleine Atemwölkchen aus und war so unkonzentriert, dass sie nach einer Weile vor Seitenstichen stoppte. Oder lag es am Kater? Mit verkrampftem Gesicht beugte sie sich hinunter und atmete stoßweise.

»Was denn, du willst es sogar hier?«

Es musste am Kater liegen, sie hörte Stimmen im Kopf.

»Daryl!«

Nein, das war einfach zu deutlich. Ihr Kopf schoss nach oben und sie blickte in Joshs Gesicht. Ihr wurde schwarz vor den Augen.

Josh hielt sie fest. »Hey, was ist denn?«

»Bin nur zu schnell hoch gekommen«, rechtfertigte sie sich.

»Klar. Gib es zu, es ist meine Aura.« Er schmunzelte und seine Grübchen wurden sichtbar.

»Was machst du hier?«, schaffte Daryl endlich einen klaren Gedanken zu fassen und ihn auszusprechen.

»Gute Frage. Aber, die sollte ich eigentlich *dir* stellen. Denn ich wohne, lebe und arbeite hier. Es ist also nicht verwunderlich, wenn man mich nachmittags im Highland Park bei einem kleinen entspannten Spaziergang antrifft.«

»Ja, richtig. Also, ich … ich bin … hierher geflogen.«

»Hab ich mir gedacht. Und warum?«

»Weil …« Sie besann sich: »Ich dachte, du bist in Florida!«

»Nicht ablenken, du schuldest mir zuerst eine Antwort.«

»Nein, ich … bitte, sag du zuerst.«

Er stieß lächelnd die Luft aus. »Na, schön. Ich war in Florida, stimmt, und musste noch einen Tag verlängern, da der Abbau der Veranstaltungsbühne nicht richtig klappte. Sie war für den heutigen Tag schon wieder vermietet und so war ich dafür verantwortlich. Aber nun schickte der Bühnenbauer zwei weitere Helfer und auch noch solche, die sich, Gott sei Dank, mit ihrem Job auskannten, im Gegensatz zu den anderen beiden. Und Dank derer konnte ich heute Morgen die Sieben-Uhr-Maschine nehmen. Ich war in der Firma, habe mich mit meinen Leuten unterhalten und mein Kollege hat von einer reizenden, dann traurigen, jungen Dame erzählt. Und wo sollte ich dich am ehesten antreffen, wenn nicht im Hotel?«

»Du warst im Hotel?«

»Klar, überall, sogar im Spa-Bereich und dort, wo du einmal abends alleine italienisch gegessen hast.«

»Aber woher wußtest du, welches Hotel …«

»Der Zettel. Mein Kollege hat ihn aus dem Mülleimer gefischt und ihn mir trotzdem gegeben. Er dachte, er würde mir vielleicht noch nützlich sein.«

»Guter Mann!«

Josh nickte. »Stimmt. So, und nun bist du dran: Warum bist du hier?«

»Mir fehlten meine Waldspiele.«

»So, so ... Es war nicht zufällig mehr?«

»Nein«, antwortete Daryl überlegend und unschuldig.

»Also, ich muss schon sagen, dann hätte ich natürlich auch das Flugticket ausgegeben und hätte eine Woche, fast wäre sie vergeblich gewesen, auf einen Mann gewartet, der es einem so richtig besorgt, und dann noch nicht mal in einem Wald, sondern ersatzweise im Park und das mitten in Chicago. Nicht schlecht! Also, das sind wirklich vernünftige Gründe!«

Beide lachten und Josh zog sie in den Arm. Endlich spürte sie in der Kälte seine warmen Lippen, die sich auf ihre drückten.

»Ich habe dich vermisst«, flüsterte er.

Tränen der Erleichterung liefen ihr über die Wangen.

»Hey, Kleines, nicht weinen.«

»Es ist nur, weil ich froh bin, dass wir uns doch noch begegnet sind.«

Er zog sie dichter zu sich heran und raunte: »Bei uns ist gerade eine Stelle frei geworden. Hast du nicht Lust?«

»Überlegt habe ich mir das schon, ich wusste bloß nicht, wie du auf mich reagierst.«

»Dann solltest du vielleicht doch noch eine Woche dranhängen, damit du dir ein Bild machen kannst, wie ich reagiere und vor allem, wie ich agiere. Ich kann mir nach der anstrengenden Woche die beiden Tage plus Wochenende frei nehmen. Wie wäre es also, wenn du erst Montag fliegst?«

»Ja, das wäre super! Und auch kein Problem. Ich habe mir bis Sonntag auf jeden Fall schon frei genommen.«

»Ich bin begeistert!«

Er küsste sie wieder und diesmal fuhr er ihr unter den Pullover, dann unter den BH und spielte ihre Nippel steif. Ihr Unterleib drückte sich an seinen und sie spürte seine Erektion. Sofort wurde sie feucht und atmete schwerer. Sie konnte es kaum erwarten, dass sich sein harter Schwanz endlich nach der langen Zeit wieder in sie bohrte, seinen Weg vorbei an den vielen kleinen Lustzentren, um sie vollends in den Himmel schweben zu lassen.

Er nahm sie bei der Hand. »Ich habe heute keine Lust auf improvisierte Waldspiele, ich will dich noch mehr – noch mehr als sonst!«

Undercover No. 1: Deckname Mary

Die Tür öffnete sich. Kalter Wind und Schneeflocken wirbelten in den Raum. Breitbeinig stand ein Mann mit einem dunklen Mantel in der Tür. Er nahm die verrauchte Kneipe langsam und intensiv in Augenschein. Erst nach einer Weile betrat er sie und schloss die Tür. Während er noch immer seinen Blick über die vielen, sich unterhaltenden Menschen schweifen ließ, klopfte er sich die Schneeflocken vom Mantel. Es war nicht leicht, hier noch einen Platz zu finden. Schließlich ging er los.

Terry hielt die Luft an, denn er kam in ihre Richtung. Würde er sich etwa an ihren Tisch setzen wollen oder ging er nur vorbei? Tatsächlich blieb er vor ihr stehen und blickte auf sie hinab.

»Ist dieser Platz noch frei?«

Er war groß und elegant, breitschultrig und gut aussehend.

Terrys Herz pochte laut und ein Kribbeln lief durch ihren Körper. Egal, wer er war, er übte eine ungeheure Faszination auf sie aus. Ihr Mund wurde trocken und ihre Hände zitterten, als sie auf den freien Platz wies.

»Danke«, sagte er schlicht und setzte sich.

Er schaute Terry unter halb geschlossenen Lidern an, und sein Blick bohrte sich so sehr in ihre Augen, dass sie das Gefühl hatte, er könne direkt zu ihren Gedanken gelangen. Das wäre fatal, denn eine warme Woge der Erregung suchte sich seinen Weg durch ihren Körper. Sie spürte, wie ihre Brustwarzen an den Stoff des BHs stießen und sie feucht wurde. Aus Verlegenheit wandte sie den Blick ab und wühlte in ihrer Handtasche, wo ihr ein Handspiegel in die Hände fiel. Als sie ihn aufklappte, konnte sie den Fremden über den Rand hinweg genauer betrachten.

Seine Aufmerksamkeit galt jetzt jemandem hinter ihr im Raum. Sofort blickte Terry in den Spiegel und versuchte zu erkennen, wer es war. Komisch, dass ihr die Kneipe nicht so verraucht und schummerig vorgekommen war, wie jetzt, da sie diese im Spiegel betrachtete. Ihr stockte der Atem. Was sie dort entdeckte, war ungeheuerlich! Eine junge Frau, die gut und gerne den fünfziger Jahren mit ihrer Hochfrisur, der Federboa und den langen, glänzenden Handschuhen hätte entsprungen sein können, befingerte sich hemmungslos unter dem Tisch.

Terry konnte es nicht glauben, dieser Pub war randvoll mit Menschen, die alles von ihr hätten sehen können. Doch niemand interessierte sich für diese etwas extravagante Dame. Bis auf einen: ihr Gegenüber. Und eine: sie selber.

Die Dame aus einer anderen Epoche spreizte die Beine noch ein Stück weiter und fuhr mit der zweiten Hand dazwischen, langsam und provokativ. Sie rieb sich und legte ihren Kopf schief. Ihre schweren Brüste ruhten auf dem rauen Holztisch. Terry, auch wenn sie eine Frau war, fühlte sich magisch angezogen von diesem Spiel. Ein Blick auf ihren Tischnachbarn verriet ihr, dass er ähnlich empfand und von ihrer Aktivität fasziniert war. Sein Brustkorb hob und senkte sich schwer. Das brachte Terrys Blut noch mehr in Wallung. Sie konnte in seinem Gesicht lesen, dass er sich anstrengen musste, keinen Seufzer auszustoßen, so sehr nahm ihn das Schauspiel gefangen. Schnell blickte Terry wieder in den Spiegel. Die Lady hatte den Kopf halb in den Nacken gelegt und hielt den Mund leicht geöffnet. Ihre Hände waren aktiv und wühlten im Schoß, während der Slip an einer Fußfessel hing. Lasziv holte die Verführerin eine Hand nach oben, schob sich ihren Mittelfinger tief in den Mund, einmal, zweimal, dreimal und wanderte zurück zur Spalte. Sie führte dort fort, was sie oben begonnen hatte.

Gott, war Terry geil! Sie stellte fest, dass sie genauso schwer atmete, wie ihr Gegenüber. Terry vergaß alles um sich herum. Sie hatte nur noch Augen für diese Frau mit ihren verführerischen Fingerspielen und den großen geilen Mann an ihrem Tisch, der sich durch seine stark ausgebeulte Hose verriet.

Die Hand der Dame glitt an der weinroten Federboa hinunter und schlang diese um den schlanken Schenkel. Terry wollte gerade ihren Spiegel zuklappen und sich noch etwas zu trinken bestellen, als ihr geübter Blick etwas darin entdeckte, was sie blitzschnell handeln ließ. Noch ehe Terry darüber nachdachte, sprang sie auf und stürzte auf den fremden Mann am Tisch, riss ihn mit sich zu Boden, zog eine Waffe, drehte sich um und schoss. Bevor Terrys Kugel die Dame mit der Federboa traf, verletzte das Geschoss einen Mann am Arm, der schräg vor ihr an einem anderen Tisch saß. Allgemeines Aufschreien und Aufspringen, Wirbel und Entsetzen.

Terry lag auf dem Fremden und ihre Brüste drücken in sein Gesicht. Ein paar Sekunden der Erregung durchströmten sie, zumal eine seiner Hände auf ihrem Po lag. Schnell stand sie auf, lief, mit dem Revolver im Anschlag, zur Federboa-Frau, fühlte ihren Puls. Sie war tot. In der rechten Hand lag eine Waffe, die Terry mit dem Fuß wegstieß. Terry richtete ihre eigene auf den Fremden.

»He, he, was soll das?«, fragte der Fremde. »Ich bin *nicht* derjenige, der schießen wollte. Die Lady war es!«

»Wer sind Sie?«, fragte Terry schroff.

»Alan Bates.«

»Was haben Sie mit dieser Frau zu tun?«

»Wie bitte? Ich mit ihr? Sie meinen wohl, *sie* mit mir. Ich habe diese Frau in meinem ganzen Leben noch nie gesehen.«

»Das glaube ich Ihnen nicht«, zischte Terry.

Der Mann richtete sich auf. »Ach ja. Ich glaube, ich bin Ihnen keine Rechenschaft schuldig. Wer sind *Sie* denn im Übrigen?«

»Wie Sie unschwer erkennen können, habe ich Ihnen gerade das Leben gerettet«, antwortete Terry nicht ganz so cool, wie sie es hätte rüberbringen wollen.

»Das ist keine Antwort.«

Terry hockte sich wieder zur Toten. Sie durchsuchte ihre Taschen und zog ein Portemonnaie hervor, klappte es auf und blickte ins Geldfach. Hundert Pfund in Scheinen. Dann weiter nach vorne. Diese Brieftasche gab über nichts Aufschluss. Nicht mal ein Ausweis war zu finden oder eine Kreditkarte, womit Terry die Lady als Mary hätte identifizieren können. Denn Terrys Auftrag lautete, Informationen von Mary zu bekommen. Ihr schlechtes Gewissen plagte sie, ihre eigene Informantin erschossen zu haben. Doch das Leben eines Menschen ging nun einmal vor. Terry wühlte weiter, während das Stimmengewirr hinter ihr anschwoll. Da, sie hatte etwas gefunden! Gut versteckt klebte ein Zettel in einem Kreditkartenfach. Terry erschrak und starrte geschockt auf die Buchstaben. Dort stand: »Opfer: Terry McNeill«.

»Was machen Sie da?« Alan Bates kniete sich neben sie.

Terry zuckte kurz zusammen. »Nichts. Ich habe die Frau nur nach Personalien untersucht.«

»Sollten wir das nicht lieber der Polizei überlassen?«

Unbemerkt steckte Terry den Zettel in ihre Tasche. »Von mir aus.« Sie versuchte, betont gelassen zu sein.

»Die Polizei kommt schon«, sagte einer der Umstehenden.

Terry stand auf und ihr Blick schoss nach draußen. »Verdammt! Wer hat sie gerufen?«

»Der Wirt«, antwortete jemand.

Wenn die Polizei sie jetzt festnahm, würde das ihren Auftrag immens verzögern. Zwar würde sich aufklären, dass sie Undercover für MI5 arbeitete, weshalb sie auch befugt war, Attentäter mit einer Kugel auszuschalten. Aber erstens, würde ihre Deckung auffliegen und zweitens, würde sie sich somit noch weiter von ihrer Kontaktperson entfernen. Vorausgesetzt, diese Frau war nicht Mary! Denn Terrys Instinkt sagte ihr, dass es sich bei der Toten definitiv nicht um Mary handelte.

»Na, nervös, Kleines?«, lächelte Alan Bates.

»Ich habe Ihnen Ihr verdammtes Leben gerettet. Sie könnten ruhig netter zu mir sein«, fauchte Terry ihn an.

»Stimmt. Fragt sich nur, warum Sie das getan haben. Doch wohl nicht, weil Sie eine Schwäche für mich haben, oder?«

Terry kam nicht zu einer Antwort. Sie stürzte Richtung Hinterausgang. Zeitgleich wurden zwei Türen geöffnet, die Vorder- und die Hintertür.

»Hey, lasst sie nicht entkommen, sie hat eine Frau umgebracht«, hörte Terry jemanden hinter sich rufen. Dann brach Tumult aus.

Terry rannte durch die Nacht und blinzelte, wenn ihr Schneeflocken in die Augen wehten. Sie schlidderte um ein paar Ecken und konnte ihr Auto schon in weiter Ferne sehen. Nur noch ein paar Meter. Sie schlich an einigen Häusern vorbei und wühlte schon in ihrer Tasche nach dem Autoschlüssel, als sie von einem festen Griff zurückgezogen wurde. Mit einem erstickten Schrei versuchte sie, sich von ihrem Angreifer loszumachen und ihren Revolver aus der Tasche zu ziehen. Doch er war stärker. Beide rangen im Schnee und fielen schließlich zu Boden. Schnell erkannte Terry, dass es Alan Bates war. Mit einem gekonnten Griff hatte er sie schließlich außer Gefecht gesetzt. Sein Atem ging stoßweise, genau wie Terrys. Ihre Gesichter waren sich ganz nahe.

»Was wollen Sie? Wollen Sie mich hinter Gitter bringen?«, keuchte Terry.

»Was haben Sie da vorhin eingesteckt?«

»Wie bitte?«

»Die Brieftasche – was haben Sie herausgenommen?«

»Verdammt, ich habe Ihr Leben gerettet!«

»Das war auch sehr ehrenhaft von Ihnen. Aber darum geht es jetzt gerade nicht. Was haben Sie eingesteckt?«

»Deshalb werfen Sie mich in den Schnee und riskieren, dass wir beide an einer Lungenentzündung krepieren?«

»Los, sagen Sie schon, oder soll ich mir selber Klarheit verschaffen?«

»Ach, hol Sie doch der Teufel«, zischte Terry.

»Na schön, wie Sie meinen.« Ohne zu zögern packte Alan Bates ihre Hände mit einer Hand und griff ihr ans Revers.

»Lassen Sie das!«, rief Terry und versuchte, sich aus dem Griff zu befreien. Sie wand sich so sehr, dass Alan Bates halb auf sie rutschte und sie mit seinem Gewicht auf dem Boden hielt. Terry zappelte und kämpfte, doch gegen sein Köpergewicht konnte sie nicht viel ausrichten. Bates glitt mit einer Hand in ihre Jacke und suchte die Innentasche. Dabei stieß er an ihren Busen. Sofort stellte sich ihre Brustwarze auf und drängte gegen den Stoff. Sie war verlangend und Terry war es auch. Sie spürte wieder dieses Kribbeln, das diesmal nicht nur durch ihren Körper strömte, sondern sich auf ihren Unterleib konzentrierte.

Alan Bates musste etwas bemerkt haben, oder er hatte selber das Verlangen. Seine Hand legte sich auf eine ihrer Brüste und knetete sie. Dann blickte er ihr in die Augen und sprang hoch, während er sie mit sich zog.

Terry schüttelte die Gefühle ab und bellte: »Was soll das, was haben Sie vor?«

Wortlos zerrte er sie hinter sich her und presste sie an die nächste Rückwand eines Hauses. Schwach leuchtete eine Laterne in der Nacht. Der Schneefall wurde heftiger. Keuchend standen sich beide gegenüber, konnten sich in der schwachen Dunkelheit kaum erkennen. Dieser Mann machte sie verrückt und weckte die bei ihrem Job sonst so gut unter Kontrolle gehaltenen Gefühle. Auch wenn er ihr lästig war und sie ihn dringend abschütteln musste, er wühlte ihr Inneres auf.

»Wo ist dieser verdammte Zettel?«, zischte er.

»Warum? Er war nicht für Sie bestimmt!«

»Ach ja, für Sie vielleicht?«

»Wäre möglich.«

»Ich zähle bis drei ...« Bates zog eine Waffe.

Terry erschrak. Damit hatte sie nicht gerechnet.

»Was soll das? Wer sind Sie?«, fragte sie erschüttert.

»Eins ...«

»Hören, Sie ...«

»Zwei ...«

Terry schluckte. Was sollte sie tun? Sein Duft wehte zu ihr herüber und sie hörte auf ihren Bauch. Mit einem Satz hatte sie sich ihm um den Hals geworfen und presste ihre Lippen auf die seinen. Mit einer Reaktion wie dieser hatte er anscheinend nicht gerechnet, und sie auch nicht! Doch er erwiderte dankbar und stürmisch ihren Kuss. Seine Arme schlangen sich um sie und Terry spürte den harten Druck seines Revolvers im Rücken. Sie versuchte, es zu ignorieren. Zu dem Druck im Rücken spürte sie noch einen anderen Druck. Er bekam eine Erektion und Terrys Herzschlag verdoppelte sich. Abrupt stoppte er plötzlich.

Verwirrt starrte Terry ihn an. »Was ist?«

»Pst, ich habe etwas gehört.«

»Was denn?«

»Die Polizei.« Sein Blick war in die Ferne gerichtet. Dann kam er zu ihr zurück. »Was stand auf dem Zettel? Sag es mir, ich muss es wissen!«

»Es war ein Einkaufszettel.«

»Lügnerin.«

»Es ist wahr.«

»So? Wolltest du jetzt noch ihre Einkäufe tätigen?«

»Küss mich«, bettelte Terry.

»Woher hast du den Revolver?«

»Ich habe einen Waffenschein.«

»Warum kannst du so gut damit umgehen?«

»Wer einen Waffenschein hat, muss das Schießen auch schon mal irgendwie und irgendwann gelernt haben.«

»Warum trägst du als Frau eine Waffe mit dir herum?«

»Genau das gleiche könnte ich dich fragen, Alan.«

»Ich bin keine Frau.«

Terry lachte auf. »Sehr witzig! Das ist keine Erklärung.«

Er schwieg und sein Blick bohrte sich in ihre Augen.

Terry dachte sofort an den Augenblick, als er den Pub betreten hatte. Sein wehender Mantel, seine ungeheure Präsenz, die den verrauchten Pub erfüllte. Sein Blick – einfach alles.

Doch sie wollte sich davon nicht blenden oder ablenken lassen. »Wenn du eine Waffe trägst, warum hast du dich nicht selbst verteidigt?«, wollte sie wissen.

»Ich war wohl einen Augenblick abgelenkt – Berufsrisiko.«

»Was meinst du damit, Alan?«

»Was mich beschäftigt, ist, warum *du* eine Waffe trägst.«

»Man kann als Frau einfach nicht vorsichtig genug sein.«

»Du bist eine Spionin oder Agentin, richtig?«

Terry schwieg.

Alan bohrte weiter: »Was bist du?«

»Vorsichtig.«

»Los, sag schon!«

»Keine von beiden, nur eine Frau, die sich absichert.«

Er blickte ihr streng in die Augen. »Ich glaube dir nicht. Warum hast du diese Frau erschossen?«

»Sie wollte dich umbringen, schon vergessen?«

»Keine normale Frau macht so etwas. Bist du ein Bulle?«

»Verdammt! Wieso musst du so viele Fragen stellen?«

»Bist du einer?«, beharrte er.

»Nein!«

»Aha, aber woher ... «

»Alan, bitte, küss mich!«

Er zögerte. Terry konnte sehen, wie es in seinem Kopf arbeitete. Sie fragte sich genauso, welche Rolle er heute hier spielte. Warum richtete die Federboa-Lady die Waffe ausgerechnet auf ihn?

Sie kam zu keinen weiteren Überlegungen, denn ihre Münder trafen sich wieder. Seine Lippen waren warm und weich. Das Blut schien in ihnen zu pulsieren und die ganze Wärme an Terry weiterzugeben. Sie erregte der Gedanke, wo sein Blut jetzt noch gerade pulsierte. Sie machte Anstalten, sich dichter an ihn zu drücken. Sofort schlang er die Arme um sie und zog sie fest an sich. Seine Wärme umspülte sie und der markante Duft, der ihm entwich, ließ sie heiß werden. Seine Zunge drückte sich tief in ihren Mund und umschlang ihre. Seine Hand wanderte zum Busen und knetete ihn soweit es durch den dicken Stoff ihres Mantels, des Pullovers und der Bluse möglich war. Seine Hand glitt weg und suchte in ihrem Mantel.

»Hey, was machst du da?«

»Ich möchte noch immer wissen, was auf dem Zettel steht.«

»Okay«, gab Terry nach, »ich verspreche, ihn dir nachher zu zeigen, einverstanden?«

»Nachher?«

»Vielleicht als kleines Dankeschön. Wobei ich hoffe, du tust es nicht nur für den Zettel ... «

Er zögerte.

Sie holte aus ... Er packte ihre Handgelenke und drehte sie blitzschnell auf den Rücken. »Verdammtes Biest!«

»Lass mich los, Alan!«

»Nicht, bevor ich nicht weiß, was auf dem Zettel steht und welches Spiel du hier treibst!«

»Genau das gleiche könnte ich dich fragen. Warum hatte die Frau es auf dich abgesehen? Die Lady muss doch einen Grund gehabt haben. Ich vermute, dass du ein falsches Spiel treibst und mir etwas verheimlichst. Wer bist du wirklich?«

Es zuckte in seinem Gesicht. Für den Bruchteil einer Sekunde hatte Terry das Gefühl, er würde etwas sagen, doch stattdessen hauchte er nur: »Lass uns einfach da weitermachen, wo wir aufgehört haben.« Mit diesen Worten öffnete er ihren Mantel und ließ eine Hand unter Pullover und Seidenbluse gleiten. Schnell hatte er eine der Brustwarzen gefunden, die sich ihm willig entgegenreckte. Terry versuchte, einen klaren Kopf zu behalten, denn sie musste sich auch vor ihm in Acht nehmen. Doch seine Fingerfertigkeit ließ sie schmelzen und umnebelte ihre Gedanken. Dieser Mann hatte es wirklich drauf, eine Frau zu verführen.

Er senkte seinen Kopf und umschloss mit den Lippen die Brustwarze, die er auf volle Größe gespielt hatte. Er saugte an ihr, presste sie mit den Lippen zusammen und umkreiste sie mit der Zungenspitze. Erregt ließ sich Terry gegen die Hauswand fallen und bog ihren Rücken nach hinten. In ihrem Schoß fing es an zu brodeln und ein ungeheures Verlangen stieg in ihr auf. Aber auch ihr Gewissen meldete sich. Sie hatte einen Auftrag und ließ sich immer mehr von dem Fremden verwöhnen, von dem sie nicht einmal wusste, ob er ihr nicht nach dieser Orgie den Revolver an die Schläfe halten würde.

Doch Terry war scharf und wollte mehr – jetzt wollte sie alles. Sie wollte ihn, seine Hände, seinen Mund, seinen Schwanz, und sie hatte nicht eine Minute Geduld auf ein sich in die Länge ziehendes Vorspiel. Aber so, wie ihr Gegenüber ranging, wusste sie, dass er es auch wollte.

Sie griff ihm an die Hose.

»Hey, nicht so stürmisch, Lady.«

»Wieso nicht? Hast du Angst, ich könnte schneller kommen, als du?«

»Nein, das glaube ich weniger. Aber ich bin noch Jungfrau.«

»Was?« Entsetzt starrte sie ihn an. Wenn sie etwas im Moment nicht gebrauchen konnte, dann einen unerfahrenen Kerl.

Er ging in die Hocke und zog ihren langen Rock hoch, während er frech grinste und sagte: »War ein Scherz. Du hast gesagt, ich sei witzig.«

Kaum hatte er den Satz beendet, da schnappte Terry laut nach

Luft. Denn er war ruck zuck durch den Rand ihres Höschens geschlüpft und in ihre Muschi eingetaucht. Terry blieb die Luft weg und als sie welche hatte, atmete sie flach und schnell. Ihre Spalte vibrierte und verlangte umgehend nach seinem Schwanz. Dieser Mann hatte es drauf. Er machte sie im Handumdrehen so scharf, dass ihr Verstand aussetzte. Und jeder Passant, der seinen nächtlichen Spaziergang machte, oder seinen Hund Gassi führte, konnte die beiden bei ihrem Treiben erblicken.

»Hey, du bist ja schon richtig geil«, raunte er ihr zu.

Statt einer Antwort stöhnte Terry, denn er glitt in ihrer Spalte der Länge nach rauf und runter. Sie drückte sich gegen ihn und rieb ihre Brüste an seinem Mantel. Während eine Hand ihre Muschi immer nasser machte, suchte die andere Hand ihren Weg unter der Seidenbluse zu ihren Brüsten. Die Warzen waren so hart und verlangend, dass sie schmerzten. Als er eine mit Daumen und Zeigefinger zusammenpresste, stöhnte Terry laut auf und fühlte einen Blitz durch ihren Körper sausen direkt auf ihr Geschlecht zu. Sie konnte nicht mehr warten. Während er sie oben und unten im Griff hatte, wollte sie ihn auch willenlos machen. Doch hatte er wohl vor, sich anzusehen, wie sie kam. Denn seine Finger, die in ihrer Spalte auf und ab strichen, tauchten nun in ihren Schlitz und vollführten dort Bewegungen, von denen er genau wissen musste, dass Frauen, so auch sie, darauf abfuhren.

»Oh mein Gott ...«, hauchte Terry.

Sie krallte sich an seinem Mantel fest und spürte, wie es ihr gleich kam. Seine Finger waren schnell und ausdauernd, gönnten der heißen, inzwischen nassen Spalte, keine Pause. Plötzlich stoppte er.

»Oh, nein, nicht aufhören, nicht!«, flehte sie.

Er guckte auf sie herunter.

»Warum hörst du auf?«, schluchzte sie fast.

»Ich möchte auch mal ...«

»Ja, ja, gleich, aber erst möchte ich ... bitte!«

»Fleh mich richtig an, Baby. Bettel ein bisschen. Ich bin Alan. Nur für den Fall, dass du das noch nicht wusstest.«

»Ich weiß, oh, Alan, bitte. Mach weiter!«

Er massierte ihre nasse Scham und stoppte. »Das reicht noch nicht. Ein bisschen mehr betteln und ein bisschen genauer, bitte.«

»Oh, Alan. Mach´s mir. Bitte, jetzt, bitte.«

»Was soll ich dir machen?«

»Mich weiter bearbeiten.«

»Wo?«

»Da unten, meine Spalte. Massier sie weiter. Gib es mir.«

Alan massierte sie. Erst langsam, dann immer schneller.

»Ja, ja ... genau so. Ist das gut, ja ...!«

Seine Finger flutschten rein und raus und stoppten wieder.

»Nein!«, schrie Terry. »Bist du wahnsinnig! Du machst mich verrückt. Gib es mir ...!«

»Was steht auf dem Zettel?« Seine Züge wirkten hart.

»Oh Gott, später! Bitte, zuerst brauche ich ...«

»Nein, jetzt! Was steht auf dem Zettel?!«

Terry atmete schwer. Sie rang mit sich. Sie brauchte jetzt die Erlösung, dringend. Warum sollte sie ihm nicht sagen, was dort stand? Für ihn konnte es nicht weiter wichtig sein. »Also schön, dort stand: ›Opfer: Terry McNeill‹.«

Er zog die Stirn kraus. »Opfer Terry McNeill? Und sie schoss auf *mich*?«

»Vielleicht dachte sie, du bist Terry. Aber, Alan, bitte, mach jetzt weiter. Ich habe dir alles gesagt. Bitte!«

Alan nickte und legte los. Er massierte ihr nasses Geschlecht so schnell, dass Terry glaubte, ihr vergehe Hören und Sehen. Der Orgasmus kam so blitzartig und mit solcher Wucht, dass sie laut aufschrie und ihr Becken vor- und zurückwarf, als würde sein Schwanz in ihr stecken.

Kaum war der Orgasmus abgeklungen, kam ihr Verlangen zurück. Terry hatte das Gefühl, dass es gar nicht richtig befriedigt worden war. Bevor ihr Gegenüber es sich anders überlegte, griff sie ihm an den Bund seiner Hose und riss sie auf. Sofort sprang ihr sein stolz aufgerichtetes Glied entgegen. Er hatte keinen Slip an. Das steigerte ihr Verlangen noch mehr. Doch als sie sich breitbeinig vor ihn stellte und schon im Geiste der zweiten Befriedigung entgegenfieberte, drückte er sie an den Schultern nach unten. Sie begriff sofort und nahm seine steife Rute in den Mund. Wenn er auch ein kleines Vorspiel wollte, so war das sein gutes Recht und sie turnte es zusätzlich noch mit an.

Sein Schwanz war lang und hart. Ein männlicher und milder Duft ging von ihm aus. Terry fragte sich, wie nass sie noch werden konnte. Ihre Zunge war geschickt. Wenn sie etwas konnte, dann, einen Schwanz lutschen und ihn noch härter zu machen, auch wenn sein Besitzer glaubte, dass das nicht mehr ginge. Terrys Zungenspitze kreiste um die Eichel und umschlang den harten Schaft. Alan stöhnte und wühlte ihr in den Haaren. Er flüsterte etwas, was sie nicht verstehen konnte. Geschickt leckte sie weiter und brachte ihn dazu, dass auch er sein Becken bewegte. Er wurde schneller, sie langsamer.

»Erst betteln, Alan«, mahnte Terry, als sie sich und seinem harten Prügel eine Auszeit gönnte.

Doch er hielt es nicht für nötig, denn kaum hatte Terry den Schwanz wieder im Mund, hielt Alan ihr den Kopf fest und bewegte rasend schnell sein Becken. Innerhalb weniger

Sekunden kam er unter lautem Stöhnen in ihrem Mund. Sie schluckte die heißen Strahlen.

Das Stöhnen hatte Terry wieder entfacht. Sie schlang einen Arm um seine Hüfte, während die andere Hand den Rock hochzog. Er warf einen Blick auf ihre gelockte Scham, dann in ihre Augen.

»Sehr nett, Baby. Aber ich kann nicht mehr. Lass es uns vertagen, okay?«

Terry traute ihren Ohren kaum. Vertagen? Jetzt, wo sie so geil war und jetzt, wo sie sich ihm wie eine Dirne angeboten hatte? Sie ließ den Rock fallen und stapfte ohne ein Wort los.

Er hielt sie am Arm zurück. »Warte. Wo willst du hin?«

»Nach Hause. Hier ist wohl alles erledigt. Oder wolltest du mir noch Geld dafür geben?«

Ein gequälter Zug legte sich auf sein Gesicht. »Hey, sei nicht unfair. Es war richtig geil. Aber nicht alles auf einmal. Wenn ich dich danach hätte bezahlen wollen, hätte ich das ganze Programm gewählt. Hier, fühl mal.«

Alan nahm ihre Hand und legte sie sich auf die Hose, die er schon wieder an hatte. *Wie machen die Männer das bloß immer so schnell, sich die Hose hochzuziehen,* wunderte sich Terry. Nur widerwillig legte sie ihre Hand auf die heiße, stark hochgewölbte Stelle. Am liebsten hätte sie auch seine Hand genommen, nur, um ihm zu zeigen, wie glühend er ihre Muschi zurückließ. Allerdings gewann sie seinen Worten etwas Nettes ab. Sie spürte, dass sie ehrlich gemeint waren. Doch wollte sie ihn wirklich wieder sehen? Eigentlich sollte der heutige Abend nur eine schnelle Nummer werden. Nichts Ernstes!

Alan knöpfte seinen Mantel zu. »Ich frage mich nur, wer dieser Terry ist. Wenigstens wissen wir jetzt, dass die Federboa-Lady ein bestimmtes Ziel hatte und mich verwechselt hat.«

»Es muss ja kein Mann sein«, warf Terry ein.

»Was? Wieso nicht?«

Terry blickte ihn an und guckte dann in die Ferne.

»Verdammt, jetzt verstehe ich. Dass ich darauf nicht früher gekommen bin! DU bist Terry, richtig?«

Sie schwieg.

»Oh, verdammt! Terry, ich muss dir sagen, dass ich ...«

»Hände hinter den Kopf!«

Terry und Alan zuckten zusammen. Ein Polizist stand mit einem Revolver hinter ihnen.

Beide nahmen die Hände hoch.

»Wer hat auf die Frau in dem Pub geschossen?«

Terry zögerte einen Augenblick und hörte Alan sagen: »Ich war es, Sir.«

»Verschwinde, Schwachkopf. Es soll eine Frau gewesen sein. Waren Sie es, Ma´am?« Er zuckte mit dem Revolver kurz hoch in Terrys Richtung.

Erst zögerte, dann nickte sie.

***

Terry saß auf einem Holzstuhl vor einem Polizisten, der ihre Personalien aufnahm. Sie trug Handschellen und fühlte sich wie eine Schwerverbrecherin. »Hören Sie, Officer, ich muss mit Ihrem Vorgesetzten sprechen.«

»Sie haben wohl vergessen, dass Sie einen Mord begangen haben?«, sagte er ohne aufzusehen und tippte in Ruhe weiter.

Terry beugte sich weit vor. »Das war Notwehr. Ich habe dafür eine Erklärung. Aber im Moment habe ich keine Zeit, hier zu sitzen. Ich muss einen Kontaktmann finden.«

»Ja, ja ...«

»Wer ist ihr Vorgesetzter?«

»Das geht Sie nichts an, Ma´am.«

»Dann bringen Sie mich zu ihm. Es ist wichtig!«

»Bei allen ist es wichtig. Wenn ich hiermit fertig bin, werden Sie befragt, dann können Sie sagen, was Sie auf dem Herzen haben.«

Terry stieß die Luft laut durch die Nase aus und ließ sich auf ihrem Stuhl zurücksinken.

Der Officer tat seinen Job, langsam und gewissenhaft. Als er alle Personalien und eine grobe Erklärung Terrys aufgenommen hatte, wurde sie von einem anderen Officer abgeholt. Sie durchquerten einen langen Gang und blieben vor einer Zelle stehen. Der Officer schloss auf.

»Das glaube ich nicht! Sie wollen mich doch nicht etwa einsperren, oder?«

»Sie stehen unter Mordverdacht, soweit ich gehört habe.«

»Aber, Sir, hören Sie, ich war undercover – rufen Sie Lance Wilder an. Er ist vom MI5 und wird es bestätigen.«

»Ja, ja ... «

»Bitte, Sir!«

»Warum haben Sie das eben nicht gesagt?«

»Weil mir erzählt wurde, dass ich noch verhört werde, und das von einem Ranghöheren.«

Der Officer schob Terry in die Zelle und schloss von außen ab. Sie seufzte und schüttelte den Kopf.

Nach einer Weile blickte sie sich in der Zelle um, sie war nicht alleine. Mehrere verwegen aussehende Frauen blickten sie verächtlich an. »Glaubst wohl, du bist was besseres, was?!«, kam aus einer Ecke. Terry reagierte nicht und suchte sich einen Platz. Sie stützte den Kopf in die Hände und dachte nach. Warum war Alan so erstaunt, als sie sagte, sie sei Terry McNeill? Wusste er doch etwas? Kannte er doch die Frau, die es auf ihn abgesehen hatte? Leider wurden sie sofort in den

Polizeiwagen verfrachtet, so dass keine Zeit für klärende Worte blieb. Doch Terry war sich sehr sicher, dass es sich um ein Versehen handelte. Aber warum war sie ihrer Kontaktperson nicht begegnet?

Ein Stöhnen ließ sie aufblicken. Zwei Frauen hatten es sich angetan. Sie hielten sich umschlungen und tauschten wilde Zungenküsse aus. Die abfälligen Rufe der Zellengenossinnen störten sie nicht. Hemmungslos griffen sie sich an die Busen und in den Schritt. Eine der beiden fing an, sich auszuziehen. Sie warf ein Kleidungsstück nach dem anderen demonstrativ auf den Boden und präsentierte sich schließlich splitternackt vor den anderen. Sie hatte einen wunderschönen Körper und Terry dachte an ein Model. Schneeweiß und rein wirkte ihr Körper, so dass es fast blendete. Die andere machte sich an diesem makellosen Körper zu schaffen und ließ ihre Zunge von oben nach unten gleiten. Sie hielt die Brüste in ihren Händen und drehte die Nippel mit Daumen und Zeigefinger, während sie in der Scham des Models leckte. Die Buh-Rufe verwandelten sich schnell in Rufe des Anfeuerns. Terry schluckte. Diese Szene war obszön und geschmacklos, doch sie machte sie unglaublich an. Sie spürte, wie Saft aus ihr lief und sie zusätzlich noch anturnte, weil sie auf die Frauen reagierte. Als die zweite Frau auch noch die Hüllen fallen ließ und sich rittlings auf ihre Muschileckerin setzte, brach Terry der Schweiß aus. Sie konnte genau sehen, wie eine der Zungen ins Geschlecht der anderen tauchte und ihr ein Stöhnen entlockte, während diese selber gerade dabei war, ihre Kumpanin zu befriedigen. Terry hatte das Gefühl, als wühle eine der Zungen in ihrem eigenen Schoß.

»Terry McNeill?«

»Ja!«

Die Zellentür wurde aufgeschlossen. »Kommen Sie.«

»Das ging aber schnell.«

Der Officer antwortete nicht und führte sie in einen anderen Gang. Rechts und links waren mehrere Türen, eine davon stand offen. Ihr wurde bedeutet, dort hinein zu gehen.

Ein Tisch, zwei Stühle, mehr gab es nicht. Bis auf eine Person, die ihr Herz zum Klopfen brachte: Alan.

»Was machst du hier?«, stieß Terry hervor.

»Setz dich.«

»Du bist Polizist?«

»Ich bin Mary.«

Terry traute ihren Ohren nicht. »Was? Aber … warum? Ich meine … du hast, du bist … ein Mann.«

»Ganz ruhig. Und ganz von vorne. Ja, ich bin ein Mann. Deckname Mary. Ich arbeite für den Irischen Geheimdienst. Und solltest du es auch tun, lügst du, denn ich kenne meine Leute. So, nun bist du dran.«

»Ich arbeite für den Secret Service.«

»Secret Service – aha.«

»MI5 – den britischen Inlandsgeheimdienst. Ich erhielt den Auftrag, mich mit Mary in dem Pub zu treffen und Informationen auszutauschen.«

»Verdammt! Dann sind wir uns doch tatsächlich gegenseitig auf den Leim gegangen. Gib mir einen Namen, damit ich prüfen kann, ob du die Wahrheit sagst.«

»Du zweifelst?«

»Ich kann niemandem trauen, nicht mal meiner Großmutter. Gib mir einen Namen, der dich bestätigen kann.«

»Lance Wilder. Er ist mein Vorgesetzter. Soll ich die Nummer aufschreiben?«

»Nicht nötig. Ich werde mich durchfragen, ob es einen

Mann dieses Namens und vor allem dich dort gibt.« Damit verließ Alan den Raum und schloss die Tür.

Terry sah ihm hinterher. Sie kam nicht drum herum, einen Blick auf seinen Hintern zu werfen, der seine dunkle Hose ausfüllte. Sofort durchzuckten Gefühle ihren Körper. Sie überlegte sich, ob es noch mal ein intimes Zusammentreffen mit ihm geben würde. Versprochen hatte er es, und Terry wünschte es sich sehnlichst.

Minuten später wurde die Tür geöffnet und Alan erschien wieder. »Gut«, sagte er. »Du hast die Wahrheit gesagt. Also, was für Informationen hattest du für mich?«

»Wahrscheinlich die Gleichen, die ihr auch für uns habt.«

»Lass hören.«

»Es geht um Waffenschmuggel. Álvaro Sanches ist der Anführer der Truppe. Es sind etwa zehn Leute. Doch leider wissen wir nicht, wo sie sich aufhalten.«

»Aha! Wir wissen, wo sie sich aufhalten, doch wir haben keine Beweise.«

»Die könnten wir liefern. Es gibt ein Videoband, auf dem wir einen Deal beobachten konnten. Doch ein Eingreifen wurde leider durch eine Touristengruppe vereitelt. Es hätten Menschen sterben können.«

»Touristengruppe? Wo, in Gottes Namen, fand denn der Deal statt?«

»In einem antiken Resthof, der nur für Besichtigungen erhalten wird.«

»Gab es denn keine Schließung des Gebäudes?«

»Doch, aber einer unsere Leute war ein Überläufer.«

»Verstehe.«

»Wie geht es jetzt weiter?«

»Ich werde dich frei lassen, Terry. Du hast deinen Part erfüllt.

Da fällt mir noch ein: warum kümmert ihr euch eigentlich vom britischen Geheimdienst um die Bande, die hier in Irland ihr Unwesen treibt?«

»Der Deal fand in Manchester statt.«

»Gut, dann kannst du erst einmal gehen.«

»Alan, ich kann nicht so einfach gehen.«

»Warum nicht?«

»Wir brauchen die Infos, die ihr für uns hattet.«

»Wir werden die Sache weiterverfolgen.«

»Klar, aber so war der Deal nicht abgemacht. Ich brauche die Information, wo sich die Bande aufhält.«

»Terry, wir hängen dann zu zweit an diesem Fall, das ist doch überflüssig. Es müssen sich nicht zwei Menschen plus Anhang in Gefahr begeben.«

»Es ist mein Job!«

Alan stützte sich auf den Tisch und war ihr so nahe, dass sie seinen warmen Atem spüren konnte. »Terry, dieser Fall ist für dich abgeschlossen!«

»Das hast du nicht zu entscheiden!« Damit stand Terry auf. »Meine Leute werden sich mit Sicherheit mit euren in Verbindung setzen und sich dann an die Bande hängen. Ich habe keinen Einfluss auf die Beendigung des Falles. Alan, sag mir, wo sich die Bande aufhält.«

»Ich bin nicht befugt.«

»Wir wollten uns zum Austausch dafür treffen.«

»Ich wusste ja nicht, dass deine Informationen vom MI5 kommen. Es wäre ein Druckmittel und eine Notlösung gewesen, diese Angaben preis zu geben.«

»Das kann ich nicht glauben!«

»Tut mir leid, Terry.«

»Aber wir verfolgen doch ein gemeinsames Ziel.«

»Trotzdem.«

Sie blickte auf den Tisch und schüttelte den Kopf. Dann drehte sich um und ging zum Ausgang.

»Terry«, Alan folgte ihr und hielt sie am Oberarm, »tut mir leid. Aber auch ich bin an meine Weisungen gebunden.« Er zögerte kurz, ehe er fortfuhr: »Werden wir uns noch mal sehen?«

»Ich weiß es nicht«, sagte sie zur Tür gewandt.

Der Officer öffnete und Terry verließ den Raum.

»Sie kann gehen«, bedeutete Alan dem Officer, »begleiten Sie Mrs McNeill nach draußen und lassen Sie sie nach Hause bringen.«

»Nicht nötig. Ich rufe mir ein Taxi. Ist unauffälliger.«

»In Ordnung.«

***

»Terry, Sie haben sich den Fall abnehmen lassen, Herrgott!«

»Sir, ich konnte nichts dafür. Ich habe meine Informationen Mary preisgegeben, so, wie ich es auch sollte.«

Lance Wilder schnaubte durch die Nase und schüttelte ungläubig den Kopf. »Wir haben nichts mehr in der Hand! Und die Informationen sind brühwarm an den Britischen Geheimdienst gegangen.«

»Tut mir leid, Lance. Ich wusste nicht, dass ich es nicht sagen durfte. Irgendwie war es anders vereinbart.«

»Nein, Terry, es war genauso vereinbart. Es sollte ein Austausch stattfinden, keine einseitige Vernehmung.«

»Was sollen wir jetzt tun?«

Lance kratzte sich am Kopf und fuhr sich durch den Bart. »Am besten wäre, Sie würden sich noch mal mit Mary treffen und ihn ausquetschen.«

»Er wird mir nichts sagen.«

»Gehen Sie ihm an die Wäsche.«

»Ich möchte mein Privatleben ja nicht ausplaudern, aber das habe ich schon getan.«

»Tsi«, Lance schüttelte wieder den Kopf.

»Ist es nicht völlig egal, wer die Bande dingfest macht?«

»Wir haben den Auftrag! Und wir sind schon eine ganze Weile hinter diesen Typen her. Es kann nicht sein, wochenlang einer Sache hinterher zu recherchieren und sie dann kurz vor Auflösung an den Nächstbesten abzutreten. Was mir gerade einfällt, wir haben noch das Videoband. Terry, hängen Sie sich noch mal ran. Vereinbaren Sie ein Treffen mit Mary und quetschen Sie ihn aus. Wir müssen wissen, wo sich der Kopf der Bande aufhält.«

»Gesetzt den Fall, wir bekommen den Aufenthaltsort, wie sollen wir dann weiter vorgehen?«

»Wir sind befugt, Álvaro Sanches auszuschalten.«

»Auszuschalten? Sie meinen ...«

»Ja, genau. Sollte es einen Schusswechsel geben, ist es nicht schlimm, wenn Sanches sein Leben lässt.«

»Verstehe. Was ist, wenn ...«

Das Telefon klingelte. Lance deutete mit einer kurzen Handbewegung an, dass er erst rangehen wollte.

»Ja, Lance Wilder. – Ja. – Aha.« Lance zeigte mit hektischer Mine auf den zweiten Telefonanschluß. Terry rannte herüber und hing sich an die Leitung, so dass sie mithören konnte.

»... Nein, tut mir leid, wir können das Videoband nicht herausgeben, George.«

»Lance, seien Sie doch vernünftig. Wir brauchen das Band.«

»Wir auch. Sie vergessen, dass es ein wichtiges Indiz und gerichtlich zu verwenden ist.«

»Lance, wir wollen es Ihnen ja nicht wegnehmen. Wir brauchen es, weil wir neue Informationen erhalten haben.«

»Na, wunderbar. Und welche wären das?«

»Darüber kann ich nicht sprechen.«

»Klar!«, schnaubte Lance und stöhnte. »Ich soll Ihnen das Band geben und erhalte keine Gegenleistung. Genau wie der einseitige Informationsaustausch mit Terry und Mary.«

»Wir konnten ja nicht wissen, dass ihr vom MI5 seid. Wir hätten euch dann nicht so ausgetrickst.«

»Pah! Ausgetrickst!« Lance schüttelte den Kopf.

»Lance, hören Sie, überreichen Sie uns das Band über Terry, wir ziehen eine Kopie, und wir werden es ihr wieder mitgeben. Dann sind Sie auf der sicheren Seite.«

»George, ich glaube Ihnen nicht. Irgendetwas stimmt nicht. Wollen Sie mir nicht endlich sagen, was da läuft, und warum Sie ausgerechnet jetzt, hier und heute das Band brauchen?«

Es war still am anderen Ende der Leitung.

»George!«

»Ja, ich, äh … Also, es geht da um einen Deal.«

»Aha. Und weiter …«

»Ich kann das nicht am Telefon sagen.«

»Doch, können Sie. Wir haben eine sichere Leitung, die Sie bestimmt auch haben, oder?«

»Ja, das schon.«

»Dann raus mit der Sprache.«

George schnaubte und man konnte ihn förmlich durch das Telefon denken hören. Terry lauschte gebannt.

»Also schön, spielen wir mit offenen Karten: Wir haben einen Deal laufen. Es geht um Waffenschmuggel, wie Sie ja bereits wissen, und wir müssen ein paar gute Agenten einschleusen. Das Problem ist, dass wir nicht wissen, wie ihr Anführer Álvaro Sanches aussieht. Dazu wollten wir Terry haben.«

»Moment mal! Sie brauchen Terry dazu?«

»Genau. Sie hat ihn schon mal gesehen, sie könnte ihn identifizieren.«

»Wenn ich Sie richtig verstehe, George, dann wollten Sie Terry einfach bei sich behalten und das mit dem Video war nur ein Fake? Ein Lockmittel?«

Er zögerte kurz, ehe er antwortete: »Ja.«

Lance schlug auf den Tisch. »Das kann doch wohl nicht wahr sein, Sie hinterlistiger Bastard! Wir sitzen verdammt noch mal in einem Boot! Wie können Sie dann meine beste Agentin entführen wollen für einen Deal, von dem wir nichts wissen?!«

»Ich vermutete, Sie hätten nicht zugestimmt.«

»So ist es auch.«

Terry blickte zu George. »Warum nicht?«, flüsterte sie.

»Halt den Mund, Terry.«

»Lance, hört sie mit?«

»Ja.«

»Hätten Sie mir auch ruhig sagen können.«

»Hab ich doch.«

»Nicht von Anfang an.«

»Das spielt jetzt keine Rolle. Fakt ist, ich werde wohl kaum meine beste Agentin einsetzen und verlieren, nur weil Ihre Schützen nicht in der Lage waren, ihr genug Deckung zu geben.«

»Wer sagt das?«

»Ich habe genug gehört.«

»Lance, lassen Sie uns kooperieren. Wie Sie schon sagen: Wir sitzen im gleichen Boot. Ich brauche Terry.«

»Als Lockvogel.«

»Genau.«

Lance pustete wieder laut die Luft aus. »Ich kann das nicht alleine entscheiden.«

»Lance, wir haben nicht mehr viel Zeit. Morgen in der

Frühe wird der Deal laufen und wenn wir die Bude stürmen und erwischen nur einen seiner Handlanger, dann sind wir geliefert. So eine Chance bekommen wir nicht wieder. Sie wird das ja auch nicht alleine durchziehen müssen. Alan Bates wird bei ihr sein. Er ist einer meiner besten Männer!«

Lance fuhr sich durch den Bart. »Ich muss das mit Terry besprechen. Ich rufe Sie zurück.«

»Wann?«

»Bald.«

»Das reicht mir nicht. Ich brauche so schnell wie möglich eine Antwort. Ich muss meine Leute aufstellen.«

»Gut, in fünfzehn Minuten bin ich wieder bei Ihnen.«

»Okay. Bis dann.«

»Bis dann.«

Terry schluckte und spürte, wie ihr Herz klopfte. Laut, stark und regelmäßig. Lance wandte sich ihr zu. »Du hast es mitbekommen. Würdest du es machen?«

»Ja, Sir.«

Er lachte. »Wie wäre es, wenn du mal eine Minute darüber nachdenkst.«

»Das habe ich bereits getan. Wir sind schon so lange hinter Álvaro Sanches her, und ich sehe es als meine Pflicht an, ihn hinter Gitter zu bringen, auch wenn ich mit anderen Leuten als denen, die mir vertraut sind, zusammenarbeiten muss.«

Lance seufzte. »Na schön, aber ich muss mit Harry sprechen und ihn fragen, ob ich dazu befugt bin.«

»Gut. Soll ich meine Vorbereitungen treffen?«

Lance nickte und nahm den Telefonhörer auf. »Lance Wilder hier, könnte ich bitte mit Harry Pearson sprechen. Es ist wichtig.«

***

Terry stieg in den alten Chevrolet. Alan folgte ihr. Sie waren zu viert im Wagen. Die Scharfschützen warteten noch einen Augenblick, bis der Chevy außer Sichtweite war. Terry war nervös. Obwohl eine Undercover-Operation für sie nichts Neues war, zitterten ihre Hände. Alan hatte es wohl bemerkt und nahm ihre Hand in seine. »Es wird schon gut gehen.«

»Alan, ich habe das schon so oft gemacht, doch es ist das erste Mal, dass ich Angst habe.«

»Das brauchst du nicht. Wir sind zu zweit, das macht die Sache einfacher. Ganz ruhig, wir kriegen das schon hin.«

Als seine Hand nun auf Terrys Oberschenkel ruhte, durchflutete sie eine Welle der Erregung. Sie versuchte, diese Gefühle wegzuwischen. Es konnte sein, dass ihre Deckung aufflog und sie nicht mehr lange am Leben waren, und sie ließ sich von Alans Hand erotisieren? Doch Terry konnte es nicht beeinflussen. Ihre Brustwarzen drängten an die Spitze des BHs und erhöhten den Stoff ihrer Bluse. Alan schien auch das gespürt zu haben. Im Schritt unter seiner Jeans beulte es sich verdächtig. Ohne zu zögern griff er ihr an die Brüste und knetete sie. Terry unterdrückte ein Stöhnen. Leise sagte sie: »Nicht hier, Alan.«

»Es ist vielleicht das letzte Mal in meinem Leben, dass ich so etwas Geiles in die Hände bekomme.«

»Oh, Alan, bitte nicht ...«

»Hey, ihr beiden, ihr wisst, dass ihr ein dünnes Drahtmikrofon tragt und jeder in der Zentrale hören kann, was ihr sagt und tut, nicht wahr?!«, kam es vom Vordersitz.

Trotz der Dunkelheit im Wagen hatte Terry das Gefühl, dass Alan ihre Röte im Gesicht sehen konnte. Seine Hand lag noch immer auf ihrem Busen. Es hatte ihn nicht so sehr geschockt wie Terry. Vorsichtig schob sie seine gierigen Finger weg.

»Nur ein bisschen fummeln …«, raunte er in ihr Ohr und griff ihr zwischen die Beine, wo er eine sanfte, kreisende Massage begann. Sofort wurde Terry feucht und schnappte nach Luft.

»Nein!«, zischte sie zurück und schob seine Hand fort.

Alan verzog das Gesicht.

»Heute Nacht, als Belohnung, dass wir es geschafft haben«, flüsterte Terry optimistisch.

»Na schön.«

»Hey, Leute, wir sind da«, presste einer der Männer, die vorne saßen, durch die Zähne.

»Wie spät ist es?«, fragte Terry.

»Sieben vor vier.«

»Okay, es geht los.« Alan stieg aus dem Wagen. Terry tat es ihm nach und atmete einmal tief durch. Die Morgenluft war kühl und gab ihr einen klaren Kopf. Obwohl es so früh am Morgen war, spürte sie keine Müdigkeit, im Gegenteil, sie war aufgekratzt und ihr Herzklopfen setzte wieder ein. Alan war bereits am Kofferraum und holte zwei große Koffer hervor. »Hier«, sagte er, »kannst du die beiden tragen? Ich nehme den anderen und die Taschenlampe.«

»Klar. Sind in allen Koffern Waffen?«

»Nein, nur in meinem, du trägst die Attrappen.«

»Okay.«

»Viel Glück«, flüsterte der Fahrer.

»Danke.« Terry lächelte ihm zu.

»Komm, Terry«, sagte Alan hart und ging vor.

Sie straffte sich und folgte ihm. Vereinzelte Laternen leuchteten auf die regennassen Straßen und ließen eine Ratte sichtbar werden, die verängstigt das Weite suchte. Am Horizont blinkte eine Lichtreklame in roten und gelben Lettern.

Das Gebäude, in dem der Deal stattfinden sollte, lag mitten

in der Stadt. Es war eine alte Lagerhalle. Von außen sah sie noch recht neu aus und so, als wäre sie noch in vollem Betrieb, doch innen waren nur Trümmer zu erkennen.

»Hier gab es eine Explosion«, flüsterte Alan.

Terry nickte und ging weiter. Ihr Herzschlag hatte sich noch nicht beruhigt. Das würde wohl noch eine Weile andauern.

Ein Knacken ließ ihren Kopf im Halbdunkel ruckartig herumschwenken. Ihre Atmung beschleunigte sich. Alan hatte nicht mal gezuckt, obwohl er in dieselbe Richtung blickte. Er ging auf eine Lichtquelle zu, ganz hinten am Ende der Halle. Beide mussten über ein paar umgestürzte Balken steigen. Endlich waren sie da. Terry war nervös und betete im Stillen, dass alles gut gehen möge. Sie gingen fünf bewaffneten Männern entgegen.

»Und, ist er dabei?«, flüsterte Alan.

»Der Kleinste von ihnen, zweiter von links.«

»Gut.«

Sie gingen schweigend weiter. Als Terry auf eine Luftpolsterfolie trat und die kleinen Kammern unter ihrem Fuß zerplatzten, richteten sich in Sekundenschnelle fünf Waffen auf sie. Sofort ließ sie die Koffer fallen und hob die Hände über den Kopf. Alan blieb einfach nur stehen und richtete seine Taschenlampe auf die Folie. »Falscher Alarm«, sagte er ruhig.

Terry war fassungslos, dass er so cool sein konnte. Wenn einer einen nervösen Finger hatte, dann wäre das hier ihr letzter Aufenthaltsort.

»Kommt her. Habt ihr Waffen?«, fragte Álvaro Sanches in gebrochenem Englisch.

»Sicher«, antwortete Alan schlicht und schritt auf die Männer zu. »Komm«, flüsterte an Terry gewandt.

Die beiden näherten sich Schritt für Schritt. Alan cool,

Terry nervös. Die Männer blickten ihnen mit schief gelegten Köpfen entgegen.

Als Terry und Alan auf ein paar Meter herangekommen waren, sagte Sanches: »Abstellen!«

Beide stellten die Koffer auf den Boden.

»Du, komm mit einem Koffer«, wies er Terry an.

Sie wurde leichenblass und ihr Herz fing an zu rasen. Was sollte sie tun? Ihm den Koffer bringen und ihn entdecken lassen, dass sich nur Attrappen darin befanden? »Ich, äh ...«

Alan ging zu ihm und legte seinen Koffer auf den Boden.

»Ich habe gesagt, Frau soll kommen.« Álvaro Sanches wurde mürrisch. »Zurücktreten!«

»Der Deal läuft so, wie *wir* es wollen!«, sagte Alan ruhig.

»Nein! Ich sagte, Frau soll kommen und mir Koffer zeigen!«

Es entstand eine Pause.

Dann deutete Sanches mit dem Kopf in Terrys Richtung. Seine Männer schalteten sofort und entsicherten ihre Waffen. Die beiden außen stehenden Männer besaßen jeweils zwei Waffen.

»Schon gut!« Alan hob die Hände. »Komm her, Terry.«

Sie ging los und stellte beide Koffer vor den Männern ab. Einer löste sich von der Gruppe und ließ das Schloss aufschnappen. Er bemerkte den Betrug sofort und zog seine Waffe, richtete sie auf Terry und zeigte seine Zähne, als er zischte: »Alles ein Fake!«

Álvaro Sanches zog seine Waffe ebenfalls wieder aus dem Halfter und guckte in den Koffer. »Hey, was soll das? Wieso haltet ihr euch nicht an Spielregeln, he?«

»Glaubt ihr, wir laufen mit drei Koffern echter Waffen durch die Gegend? Diese hier sind echt. Die im Koffer meiner Frau sind Attrappen. Wir haben die anderen im Wagen. Also, cool bleiben, Leute.«

Sanches´ Gesicht war auf den Koffer gerichtet, sein Blick galt allerdings erst Alan, dann Terry. Bei Terry verharrte er länger. Er betrachtete sie von oben bis unten und verweilte einen Augenblick zu lange auf ihren Brüsten.

»Ausziehen«, befahl er und guckte ihr in die Augen.

Terry schnappte nach Luft: »Wie bitte?«

»Kommt nicht in Frage!« Alan schob sich vor sie.

»Los, mach schon! Ihr haltet euch nicht an die Regeln, warum sollten wir es tun? Ihr habt den Boss gehört«, mischte sich einer der Männer ein. Sein Grinsen sagte, dass er den Wunsch seines Bosses nur liebend gerne unterstützte.

»Wo ist das Geld?«, fragte Alan barsch.

»Erst Frau, dann Geld.« Sanches lächelte.

»So war es nicht abgemacht.«

»Hey, Freundchen, ich sehe hier acht Männer gegen einen und eine Frau. Wenn ich du wäre, würde ich das Maul halten. Los! Mach schon, Weib, wir wollen was sehen, du hast den Boss gehört!«

Terry hatte Herzklopfen. Sollte sie sich jetzt wirklich vor all den Männern ausziehen? Sie erschrak. Der Gedanke daran, beflügelte ihren Herzschlag. Ihre Knospen stellten sich auf. Sie konnte es nicht glauben, aber die Vorstellung, sich vor den acht muskulösen, gut aussehenden Männern zu entkleiden und ihnen ihre Reize zu präsentieren, machte sie geil.

Ihre Hände glitten zu den Sakkoknöpfen.

»Terry, du musst das nicht tun«, raunte Alan.

»Schon gut, ich werde es überleben. Wir haben keine Wahl.« Terrys Hände zitterten leicht, was Alan missdeutete. Es war ihr aber auch ganz lieb, dass er ihre obszönen Gedanken nicht kannte. Geschickt öffnete sie einen Knopf nach dem anderen. Als sie das Sakko auszog, war sie sich bewusst, nun den Minidrahtsender freizulegen. Auch ihn würde sie mit ausziehen müssen. Sie knöpfte ihre Jeans auf und zog sie langsam über ihre durchtrainierten, leicht gebräunten Schenkel. Die Männer zeigten keine Reaktion, doch ihre Minen wirkten zufrieden mit dem, was sie sahen. Schon jetzt stachen die Spitzen ihrer Brüste durch den T-Shirt-Stoff. Als sie das Shirt über den Kopf zog und ihren elfenbeinfarbenen BH in Spitze präsentierte und ihren dazu passenden Slip, ging ein Raunen durch die Männer. Terry machte eine leichte Drehung und blickte die Beobachter von unten lasziv an. Ein Seitenblick auf Alan verriet ihr, dass er nicht glauben konnte, was er sah, und dass sie diesen Strip auch noch genoss.

»Nur um unsere Haut zu retten«, flüsterte sie ihm zu.

»Quatschen verboten! Mach weiter«, rief einer der Männer.

Terry griff sich an die Brüste und wiegte ihren Oberkörper leicht hin und her. Schließlich langte sie auf ihren Rücken und öffnete den BH. Abrupt ließ sie ihn fallen. Einer der Männer zog die Luft laut ein und blickte sofort beschämt nach unten, als ein anderer ihn in die Rippen stieß. Terrys pralle Brüste waren für alle sichtbar und auch, wie erregt sie waren. Keine Spur von Angst, nur von Geilheit. Die Nippel der Brüste waren hart und steif, verrieten Terry auf Anhieb. Sie fasste sich an den Busen und massierte ihn provokativ. Alan klappte der Mund auf. Erst jetzt schien er zu begreifen, dass es Terry Spaß machte.

Als sie sich in den Slip fuhr und ihre feuchte Scham streichelte, fasste Alan sie grob am Arm: »Hör auf, Terry! Du musst nicht so weit gehen.«

»Hey, lass die Kleine los, die macht das ganz prima. Wenn du kein Kerl wärst, würde ich dir befehlen, auf der Stelle mitzumachen«, zischte einer der Männer. Er blickte dann verunsichert zu Álvaro Sanches. Dieser grinste und bestätigte somit die Aussage seines Komplizen.

»Das war keines Falles so abgemacht! Terry, ich werde die anderen jetzt rufen …« Er flüsterte die letzten Worte.

»Nein! Was soll das Alan? Willst du alles kaputtmachen, was ich hier gerade mühsam aufbaue?«, tuschelte sie zurück.

»Mühsam? So sieht es aber nicht gerade aus.«

»Du verstehst eben nichts vom Geschäft.«

»Wenn so deine Geschäfte aussehen, frage ich mich, ob du nicht deinen Beruf verfehlt hast.«

Sie schlug ihm hart ins Gesicht.

Die Männer lachten.

Alan guckte finster und Terry hasste ihn dafür und sich, weil sie sich nicht unter Kontrolle hatte.

»Hey, ihr beiden, aufhören mit Unsinn. Los, Frau, weitermachen, will mehr sehen.« Sanches wurde ungeduldig.

»Hey, Boss, wie wäre es, wenn der Kerl sich auch auszieht«, schlug einer der Männer vor.

»Nein, bin nicht schwul.«

»Klar, ich auch nicht. Aber wenn die beiden uns etwas aus ihrem Repertoire zeigen, wäre das doch ganz nett, oder?«

Álvaro Sanches fuhr sich über das Kinn. »Hm …«, nickte er, dann zu Alan: »Los, Mann, ausziehen. Und zeigen, was du mit nackte Frau machst.«

»Ihr habt sie ja nicht alle!« Alan war außer sich.

Terrys Blut kam erneut in Wallung. Das war eine fantastische Idee! Sie würde es hier vor den lüsternen Männern mit Alan treiben. Terry versuchte, ihre Atmung zu kontrollieren, damit sie sich darüber nicht verriet.

Alan war außer sich und stürmte auf Sanches zu. Das war ein Fehler, denn dieser nahm seinen Revolver hoch, zielte und schoss vor Alans Füße. Mit einem Satz sprang er zurück und schimpfte lauthals. Terry schmunzelte in sich hinein. Sie konnte sich selber nicht verstehen, dass ihr das Ganze hier Spaß machte. Ihre Angst war gewichen, zurück blieb die Vorstellung, in ein paar Minuten Alan in sich zu spüren und geifernde Blicke, die selber gerne in ihr wären, aber nicht konnten.

Alan ließ die Hose fallen und Terrys Brustwarzen spannten sich. Er war sauer, doch anscheinend gefiel auch ihm die Vorstellung, gleich über Terry herzufallen, denn seine ausgebeulte Boxershorts verriet ihn. Im Nu entledigte er sich seines T-Shirts und zum Vorschein kam eine kräftige, leicht behaarte Brust. Alans Mundwinkel zuckten, als er sich Terry zuwandte. Sie erwartete, dass er bei Sanches nachfragte, was dieser denn sehen wollte, aber sie täuschte sich. Alan schritt auf sie zu und zog sie dicht an sich. Stürmisch küsste er sie und seine Zunge tauchte augenblicklich in ihren Mund. Damit hatte Terry nicht gerechnet. Sie war überwältigt und erregt, schnappte nach Luft.

»Sollen wir es etwa auf dem Boden treiben?«, stieß Alan verächtlich hervor.

»Lass dir was einfallen, Cowboy!« Die Männer lachten. »Aber zuerst solltest du dein Höschen ausziehen.« Erneutes Lachen.

Ohne zu zögern zog Alan seine Boxershorts aus. Sein Schwanz war stark erigiert. Als er Terry in den Arm zog, drückte er an ihre sensible Muschi.

»Hoffentlich kommen die anderen nicht herein«, flüsterte Terry in sein Ohr.

»Sie kommen nur auf meinen ausdrücklichen Befehl. Oder in fünfzehn Minuten. Bis dahin müssen wir fertig sein.«

»Hey, hört auf zu tuscheln. Wir wollen was sehen!«

Alan presste seine Lippen wild auf Terrys und schob sie mit leichtem Druck nach hinten. Sie gab dem nach und ließ sich führen.

»Was soll das? Hier bleiben!« Sanches war irritiert.

»Sie haben doch gesagt, ich soll mir etwas einfallen lassen. Vertrauen Sie mir!« Alan schob Terry noch weiter nach hinten, bis sie plötzlich einen Pfeiler im Rücken spürte.

»Was hast du vor?«, fragte sie.

»Glaubst du, ich wälze mich mit dir im Dreck?«

Mit einem Ruck zog er Terry den Slip aus und presste sich gegen sie. Ihr Herz klopfte zum Zerspringen, als er ein Bein von ihr anhob. Wieder ging ein Raunen durch die Reihe der Männer. Terry klammerte sich an Alan und schloss die Augen. Sie spürte seinen starken Schwanz an ihrer Pforte und hoffte, er würde endlich reinkommen. Er bewegte ihn sachte hin und her, was Terry noch feuchter werden ließ. Erst jetzt bemerkte sie, wie schnell ihr Atem ging.

Sie öffnete die Augen und blickte in seine. Dann drang er in sie ein. Ihre Finger krallten sich in seine Schultern und ihr Mund öffnete sich. Obwohl Alan sich zu beherrschen versuchte, konnte er doch einen Seufzer nicht unterdrücken. Mit zusammengebissenen Zähnen fing er an, sich in ihr zu bewegen. Terry nahm das langsame und permanente Reinschieben gefangen. Sie konnte nicht anders, als zu stöhnen. Die Zuschauer reagierten mit leisen Kommentaren.

Alan war besser und ausdauernder als sie dachte. Durch ihre Position, am Pfeiler stehend und von vorne malträtiert zu werden, durchflutete Terry eine bis dato noch nicht gekannte Lust. Sein Rumpf drückte immer wieder gegen ihre Klitoris und steigerte zusätzlich ihre stärker ansteigende Lust. Für einen Augenblick, in dem sie klar denken konnte, fragte sie sich, ob Alan wohl vorhatte, sie kommen zu lassen. Der Gedanke raubte ihr fast den Verstand. Ja, sie wollte kommen, sie wollte allen zeigen, wie sehr sie berauscht war, und dass das einzige Heilmittel für ihre Wollust die Befreiung war. Sie fieberte dem entgegen.

Alan hatte sich gut in der Gewalt, obwohl er schwitze und kämpfte. So schien es Terry. Sie ging mit ans Werk und bewegte ihr Becken. Sofort entfuhr Alan ein Stöhnen. Terry machte weiter und nur wenige Sekunden später zog er das Tempo an. Terry atmete schnell und tauchte in der Lust unter, sie genoss den Augenblick und freute sich auf die Befreiung. Sie war jeden Moment da. Alans harter Schwanz bohrte sich tief in sie und durch sein schnelles Agieren bekamen die Männer ein klatschendes Geräusch zu hören, als die beiden Leiber aufeinander trafen. Terry nahm nichts mehr wahr, weder die Geräusche, noch die Umherstehenden. Für sie zählte nur noch die Welle des Orgasmus` und der Befreiung, die auf sie zuschwappte.

Terry kam wenige Sekunden vor Alan. Sie schrie ihre Lust heraus und klammerte sich, den Rücken durchdrückend, an Alan. Dieser kämpfte mit seinem eigenen Höhepunkt und biss in Terrys Schulter.

Beide verharrten so einen Augenblick, eng umschlungen, Terry ein Bein auf Alans Hüfte, die Brüste an seinen harten, heißen Körper gepresst, noch immer seinen Schwanz in sich spürend.

Schließlich lösten sie sich von einander. Und als sie sich umdrehten, konnten sie in aller Ruhe verfolgen, wie die Männer vom Britischen und Irischen Geheimdienst die fünf Männer überwältigten. Handschellen klirrten, Stimmen und Beschimpfungen wurden laut, es wurde auf den Boden gespuckt und die Zähne gefletscht.

»Ist eine Viertelstunde rum?«, fragte Terry mit schwacher Stimme.

Alan nickte. Er blickte ihr noch einen Augenblick in die Augen und wandte sich dann ab, um ihre Sachen zu holen.

***

»War das von dir gespielt oder hat es dich wirklich angemacht?«, wollte Alan auf dem Nachhauseweg wissen.

»Ich hab dir doch gesagt, dass ich eine gute Agentin bin!«

»Du hast meine Frage nicht beantwortet, Terry.«

»Männer wollen auch immer nur wissen, ob sie gut waren.«

»Nein, das wollte ich nicht wissen. Es geht mir lediglich um die Frage, ob du wirklich geil warst oder nicht.«

Terry zögerte kurz, ehe sie antwortete: »Der Job hat es mir abverlangt. Aber, um es genau zu beantworten, ja, ich habe so getan, als ob.«

»Ich glaube dir nicht!«

»Alan, warum fragst du eigentlich?«

Ex-Freund

Pamela zog ihren Schal enger. Es war kalt auf den nächtlichen Straßen Manhattans. Erschrocken zuckte sie zusammen, als die Metro über ihrem Kopf die Gleise entlang polterte.

Pamela musste trotz des Schrecks lächeln, denn sehr gut konnte sie sich daran erinnern, wie sie auch früher bei dem Metro-Lärm ständig zusammengezuckt war. Früher, das war vor etwa fünf Jahren, als sie noch mit Marc zusammen gewesen war. Dem gut aussehenden Jungen, den alle Frauen haben wollten und den sie, Pamela, als Freund hatte.

Wie würde er jetzt reagieren, wenn sie vor ihm stehen würde? Sauer, genervt, erfreut, überrascht oder gleichgültig?

Pamela blinzelte und tauchte aus ihren Gedanken auf. Sie machte sich bewusst, dass sie nur einen dieser Klingelknöpfe drücken musste, um zu wissen, wie ihr Ex-Freund jetzt auf sie reagierte. Wenn sie erst mal geklingelt hatte, gab es kein Zurück mehr – außer weglaufen, bevor er sie sah.

›Marc Jefferson‹. Ihr Finger presste sich auf den Klingel-Schalter. Im Stillen betete sie, er würde nicht da sein, doch der Summer ertönte. Sie atmete tief durch, lehnte sich mit ihrem Gewicht gegen die Tür und betrat das Treppenhaus.

Im dritten Stock öffnete Marc die Wohnungstür. »Pamela?«

Pamelas Herz klopfte laut. Bei seinem Anblick zog es in ihren Brüsten. »Hi, Marc!«

»Was machst du denn hier?«

»Ich ... ich wollte mal ›Hallo‹ sagen.«

»Aha, welch Überraschung!«

War es das wirklich? Pamela war sich nicht ganz sicher. Seine Reaktion war noch eher verhalten.

Tatsächlich zögerte er kurz, bevor er ihr anbot: »Komm doch herein.«

»Ich wollte ... also ... ich möchte nicht stören. Eigentlich wollte ich dich anrufen, aber dein Telefon ... Die Nummer ... also, sie funktioniert nicht.«

»Stimmt. Ich habe eine Neue. Aber, komm doch herein.«

»Störe ich wirklich nicht?«

»Nein, überhaupt nicht.« Er lächelte sie an und machte eine einladende Armbewegung.

Pamela war erleichtert. Anscheinend war er doch angenehm überrascht. Sie fühlte sich auf einmal wohl und an alte Zeiten erinnert. Wobei sie feststellte, dass er damals wesentlich wortkarger und insgesamt unzufriedener mit sich und seiner Welt gewesen war. Sein Job gefiel ihm nicht, seine Vorgesetzten gingen ihm auf die Nerven, und er hatte an seiner Figur ständig etwas auszusetzen. Pamela konnte gar nicht mehr zählen, wie oft sie ihn aufgefordert hatte, doch mal über Details mit ihr zu sprechen, damit er sich seinen Frust von der Seele redete. Aber er wich ihr immer nur aus und warf sich mit einem Bier in der Hand vor den Fernseher. Das war das Aus für beide gewesen. Zwar hing sie immer noch an dem Mann, als sie ihn verließ, aber er musste erst mit sich ins Reine kommen.

Als Pamela jetzt hinter Marc herging, blickte sie auf seinen hübschen, knackigen Po, der in hellblauen Jeans steckte. Am liebsten hätte sie ihn angefasst.

Er bot ihr das Sofa an, als sie das Wohnzimmer betraten.

Pamela genoss den Panoramablick über Manhattan durch die große Fensterscheibe. Auch wenn sie einige Details vergessen hatte, dieses Bild war ihr im Gedächtnis geblieben.

Marc hantierte in der angrenzenden Küche und kam mit zwei Drinks zurück. »Hey, du hast dich ja immer noch nicht gesetzt. Hier, dein Martini. Magst du den noch?«

Pamela lächelte: »Ja, klar, danke.« Dann setzte sie sich.

Kaum hatte Marc ihr gegenüber Platz genommen, sprang er wieder auf: »Wie unaufmerksam von mir. Möchtest du deinen Mantel ausziehen?«

»Eigentlich wollte ich ja nur kurz …«

»Ich weiß, aber ein paar Minuten wirst du doch bleiben …«

Pamela nickte.

»Na also, dafür lohnt es sich schon«, er zwinkerte und half ihr aus dem Mantel. Darunter trug sie einen engen, weinroten Angorapullover mit V-Ausschnitt, der sich um ihre Brüste legte, dazu einen schwarzen, mittellangen Rock, der ihre schlanke Figur umschmeichelte. Außerdem hochhackige weinrote Pumps.

»Wow«, entfuhr es Marc. »Du siehst toll aus!«

»Danke.« Pamela war sich dessen bewusst. Sie hatte es extra seinetwegen angezogen. Als sie die Wohnung betrat und ihn in seinem locker, legeren dunkelgrünen Pullover sah, war sie unsicher geworden, zu aufgedonnert und provozierend vor ihm zu erscheinen. Doch anhand seiner Reaktion stellte sie fest, dass sie es richtig gemacht hatte.

Nicht nur Pamela hatte damals bei der Trennung etwas an Marc auszusetzen gehabt, auch Marc an ihr. Er hatte sich ständig von ihr gewünscht, dass sie auch mal Röcke oder ein Kleid tragen würde. Das hatte Pamela auf die Dauer wütend gemacht, weil sie dachte, es käme ihm nur auf ihr Äußeres an. Heute wusste sie genau, was er mit seinen Wünschen gemeint hatte.

Schweigend prosteten sie sich zu.

Pamela war sich ihrer Anspannung bewusst und spürte nun auch seine. Für einen Moment dachte sie, dass es keine gute Idee gewesen war, hierher zu kommen und ärgerte sich im Stillen. Wie sollte sie bloß einen Small Talk beginnen, wenn sie so befangen war? Und wie, wenn er Gefühle in ihr auslöste, von denen sie nie erwartet hätte, dass sie ausgerechnet wieder von ihm ausgelöst würden?

»Und, Pamela, was machst du so? Erzähl doch mal …«, beendete er die peinliche Pause.

»Ich bin jetzt Eheberaterin.«

»Wie bitte? Eheberaterin?«

»Genau. Ich habe den Job gewechselt.«

»Das gibt es doch gar nicht!«

»Warum? Was ist so schlimm daran?«

»Na ja, ich weiß nicht, du als … Das kann doch nicht deine Welt sein! Viel zu spießig.«

»Vielleicht ändern wir uns alle irgendwann. Die einen früher, die andern später.«

Er lächelte. »Und, gefällt es dir?«

»Ja, es macht Spaß.«

»Unglaublich! Und – hast du schon viele Ehen gerettet?«

»Das kann ich nicht beurteilen, denn letztendlich gebe ich Tipps und Ratschläge, helfe den Paaren auf die Sprünge. Was sie in ihren vier Wänden daraus machen und auch zukünftig machen, das weiß ich einfach nicht. Es gibt da keine Rückmeldungen.

»Klar, verstehe.«

»Es ist sehr unterschiedlich, wie die Ehepartner bei mir

auftreten. Alleine oder als Paar, eher zurückhaltend oder alles ausplaudernd. Bei manchen merkt man, dass es nie wieder einen gemeinsamen Nenner geben wird. Bei anderen spürt man schon einen gewissen Willen, ein ›An-einem-Strang-ziehen-wollen‹.«

»Hätten wir das damals auch tun sollen?«

»Was?«

»Zur Eheberatung gehen.«

»Nein, ich denke nicht.«

»Warum? Vielleicht hätte es was gebracht, und wir hätten heute vier Kinder!«

Pamela lachte: »Das glaube ich kaum. Außerdem waren wir beide noch jung. Ich denke, es ist wichtig, sich die Hörner abzustoßen und in jungen Jahren herauszufinden, was man wirklich möchte, welchen Partner man braucht.«

»Was meinst du damit, dass wir jung waren? Denkst du, es gibt keinen Grund, auch wenn man noch jung ist, eine Beziehung zu retten?«

»Schon, aber man sieht die Dinge anders. Man ist noch nicht reif, um zu begreifen, was es bedeutet, den Partner halten zu wollen. Es gibt einfach zu viele Möglichkeiten, sofort einen neuen kennenzulernen, weil man nicht weiß, wen man wirklich braucht. Es gibt, wenn man jung ist, noch nicht das Gefühl der Verantwortung.«

»Bei mir gab es das schon.«

»Vielleicht. Aber es ist erwiesen, dass es bei jungen Leuten noch nicht so ausgeprägt ist. Durch die vielen Möglichkeiten macht man sich einfach nicht die Mühe, jemanden halten zu wollen.«

»Ich wollte dich halten, Pamela. Ich habe dich geliebt.«

»Marc, bitte …«

»Doch, ich will, dass du das weißt! Ich habe gelitten wie ein Hund. Ich wollte nie wieder ein Wort mit dir sprechen. Ich wollte dich nie wieder ansehen, wollte, dass es dir schlecht ging. Ich wollte letztendlich, dass du wieder zu mir zurückkommst.«

»Marc, es tut mir leid. Ich …« Ihr fehlten die Worte. Sie hatte tatsächlich nicht gewusst, dass es ihm so dreckig gegangen war. So hatte sie es nicht gewollt.

»Schon gut.«

Die Situation wurde nicht einfacher dadurch. Pamela nahm schnell einen Schluck Martini, dann noch einen. Marc lehnte sich im Polster zurück und betrachtete sie. Er hatte einen Arm nach hinten gezogen, so dass sein Ellenbogen geknickt über dem Rückenteil der Couch hing, in dieser Hand hielt er locker sein Martiniglas.

Um seinem durchbohrenden Blick auszuweichen, der ihr Herzklopfen verursachte und ihre Brustwarzen hart werden ließ, stellte sie ihm schnell eine Frage: »Und, was machst du so? Arbeitest du noch bei Joey in der Autowerkstatt?«

»Joey, pah!«, war alles, was Marc dazu sagte, bevor er sein Glas wieder ansetzte. Als er ihren interessierten Blick auffing, begann er zu erzählen: »Ich habe mich etwa ein halbes Jahr nach unserer Trennung mit Joey verkracht. Ich sollte die ganze Arbeit machen, während er gemütlich im Büro saß, seinen Kaffee trank, stundenlang am Telefon hing und mir beim Arbeiten zusah. Kannst dir ja vorstellen, wie ich mich gefühlt habe. So konnte es auf keinen Fall weitergehen!

Irgendwann habe ich ihm an den Kopf geknallt, dass er seine Drecksarbeit selber machen sollte und bin gegangen. Ich habe lange Zeit Gelegenheitsjobs ausgeübt, bis mir der Gedanke kam, mich selbständig zu machen. In der Baltimorestreet war gerade ein Ladenlokal zu vermieten.«

»Du hast ein Lokal aufgemacht?«

»Nein, das eigentlich nicht gerade. Eher einen Salon.«

»Ein Friseur-Geschäft? Aber du hast doch keinerlei Erfahrung damit.«

»Nein, Herzchen. Ich habe einen Massage-Salon eröffnet.«

»Massage-Salon?« Für einen Augenblick glaubte Pamela, er würde sie auf den Arm nehmen. »Ich verstehe nicht …«

»Was gibt es denn da nicht zu verstehen? Das ist doch ganz einfach. Man mietet einen Laden, zieht mehrere Trennwände, streicht diese in einem warmen Apricot-Ton, baut ein paar Regale, stellt jeweils eine Liege hinein und voilá! Fertig ist der neue Arbeitsplatz.«

»Das hört sich ja ganz nett an, aber kannst du denn auch massieren?«

»Das hört sich ja ganz nett an, sagst du? Danke für das überschwängliche Kompliment!«

»Tut mir leid, so meinte ich das nicht. Ich dachte nur …«

»Schon klar! Um auf deine Frage zurückzukommen: ja, ich kann massieren – inzwischen. Ich habe diverse Kurse belegt und mich voll und ganz auf diesen Job konzentriert.«

»Muss man das nicht über längere Zeit erlernen?«

»Nein, warum denn? Ich habe in den Kursen nicht nur gezeigt bekommen, wie man einen Menschen durch Massage entspannen kann, sondern auch, wo welche Muskelstränge verlaufen und was wichtig ist, zu beachten, wenn man kraftvoll und gekonnt massiert.«

»Hört sich gut an.«

»Ich muss gestehen, dass ich anfänglich auch ein bisschen unsicher war, doch im Laufe der Zeit ließ dieses Gefühl ganz und gar nach. Meine Massagepraxis ist gut besucht. Ich kann mich nicht beklagen.«

»Das freut mich für dich. Aber, das soll jetzt nicht abwertend klingen, als wir damals zusammen waren, konntest du nie massieren. Es war echt ein Krampf.«

»Aha, da kommt es heraus.«

»Sorry, dass ich das so sage. Aber, ich denke, es ist dir bestimmt nicht in den Schoß gefallen.«

»Kommt darauf an, wie man es sieht, oder mag.«

»Also, ich mochte es so nicht.«

»Wer sagt denn, dass ich mich nicht verbessert habe«, raunte er ihr mit tiefer Stimme zu.

Pamela bekam eine Gänsehaut. Sie fühlte sich auf einmal wie elektrisiert von ihm. Sie stellte sich vor, wie es wäre, wenn er die Tür abschließen, sie ins Schlafzimmer bringen und ans Bett fesseln würde. Dann würde er über sie herfallen und zeigen, dass er der Mann im Haus war.

»Pamela.«

Sie zuckte zusammen. »Ja?«

»Was ist mit dir?«

»Wieso?«, fragte sie unsicher. Konnte er ihr ansehen, was sie dachte? Mit klopfendem Herzen versuchte sie, sich auf eine passende Antwort zu konzentrieren. Doch ihr fiel nichts ein. Stattdessen stand Marc auf, blickte auf sie hinab und ging um die Couch herum. Als er hinter ihr stand, wurde Pamela nervös.

»Was machst du da?«

»Hast du Lust auf ein kleines Spiel?«

»Kommt darauf an.«

»Ich tue dir nicht weh.«

»Ich weiß nicht …«

»Komm, Pamela, du kennst mich. Würde ich etwas tun, was dir nicht gefällt? Und wenn es so ist, dann hören wir sofort auf zu spielen, okay?«

»Na schön.« Atemlos wartete Pamela auf sein Spiel.

Plötzlich wurde ihr von hinten ein samtenes Tuch um die Augen gelegt. *Wo hatte Marc es her*, schoss ihr durch den Kopf. Eine Antwort blieb er ihr schuldig, denn sofort verdrängten neue Gedanken die alten. Ihr wurde heiß und kalt. »Marc, was ist das für ein Spiel?«

»Pst, vertraue mir, es wird dir gefallen.«

Als er ihre Augen verbunden hatte, legte er seine Hände auf ihre Handgelenke, sie spürte die Nähe seines Kopfes an ihrem. Langsam strich er mit den Händen über ihre Arme und landete bei ihrer Schulter. Dann wanderte er plötzlich nach unten und Pamela zog scharf die Luft ein, denn seine Hände legten sich auf ihre Brüste. Die Nippel verhärteten sich und ein lange nicht mehr da gewesenes Ziehen in ihren Lenden machte sich bemerkbar. Ihre Atmung ging stoßweise. Kindisch, dachte sie, denn Marc war ihr doch vertraut und als sie ihn damals verließ, gab es kein Ziehen irgendwo. Wie war es möglich, dass er es jetzt schaffte?

Seine Finger fanden sofort ihre Brustwarzen, die sich ihm verräterisch entgegenreckten. Pamela versuchte, sich zu beherrschen und an etwas Banales zu denken, denn auf gar keinen Fall wollte sie ihm zeigen, wie sehr er sie erregen konnte. Seine kundigen Finger hatten anscheinend mehr Übung als damals. Sanft legte er sie um ihre Brüste und drückte diese mit festem Druck zusammen. Das wiederholte er einige Male, bis er das Feuer in Pamelas Unterleib entfacht hatte. Sie hatte keine Chance, ihre Atmung in den Griff zu bekommen und kapitulierte, als er ihr in den Nacken hauchte. Seine Hände wanderten zu ihrem Bauch mit der weiblichen Wölbung und ließen die Nippel steif und erregt zurück. Als er ihren Bauch sanft und behutsam, aber mit Kraft massierte, hob sie die

Hand. Hoffentlich konnte Marc nicht sehen, dass sie zitterte: »Stopp, Marc, Stopp!«

Er ließ von ihr ab und sie schnappte nach Luft.

»Du machst das sehr gut und ich glaube, dass du die eine oder andere Frau sehr zufrieden damit machst, doch für mich ist das nichts.«

»Warum nicht?«

Pamela versuchte, Enttäuschung aus seiner Stimme zu hören, doch er klang sehr ruhig und sachlich. Hatte ihre Körpersprache sie verraten? Leider konnte sie keinen Blick in sein Gesicht werfen, das hätte ihr mit Sicherheit mehr erzählt.

»Das ist alles sehr schön und sehr nett, was du da tust, aber mich reizt es ganz und gar nicht. Sorry!«

»Kein Problem.« Er nahm ihr die Augenbinde wieder ab. »Ich dachte allerdings, dass es dich schon angemacht hat.«

»Nein, tut mir leid.« Sie blinzelte ihn an. Nun konnte sie in seinem Gesicht lesen: er lächelte selbstzufrieden.

»Was gibt es da zu grinsen?«, fuhr sie ihn an.

»Ich weiß, dass du mir einen Film vormachst. Es hat dich angeturnt, und wie!«

»Unsinn!«

»Gut, dann leugne es. Aber ich weiß, was ich gespürt habe. Du hast am ganzen Leib gezittert und bist noch immer erregt.«

»Ist nicht mein Problem, wenn deine Fantasie mit dir durchgeht.« Pamela erhob sich und strich ihren Rock glatt.

»Was hältst du davon, wenn du in meiner Praxis vorbeikommst und ich dich mal so richtig durchmassiere? Vielleicht gefällt dir das besser?«

»Das glaube ich nicht.«

»Dann lass es mich dir beweisen.«

»Beweisen?«

»Genau. Wenn ich es heute wirklich nicht geschafft haben sollte, dich zu erhitzen, dann wette ich mit dir, es in meiner Praxis zu schaffen.«

»Nein, danke. Ich weiß ja nicht, mit was für Tricks du da arbeitest, aber ...«

»Tricks? Keinesfalls! Es wird eine ganz normale Massage sein, wie bei den anderen auch. Das ist mein Beruf. Du weißt, ich könnte meine hart erarbeitete Lizenz verlieren.«

Pamela stand unschlüssig vor ihm. Am liebsten wäre sie hinausgerannt. Sie wollte nicht ›nein‹ sagen, da er sonst gewusst hätte, dass er sie scharf gemacht hatte. Wenn sie ›ja‹ sagte, dann würde er sie dort höchstwahrscheinlich aus der Fassung bringen. Kurz schloss sie die Augen und überlegte. Wenn er sie in der Mangel hatte, dann bräuchte sie doch bloß an etwas anderes zu denken. Heute war eine Ausnahme, weil er sie damit so überrascht hatte. Pamela öffnete die Augen, blickte in sein gespanntes, aber ruhiges Gesicht. Sie hatte nicht in Erinnerung, dass er so verdammt gut aussah. Er kam ihr auch immer so jung vor. Schließlich war er auch drei Jahre jünger als sie.

»Nun, was ist?«, fragte er gelassen.

»Ich überlege noch.«

»Ach komm, Pamela. Was gibt es denn da zu überlegen?«

»Ich bin mir nicht sicher, ob ich so einen Unsinn mitmachen soll. Ich bin weder verspannt, noch habe ich Zeit.«

»Beides falsch!«

»Wie bitte?«

»Du bist total verspannt.«

»Aha, und woher willst du bitte wissen, wie mein Terminkalender aussieht?«

»Einen freien Platz gibt es immer.«

»Na schön, ich komme«, schoss es aus Pamela heraus, noch ehe ihr bewusst wurde, was sie da soeben gesagt hatte. Sie biss sich auf die Zunge.

Marc klatschte einmal in die Hände. »Sehr schön, was hältst du von Donnerstag nächster Woche?«

»Du weißt, dass du da einen Termin frei hast? Dann ist dein Kalender ja nicht so voll.«

»Doch, das ist er, weiß Gott! Aber am Donnerstag habe ich immer meinen freien Tag. Da ich mit einem Partner zusammenarbeite, kann ich mir einen freien Tag in der Woche leisten. Aus dem Grunde werde ich mir mit dir schön viel Zeit lassen können. Ist das ein Angebot?«

»Na gut.«

»Du wirst es nicht bereuen.« Er lächelte wissend.

Pamela hasste ihn dafür. Doch seine selbstsichere Art reizte sie auch sehr. Sie gestand sich ein, schon jetzt aufgeregt vor dem Termin zu sein.

»Also schön, dann bis Donnerstag.«

***

»Mein Mann möchte Dinge mit mir tun, auf die ich keine Lust habe«, jammerte Margret Chaney.

Ihr Ehemann Frank Chaney wirkte genervt. »Wir sind in einem Alter, wo ich gerne noch verschiedene Dinge ausprobieren möchte. Und wenn ich das mit meiner Frau nicht machen kann, dann muss ich eben fremdgehen.«

»Wie bitte? Aha, das willst du also! Ich glaube, du willst mich lediglich herausfordern.«

»Du bist selber Schuld!«

»Das ist ja wohl die Höhe!«

»Bitte! Mr und Mrs Chaney, steigern Sie sich doch nicht so sehr in das Gesagte des anderen hinein. Hören Sie sich die

Wünsche des Partners an und denken Sie darüber nach.

Außerdem, versuchen Sie doch mal, sich bei den Vornamen zu nennen, anstatt mein ›Mann‹ und ›meine Frau‹. Das schafft mehr Nähe, wirkt persönlicher.« Pamela saß vor einem Ehepaar, bei dem es schwierig werden würde, deren Ehe noch zu retten. Ein absolut typisches Muster:

Er, Anfang fünfzig, merkt, dass er älter wird und möchte sich ausprobieren. Gerne auch beweisen, dass er noch fit ist, dass er sehr schnell und immer einen hoch kriegt.

Sie, Ende vierzig, findet ihr Leben gut, wie es ist. Die Kinder sind aus dem Gröbsten raus, nun möchte sie ihr Leben weiter leben und es mit bunten Dingen spicken. Sie ist sehr zufrieden, auch, dass das Sexleben nicht mehr so ausschweifend wie früher ist.

»Ich kann meinen Mann, äh, Frank, nicht verstehen. Ich weiß nicht, was plötzlich in ihn gefahren ist. Es war so schön bisher. Wieso soll unser Leben auf einmal anders sein? Warum dieser plötzliche Sinneswandel?« Margret schüttelte verständnislos den Kopf.

»Ach, Liebchen, du verstehst aber auch gar nichts. Merkst du denn nicht, wie langweilig es geworden ist? Unser Sexleben ist praktisch nicht mehr vorhanden.«

»Es hat sich nichts geändert, außer, dass die Kinder aus dem Haus sind.«

»Eben«, hakte er ein, »endlich haben wir mal wieder sturmfreie Bude. Wir können tun und lassen, was wir wollen.«

»Sturmfreie Bude … Wie du sprichst! Als wärst du eins unserer Kinder. Ich möchte aber, dass es so bleibt, wie es war. Es war schön, und ich habe mich daran gewöhnt.«

»So kommen wir nicht weiter«, seufzte Frank und guckte aus dem Fenster.

Pamela musste den beiden in ihrer Meinungsverschiedenheit auf die Sprünge helfen, wenigstens ein paar hilfreiche Tipps geben. Das war schließlich ihr Job. Doch sie blickte zu Frank hinüber und versuchte herauszufinden, was er gerade dachte. Ob er von einer jungen Frau träumte, die ihm im Bett zeigte, dass sie ihn in der Hand hätte. Woraufhin er noch mehr stöhnen und steifer werden würde? Sie dachte an Marc. Würde er, der immer recht passiv gewesen war, ihr jetzt zeigen, wer der Herr im Bett wäre? Hatte Marc sich geändert? Brachte er die Frauen auf seinem Massagetisch dazu, von ihm zu träumen?

»Mrs Jacobs?« Margret Chaney blickte ihr mit schiefgelegtem Kopf entgegen.

»Ja, ja, ich, äh, überlege gerade. Es ist sehr schwierig bei Ihnen. Margret, wären Sie bereit, Ihrem Mann Frank einmal die Woche ›zu Diensten‹ zu sein?«

»›Zu Diensten‹? Was soll das denn bedeuten?« Entsetzen spiegelte sich auf Margrets Gesicht.

»Na, mit Frank zu schlafen, ihn so zu nehmen, wie er es gerne möchte. Dafür lässt er Sie sechs Tage der Woche in Ruhe und Sie können ihrem Hobby nachgehen.«

»Ein Mal die Woche?« Frank schien enttäuscht.

»Wie oft haben Sie es sich denn vorgestellt?«

Er zuckte mit den Schultern. »Weiß nicht. Aber irgendwie so, dass es Spaß macht. Nicht, dass man einen Plan hat: am Sonntag um sechzehn Uhr fünfzehn werden wir genau eine Stunde in den Betten toben. Das finde ich schrecklich. Völlig daneben. Ich bin doch kein Automat! Ich will es mit meiner Frau, ich meine, Margret, machen, wenn ich Bock dazu habe, und nicht, wenn der Termin es vorschreibt.«

»Frank, ich verstehe Sie. Aber, da es nun um zwei verschiedene Wünsche geht, müssen wir uns irgendwo auf der

Mitte treffen. Ein Fortschritt wäre also …« Pamela versuchte, sich auf die Situation der beiden zu konzentrieren. Es fiel ihr schwer, denn die ganze Zeit dachte sie an Marc und seine Art, die sie so noch nicht kannte. Waren denn die fünf Jahre, in denen sie sich beide weder gesehen noch gesprochen hatten, ausschlaggebend gewesen, sich so zu ändern? Hatte sie sich auch geändert? Würden sich Frank und Margret ändern, wenn sie sich für fünf Jahre trennen würden?

»Warum trennen Sie sich nicht für fünf Jahre«, entfuhr es ihrem Mund.

Das Ehepaar starrte sie an. Eine peinliche Stille entstand. Frank fand als erster die Stimme wieder: »Sie raten uns, dass wir uns trennen sollen? Sind wir deshalb hergekommen, Liebchen? Wir wollten, dass Sie, liebe Mrs Jacobs, unsere Ehe retten und nicht trennen!«

»Es wäre doch einen Versuch wert. Nach der Zeit freut man sich auf jeden Fall wieder auf den Partner. Man hat sich verändert, und es ist spannend, zu entdecken, was der Partner Neues in die Beziehung hineinbringt.« Pamela fand den Vorschlag gar nicht so schlecht und lehnte sich zufrieden zurück.

»Frank, Darling, das finde ich genauso unmöglich, wie du! Komm, wir gehen!«

Pamela hatte das Gefühl, durch diese plötzliche Eingebung eine Ehe gerettet zu haben, die sie schon am Ende geglaubt hatte. Durch ihren Vorschlag, den beide unmöglich fanden, gab es wieder Nähe zwischen ihnen und sie fühlten sich zusammen stark und einig. *Das könnte für eine Weile halten,* dachte Pamela. *Vielleicht gehen sie heute sogar ins Bett.*

Pamela blickte auf ihren Terminkalender und seufzte. In einer halben Stunde würde das nächste unglückliche Paar hereinschneien, das sie zu ermuntern versuchte. Doch wie stand es eigentlich mit ihrem Privatleben? Sie selber hatte schon seit einer Ewigkeit, so kam es ihr jedenfalls vor, keinen Sex mehr gehabt. Wieso musste sie die ganze Zeit an Marc denken? Er war nicht mehr wichtig, schalt sie sich. Er war Vergangenheit. Am Donnerstag würde sie sich von ihm massieren lassen, aber das könnte auch jeder andere sein. Außerdem tat sie es nur, weil sie eine Massage umsonst bekam. Die sind ja nun, wie jeder weiß, ziemlich teuer.

Lügnerin, schrie es in ihrem Kopf. *Du bist scharf auf ihn, willst ihn haben, willst, dass er dich genauso verrückt macht, wie vor zwei Tagen auf seinem Sofa ...*

Die Sprechanlage piepte. Pamela drückte auf den Knopf und Erica, ihre Empfangsdame, meldete sich: »Hier ist noch eine Mrs Turner. Sie sagt, sie bräuchte dringend Ihre Hilfe, denn ihr Mann sei gestern Nacht ausgezogen. Kann ich sie auch ohne Termin reinschicken?«

Pamela seufzte: »Ja, klar, schick´ sie nur rein.«

***

»Wollen Sie nun hinein oder nicht?«

Pamela schreckte zusammen und drehte sich um. Hinter ihr stand eine junge, hübsche Frau, Ende zwanzig und guckte genervt. Es lag mit Sicherheit daran, dass Pamela seit etwa fünf Minuten unschlüssig vor der Praxistür stand.

»Tja, ich bin ein bisschen zu früh dran, wissen Sie ...«

»Schön, dann bleiben Sie draußen oder warten Sie im Vorraum, aber *ich* bin zu spät und muss jetzt durch diese Tür, verzeihen Sie!« Die junge Frau drückte sich an Pamela vorbei und verschwand mit wehendem Mantel samt Parfumwolke in der Praxis. Pamela atmete tief durch und folgte ihr.

An einem Tresen saß eine rothaarige Frau und schrieb etwas in einen Terminplaner, dann guckte sie auf den PC-Bildschirm.

Als sie Pamelas Gegenwart spürte, blickte sie auf und lächelte freundlich: »Kann ich Ihnen helfen, Ma´am?«

»Hallo, mein Name ist Pamela Jacobs. Ich habe einen Termin bei Mr Jefferson.«

»Hi, Pamela. Ich bin Lucy. Marc ist noch im Behandlungszimmer drei, aber Sie können sich gerne schon in Zimmer eins begeben. Machen Sie sich bitte bis auf Ihre Unterwäsche frei und legen Sie auch Schmuck und Armbanduhr ab.«

Mit klopfendem Herzen nickte Pamela und bedankte sich. Hatte er nicht gesagt, es sei sein freier Tag und er würde nur für sie herkommen? Vielleicht versprach er anderen Frauen Ähnliches wie ihr. Für einen Moment war Pamela darüber sehr erschrocken, fast traurig. Sie ermahnte sich im Stillen, denn schließlich sollte es ihr egal sein, was er sonst machte. Sie wollte lediglich eine Massage, mehr nicht.

Die sanften Apricot-Töne der Wände und die schlichte, hübsche Einrichtung bewundernd, die auf sie einen freundlichen und gepflegten Eindruck machte, ging Pamela den Flur entlang. Gedämpfte Musik, die wie ein Beruhigungsmittel wirkte, begleitete sie.

Auch das Behandlungszimmer bestach durch die warmen Töne. Pamela war sich unschlüssig, ob sie sich wirklich schon ausziehen sollte. Warum war es ihr auf einmal peinlich? Marc kannte sie doch nackt und sie kannte ihn in- und auswendig, oder etwa nicht? Sie entschloss sich, die Bluse und den Rock auszuziehen und legte beides sorgfältig auf einen Stuhl. Dann war ihre Strumpfhose dran. Sie erschrak. Hatte sie keine an? Ach, richtig, sie hatte sich in letzter Sekunde doch für die Spitzenstrümpfe entschieden. Strapse wären zu auffällig gewesen.

Sie zog alles aus, behielt die schwarze Spitzenunterwäsche an, wie ihr von Lucy gesagt wurde und schlang sich ein Handtuch um die Hüfte. Leider gab es nur kleine, kurze Handtücher, so dass sie damit nicht viel bedecken konnte. Sie überlegte, wo sie sich hinstellte, dass sie möglichst eine gute Figur machte, wenn Marc hereinkam.

Sie atmete tief durch und versuchte, sich zu entspannen und nicht so aufgeregt, wie ein junges Mädchen zu sein. Sie blickte auf die Uhr. Die Zeit schlich und Pamela wurde immer ungeduldiger.

Da, die Tür öffnete sich und Marc erschien. Pamela hatte sich locker auf die Liege, die den ganzen Mittelteil des Raumes ausfüllte, gesetzt. Als er eintrat, sprang sie schnell auf. Sein Blick huschte über ihren BH und das Handtuch, das sie an der Hüfte krampfhaft festhielt. Warum klopfte ihr Herz nur so laut? Sie kannte ihn doch, war viele Jahre mit ihm zusammen gewesen. Außerdem sollte nichts weiter passieren, als dass sie sich entspannte und er sie ein bisschen massierte. Doch seine Art, wie er sie musterte und vor allem, wie viel Zeit er sich dafür nahm, machten sie mehr als nervös.

»Hi, Pamela«, sagte er mit einem Lächeln auf den Lippen.

»Hi.« Das war gut, denn sollte ihre Stimme zittern, würde man es bei dieser kurzen Begrüßung nicht bemerken.

»Mach es dir auf der Liege bequem. Am besten legst du dich vorerst auf den Rücken, dann kann ich deine Arme ein wenig lockern.« Er drehte sich um, schnappte sich ein Massageöl und nahm ein cremefarbenes Handtuch aus dem Regal, das er ihr über den Körper legte.

Noch hatte Pamela sich gut im Griff und hoffte, dass es auch weiterhin so blieb. Marc setzte sich neben sie auf einen Stuhl und nahm ihren Arm. Die Berührung ließ sie eine Gänsehaut bekommen. Er massierte den Arm mit seinen warmen, großen Händen. Das tat er auch mit ihrem anderen Arm. Leise Musik lief und Pamela wurde ruhiger. Sie entspannte sich so sehr, dass ihr die Augen zufielen und sie schläfrig wurde.

Dann sollte sie sich umdrehen, auf den Bauch legen. Sie tat es und war sehr gelassen. Seine kräftigen Hände kneteten ihre Schultern und wanderten nach unten zu ihren Schulterblättern. Sofort hakte er ihren BH auf.

Marc arbeitete sich auf Pamelas Rücken hinunter bis zum Po. Seine Arbeit wirkte recht professionell, das musste sie ihm zugestehen. Während sie noch vor sich hindämmerte, zog er mit einem Mal das Handtuch von ihrem Po. Erschrocken öffnete sie die Augen, machte sie aber sogleich wieder zu, sobald sie bemerkte, dass er ihre Oberschenkel durchmassierte. Langsam fuhr er an ihrem Bein nach unten. Doch nun konnte Pamela sich nicht mehr richtig fallen lassen, denn die Nähe seiner Hände an ihrem warmen Geschlecht hatte ein Feuer entfacht. Pamela wartete gebannt auf den Augenblick, wo seine Hände sich den zweiten Schenkel vornahmen. Die Hände ließen von ihr ab. Mit angehaltenem Atem erwartete sie den geübten Griff. Er fasste an die Innenseiten beider Schenkel und schob die Beine noch ein Stück auseinander. Wie ein Blitz durchzuckte es Pamelas Körper und ihr Herz fing an zu hämmern. Sie spürte die Feuchtigkeit, die sich langsam in ihr löste. Was hatte er vor?

»Ganz ruhig, ich mache nichts, was du nicht willst.«

Hatte er etwa ihre Erregung gespürt? Sie hatte das Gefühl, er konnte anhand ihrer Körperreaktion lesen, wie in einem offenen Buch.

Marc massierte ihr linkes Bein und sie entspannte sich wieder. Doch nicht vollständig. Sie hatte eine Vorahnung, dass er irgendetwas mit ihr vorhatte. Oder spielten ihre Gedanken nur verrückt? Er übte lediglich seinen Job aus und sie fantasierte sich erotische Berührungen seinerseits zusammen.

Die Beine waren fertig und seine Hände legten sich auf ihren Po. Warm, fast heiß durchflutete es ihre Backen. Die Schwere seiner Hände drückte ihre Klitoris auf das Polster. Pamela erschauerte. Als seine Finger sich zusammenkrallten und die Backen massierten, schossen kleine Lustblitze durch ihr Geschlecht, denn die Klitoris wurde permanent gedrückt. Ihr Verdacht hatte sich bestätigt: er wollte mehr machen! Oder wollte *sie* es insgeheim und es sich nur nicht eingestehen?

Ein Seufzen entschlüpfte ihrem Mund, als seine Finger sich an ihre Pospalte legten und dort kräftig massierten. War er sich der Doppelwirkung bewusst?

Pamela hatte noch ihren Slip an, doch es war so intensiv, als wäre er nicht vorhanden. Sie keuchte in das offene Loch, das ihr Gesicht umgab. Die Liege war so ausgestattet, dass man den Kopf, wenn man auf dem Bauch lag, bequem gerade halten und auf einem Ausschnitt im Kopfteil ablegen konnte.

In dem Augenblick, als Pamela es vor Erregung kaum noch aushielt, sagte Marc: »Bitte dreh dich um, Pamela.«

Mit einer gewissen Erleichterung, aber auch Enttäuschung, kam sie dem nach. Sie fühlte sich steif und unsicher und kam sich vor, wie ein großes, ungeschicktes Tier.

Als sie auf dem Rücken lag, blickte sie Marc an. Er lächelte. Krampfhaft hatte sie versucht, ihren BH über den Brüsten zu lassen und hatte es geschafft. Er war zwar sehr lose, doch er lag noch über den Brustwarzen, die sie verraten hätten.

Mit einer eleganten Geste nahm Marc ihr den BH ab. Freudig ragten die Nippel steif nach oben. Sofort glitt sein Blick dorthin. Aus dem Augenwinkel konnte Pamela genau erkennen, dass sich etwas in seiner weißen Hose regte. Pamela atmete schwer.

»Ist dir doch nicht unangenehm, oder?«, fragte Marc.

»Nein, gar nicht. Wir kennen uns doch«, log Pamela.

»Okay, dann kann ich dich bestimmt bitten, deinen Slip auszuziehen.«

»Klar.« Pamela versuchte, locker zu klingen, doch sie hatte das Gefühl, er würde sie nur deshalb so nett anlächeln, weil er sich ein Lachen verkneifen musste.

Umständlich zog sie das schwarze Höschen aus, in der Hoffnung, er würde nicht hinsehen und einen Blick zwischen ihre Beine erhaschen. Ihre Hoffnung blieb eine Hoffnung. Seine Augen wanderten zu ihrem Schamdreieck und blieben für einen kurzen Augenblick dort hängen.

Pamelas Herz hämmerte in der Brust. Zum Glück deckte er das kleine Handtuch über ihren Unterleib.

»Ist das immer so, dass die Leute sich ausziehen müssen?«

»Natürlich. Wie soll ich denn die Muskeln zu fassen bekommen, wenn die Patienten noch in voller Montur stecken?«

»Ich meine die Unterwäsche.«

»Ach so, nein, das ist nicht unbedingt nötig. Das machen meistens Frauen und eigentlich nur die, die eine Intim-Massage haben wollen.«

Pamela schoss mit dem Oberkörper nach oben. »Intim-Massage?«

»Ja, genau.« Marc lachte. »Was ist so schlimm daran?«

»Ich will aber keine Intim-Massage!«

»So? Dein Körper verrät mir aber etwas anderes.«

»Mein Körper? Ich glaube, du bildest dir zu viele hellseherische Fähigkeiten ein.«

»Schon möglich, dass ich das manchmal tue, aber heute ist es nicht so. Du erschauderst, wenn ich meine Hände auf deinen Körper lege, du zitterst, wenn ich deine Pobacken knete und deine Nippel ragen steif nach oben. Also, wenn ich mir da etwas einbilde, dann, dass *du* nicht willst, *dein Körper* schon.« Er lächelte wissend.

Pamela hatte sich die Arme über Kreuz vor die Brüste gelegt. Die Warzen drückten gegen ihre Unterarme und waren voller Verlangen. Sie hatte auch den feuchten Fleck im Slip gesehen und hoffte, Marc wäre nicht so aufmerksam. Sie war überführt und wusste nicht, was sie sagen sollte. Sie wollte von ihm verführt werden und dass er sie in den Wahnsinn trieb, auf die höchsten Ebenen der Lust. Aber auf gar keinen Fall konnte sie ihm das eingestehen. Sie, die ihm damals den Laufpass gegeben hatte, weil er sie so gut wie nie zum Höhepunkt brachte. Sie, die genervt war, wenn er so schnell von ihr erregt war. Sie, die die Zeit mit ihm genossen hatte, außer im Bett.

Und nun sollte sie diejenige sein, die unter seinen Händen zitterte? Warum konnte sie sich nicht einfach zusammenreißen und so cool sein wie damals? Sie war jetzt zweiunddreißig und er neunundzwanzig. Vor fünf Jahren sah das noch ganz anders aus. Jetzt kam Pamela sich alt vor, zwar erfahren, aber sie hatte das Gefühl, das dieser junge Mann, der für drei Jahre ihr Freund gewesen war, nun die Zügel in die Hand genommen hatte. Er schaffte es mit seiner bloßen Anwesenheit, sie zum Zittern zu bringen.

Mit der Vorstellung, er brachte täglich mehrere Frauenkörper mit einer Intim-Massage zum Jubilieren, wurde Pamela noch mehr angeheizt. Genau, wie diese anderen Frauen, wollte sie, dass er ihr Lust bereitete, wenn er sie da anpackte, wo sie empfindlich war. Doch wie sollte sie ihm das sagen, ohne ihren Stolz zu verlieren?

»Komm, Pamela, leg dich wieder hin. Du starrst mich an, als hätte ich gesagt, du sollst mit mir auf Löwensafari gehen.

Es tut auch nicht weh, und ich mache nichts, was du nicht wirklich willst. Ich verspreche dir, du wirst es mögen.«

Er war ihr also zuvorgekommen. Hatte er etwa ihre innere Zerrissenheit gespürt?

Pamela legte sich langsam nach hinten und blickte Marc noch einmal kurz an, bevor sie ihre Augen schloss.

Als er diesmal Hand anlegte, atmete Pamela tief ein und gab sich voll und ganz dem Gefühl des Verwöhntwerdens hin.

Ihre Brüste wurden umfasst – Marc fackelte also nicht lange. Seine Hände rutschten so weit hoch, dass Daumen und Zeigefinger die Warzen in die Zange nahmen und an ihnen zwirbelten und zupften. Pamela stöhnte leise. Was sie nicht erwartet hatte, dass sich sein Mund über die Nippel stülpte und an ihnen saugte. Automatisch legte Pamela ihre Hände um seinen Kopf und grub die Finger in seine Haare.

»Oh, Marc«, flüsterte sie.

Er knabberte und umkreiste die Spitzen mit der Zunge, während eine Hand sich den Weg über ihren Körper zur nassen Spalte suchte. Dort angekommen, glitt er mit den Fingern über die Schamlippen und tauchte schließlich hinein. Pamela stöhnte laut auf und drückte ihm ihren Körper entgegen.

Seine Finger waren kundig und ausdauernd. Sie schlüpften immer wieder in das enge Loch und massierten die Scham. Schließlich nahm er erst einen, dann den zweiten Finger dazu. Pamela vibrierte am ganzen Körper. Ihr Unterleib rotierte und drückte sich dem wissenden Mann entgegen. Einen kurzen Moment dachte Pamela daran, wie unfähig Marc im Bett gewesen war, wie laienhaft er mit ihrem Körper umgegangen war. Und jetzt das! Es steigerte noch ihre Erregung, dass genau dieser Mann vor fünf Jahren nicht wusste, was er mit einer Frau überhaupt anfangen sollte. Dass er Pamela jetzt, hier und heute auf simple Art und Weise genau zeigte, wo es langging, brachte ihren Körper zum Zittern.

»Marc, du bist so gut ...«, hauchte Pamela. Sie öffnete ihre Augen und blickte ihn an.

Dieser setzte ein überlegenes Grinsen auf: »Ich weiß, Pamela. Und ich werde dich gleich kommen lassen, dass dir Hören und Sehen vergeht.«

Dieser Satz brachte sie fast zum Orgasmus. Sie sehnte sich den Augenblick so sehr herbei, dass ihr beinahe die Tränen kamen.

Marc ließ ihre heißen Brüste los. Er rutschte mit dem Oberkörper zu ihren Füßen, stand auf und hielt beide mit den Händen fest. Dann beugte er sich nach vorne zwischen die Beine und tauchte seine Zunge in das nasse Geschlecht.

Pamela schrie auf. Biss sich aber sofort auf die Lippen und drückte ihren Oberkörper durch. Marcs Zunge vollführte einen Tanz in ihrer Spalte, glitschte hinein und hinaus. Das Ganze im schnellen Wechsel. Pamela atmete stoßweise. Sie war kurz davor, durchzudrehen. Sie wollte ihn haben. Sofort!

»Komm zu mir. Ich will deinen geilen Schwanz in mir spüren. Bitte komm.«

Marc machte weiter, als hätte er sie nicht gehört.

»Marc, bitte.«

»Nein, Pamela.«

Er leckte sie weiter und brachte sie mit solcher Wucht zum Orgasmus, dass sie noch Sekunden danach mit dem Körper zuckte, während Marc seine Zunge in ihrem Loch rotieren ließ und über die Lustperle flatterte.

Erschöpft und schwer atmend lag Pamela auf der Liege. Sie war unfähig zu sprechen. Es war fantastisch. Er war fantastisch, doch sie hätte alles noch perfekter gefunden, wenn er seinen langen Schwanz in sie gestoßen hätte.

»Noch eine kleine Nachmassage gefällig?«

»Nein«, keuchte Pamela. »Ich denke, das reicht fürs erste.«

Eine Weile blickte Marc sie an, dann sah er auf die weiße, schlichte Wanduhr und nickte.

***

Pamela konnte nicht glauben, was sie dort in der Massage-Praxis ihres Ex-Freundes getan hatte. Sie war den ganzen restlichen Tag wie gelähmt, dachte immer wieder an die Szene, wie er sie auf der Liege geleckt und um den Verstand gebracht hatte. Wie konnte sie sich auf so etwas nur einlassen! Und wie konnte sie nur nach seinem Schwanz betteln! Wo waren ihre Gedanken, wo war ihr Stolz geblieben?

Pamela nippte an ihrem heißen Espresso und konnte sich kein anderes Thema in den Kopf rufen. Was war bloß mit ihr los? War sie schon so vereinsamt, dass sie sich von ihrem Ex vögeln ließ?

»Er hat mich ja gar nicht gevögelt, nur geleckt!«, sagte sie laut zu sich selber und nippte wieder am Getränk.

Eine betagte Dame am Nachbartisch blickte sich zu ihr um, senkte den Kopf, um Pamela über den Rand ihrer Brille genau zu betrachten. Zu ihrer Verwunderung war es Pamela nicht peinlich.

Aber verärgert war sie, und zwar darüber, dass Marc cool neben ihr gestanden hatte, während sie sich so ungezügelt vor ihm hatte gehen lassen. Dabei war er genauso geil auf sie gewesen.

Pamela dachte an die Verabschiedung. Sie hatte seine Praxis gelobt und er hatte es mit einem Lächeln hingenommen. Idiot! Sie kam sich danach noch erniedrigter vor. Aber am Schlimmsten, was dem ganzen die Krone aufsetzte, war die Frage: »Möchtest du noch einen Termin, Schätzchen? Du wirkst so ausgehungert.«

»Bitte bringen Sie mir noch einen Scotch?«, rief Pamela dem Kellner zu.

***

»Mein Mann ist eigentlich ein ganz Netter, aber wir kommen einfach nicht mehr miteinander klar. Er legt jedes Wort auf die Goldwaage, egal, was ich sage. Er verbessert mich permanent. Was ich auch für einen Satz sage, er findet immer irgendetwas, was daran entweder grammatikalisch nicht richtig oder inhaltlich falsch ist. Ich bin verzweifelt! Ich liebe ihn ja, aber das geht nun wirklich zu weit!« Mrs Delaney seufzte laut.

»Haben Sie schon einmal mit Ihrem Mann darüber gesprochen?«, fragte Pamela.

»Ja, ständig. Aber er macht zu und sagt immer nur: ›Ach, Quatsch‹. So kann das nicht weitergehen!«

»Tja, am besten wäre, Sie würden Ihren Mann mit hierher bringen, damit ich mir ein Bild von ihm machen kann.«

»Um Gottes Willen! Er weiß ja gar nicht, dass ich hier bin. Er würde auch niemals mit hierher kommen. Nie im Leben! Was soll ich nur tun?«

Was soll ich nur tun, hallte die Frage in Pamelas Kopf. Genau diese Frage stellte sie sich nun schon seit fünf Tagen und vier Stunden. Marc hatte sich nicht bei ihr gemeldet. Dabei hatte sie erneut ihren Stolz vergessen und bei ihm angerufen. Zum Glück war er nicht da und so hatte sie auf seinen Anrufbeantworter gesprochen. Besser gesagt, gestottert. Letztendlich hatte sie ihm ihre Telefonnummer hinterlassen. Doch er hatte sich nicht gemeldet. Dabei wäre es doch an ihm, ein Lebenszeichen abzugeben. Pamela war verzweifelt.

»Ich weiß auch nicht, was ich tun soll …«, sagte Pamela auf einmal.

»Wie meinen Sie das?« Mrs Delaney wurde unsicher.

»Ich habe jemanden kennengelernt.«

»Ach.«

»Einen Mann. Er ruft mich einfach nicht zurück.«

»Ach, Kindchen …« Und nach einer Weile sagte Mrs Delaney: »Vergessen Sie ihn. Dieser Mann hat anscheinend nur eine nette Nacht mit Ihnen verbracht und wenn er sich nicht meldet und Sie tun es aus lauter Verzweiflung, dann werden sie automatisch zu seiner Mätresse.«

»Zu seiner *was*?«

»Seiner Geliebten, Kindchen.«

»Aber wir haben nicht mit einander geschlafen. Er hat mich allerdings nackt gesehen.«

»Das ist egal. Laufen Sie ihm bloß nicht hinterher. Dann haben Sie nur Ärger. Und wenn Sie so alt sind wie ich, dann fängt der alte Kauz an und korrigiert sie nach jedem Satz.«

***

Acht Tage waren verstrichen. Aber anstatt dass die Erinnerung in ihr an Marc verblasste, wurde sie immer deutlicher, und es schien nur noch diesen einen Mann in ihrem Leben zu geben. Warum meldete er sich nicht bei ihr? Sollte sie ihren Stolz vergessen und ihn wieder anrufen? Sie wollte ihn, sie wollte ihn noch mehr als vor acht Tagen. Sie war verrückt nach ihm, weil er sie verrückt gemacht hatte. Vielleicht sollte sie einfach in seine Praxis gehen und ihm sagen, wie sehr sie ihn brauchte. Das war eine gute Idee. Sie würde wieder einen Termin machen!

***

»Guten Tag. Ich würde gerne Marc Jefferson sprechen.«

Die Sprechstundenhilfe musterte Pamela kritisch. »Waren Sie schon mal hier?«

»Ja, vor acht Tagen.«

»Aha, wie ist Ihr Name?«

»Pamela Jacobs.«

»Oh, er, äh, hat keine Zeit.«

»Hören Sie, verdammt! Ich muss mit ihm sprechen. Es ist sehr dringend!«

»Wenn Sie keine Angehörige von ihm sind, dann müssen Sie einen Termin machen.«

»Einen Termin? Na schön, wann hat er denn Zeit?«

»Wenn es während der Arbeitszeit sein soll, dann kann er erst wieder in einer Woche. Er hat nur heute freie Sprechzeit und die ist gerade wieder verstrichen.«

»Das kann doch nicht wahr sein! Dann geben Sie mir einen Massagetermin.«

»Wir hätten da …«

»So früh, wie möglich.«

»Klar, das habe auch ich verstanden. Morgen, um sechs Uhr abends.«

»Wie sieht es mit heute aus? Es ist WICHTIG!!«

Die Sprechstundenhilfe guckte mürrisch und wurde ebenfalls laut. »Ich weiß! Und wenn Sie sich auf den Kopf stellen …!«

»Was ist denn hier los?« Es war Marcs Stimme.

Sofort drehte Pamela sich um. »Marc, ich muss mit Ihnen sprechen.« Pamela war geschockt, dass sie ihn auf einmal siezte, doch er machte so einen seriösen Eindruck, dass sie nicht anders konnte, als Respekt vor ihm zu haben.

»Tut mir leid, Pamela. Ich habe momentan überhaupt keine Zeit. Lass dir von Lucy einen Termin geben, okay?«

Er war genau so schnell verschwunden, wie er gekommen war. Pamela blieb der Mund offen stehen. Das konnte doch nicht wahr sein! Er behandelte sie wie jede x-beliebige Kundin.

»Also, wollen Sie den Termin für morgen oder nicht?«

***

Wie konnte Pamela nur so dumm sein, sich einen Termin geben zu lassen und wie konnte sie noch dümmer sein, diesen Termin auch noch wahrzunehmen?! Sie war verzweifelt und stützte das Gesicht in die Hände, während sie im Behandlungszimmer auf der Liege saß und auf Marc wartete. Sie hatte ihre Kleidung noch an, denn diesmal wollte sie sich nicht von ihm verführen lassen, sondern die Meinung sagen.

Endlich betrat Marc das Zimmer. Er sah schlecht aus. Abgespannt und müde. Doch Pamela war sauer und wollte auf keinen Fall Mitleid mit ihm haben. Womöglich würde sie ihn noch in den Arm nehmen und trösten. Das durfte nicht passieren. Pamela wollte hart bleiben.

»Pamela? Dich hatte ich nicht erwartet. Du hast dir einen Termin geben lassen?«

Dieser Satz brachte sie wieder in Fahrt. »Das ist ja unglaublich! Du hast mich doch angewiesen, mir einen geben zu lassen! Und ich muss sagen, dass ich mir auch ziemlich albern dabei vorkomme. Hinzu kommt, dass ich dir erst auf den Anrufbeantworter bettle, dann hier auftauche, um mich erst von deiner Sprechstundenhilfe und dann von dir angiften zu lassen.«

»Oh, Pamela, bitte. Ich habe im Moment keine Kraft auf solche Diskussionen. Zieh dich einfach aus.«

»Ausziehen?« Ihre Stimme überschlug sich fast. »Das könnte dir so passen! Ich bin nicht hier zum Begrabbeln, sondern um dir die Leviten zu lesen.«

»Wunderbar! Also, schön: Was habe ich falsch gemacht?«

Für einen Moment kam er ihr verletzlich und erschöpft vor. Nicht mehr cool und selbstsicher. Wurde er wieder zum gleichen Mann, wie vor fünf Jahren? Aber er wirkte trotz seiner

Verletzlichkeit stark. Plötzlich wurde Pamela bewusst, wie sein Auftreten wirkte: es war ihm alles egal.

»Ich laufe dir hinterher wie ein Teenager. Warum rufst du nicht zurück?«

»Ich war beschäftigt.«

»Aha, und womit?«

»Pamela, bitte. Es hat nichts mit dir zu tun. Mir war nur in den letzten Tagen nicht nach dem, was du suchst.«

»Was ich suche? Was suche ich denn bitte?«

»Sex!«

Pamela erschrak. Er sah sie nicht als Frau, sondern als Sexobjekt und für keine der beiden interessierte er sich.

»Aha, jetzt verstehe ich …«

»Pamela, ich weiß nicht, was du willst. Du tauchst bei mir nach fünf Jahren auf, hast provokative Sachen an und erwartest, dass wir Backgammon spielen? Sicher war es reizvoll, dich zu verführen, aber im Augenblick habe ich wirklich andere Sorgen.«

Sie nahm ihre Tasche und wollte den Raum verlassen, doch er hielt sie am Oberarm zurück.

»Pamela.«

»Was ist?«

»Warte.«

»Warum?«

»Ich möchte mit dir reden.«

»Ich denke, es ist alles gesagt.«

»Ich war aber noch nicht fertig.«

»Ich bin gespannt.«

»Mein bester Kumpel hatte einen Autounfall. Sein Leben hing am seidenen Faden. Ich habe ihn nach Praxisschluss jeden Abend im Krankenhaus besucht und lange an seinem Bett gesessen. Ich habe im Moment wirklich andere Sorgen und habe leider vergessen, dich zurückzurufen.«

Pamela wurde bleich. Marc war offen, ehrlich und seelisch mitgenommen. Sie war egoistisch und oberflächlich, wollte Sex, vielleicht sogar mehr von ihm.

»Tut mir leid, das wusste ich nicht«, sagte sie zögerlich.

»Schon gut.«

»Möchtest du mit mir darüber reden?«

Er schüttelte den Kopf. »Nein.«

»Na schön. Ich denke, dann gehe ich mal lieber.«

»Danke für dein Verständnis.«

»Das ist selbstverständlich.« Sie beugte sich vor und drückte ihm einen Kuss auf die Wange. »Machs gut.«

»Du auch.«

***

Pamela trat auf die Straße und blickte auf die Uhr. Halb sechs. Um halb sieben machte die Praxis zu. Pamela beschloss, auf Marc zu warten und ihm noch mal zu sagen, wie leid es ihr tat. Sie setzte sich auf eine Bank. Nach zehn Minuten des Wartens wurde ihr kalt und sie wechselte zu einem Café in der Nähe.

***

Eine Dreiviertelstunde später kehrte sie zur Bank zurück und wartete. Keine fünf Minuten waren vergangen, als die Tür geöffnet wurde und Marc mit zwei Frauen im Arm erschien. Zuerst war sie geschockt, ihn so zu sehen. War er etwa in der Praxis zusammengebrochen? Hatte ihm das alles so zugesetzt, hatte er keine Kraft mehr? Doch sein fröhliches Lachen sagte ihr, dass er sich bester Gesundheit erfreute. Als die Drei näher kamen, konnte Pamela erkennen, dass es sich bei der einen Frau um die Sprechstundenhilfe handelte. Diese lachte laut auf und kicherte in seine Jacke.

Pamela stand auf und trat ihnen in den Weg. Als Marc sie erkannte, ließ er die Frauen los und wurde ernst. Unter der Laterne sah sein Gesicht frisch und jung aus. Die Augenränder waren verschwunden.

»Oh, hi, Pamela. Was machst du hier?«

»*Das* ist deine Ex?«, fragte die zweite Frau. »Die hatte ich mir ganz anders vorgestellt. Auf jeden Fall jünger.«

»Halt den Mund, Stella.«

Pamela kochte vor Wut und konnte sich nur mit Mühe und Not zurückhalten. Sie schaffte es, den billigen Kommentar dieser Frau zu ignorieren. »Ich warte hier. Und zwar auf dich. Ich wollte dir sagen, wie leid es mir um deinen Freund tut. Aber wie ich sehe, geht es dir und anscheinend auch ihm auf einen Schlag wieder blendend. Wozu die Medizin doch in der Lage ist.«

»Pamela ...«

»Es ist auch erstaunlich, wie schnell solche geschminkten Augenringe verschwinden. Toll, was auch so eine Abschminke möglich macht!«

»Pamela, ich wollte, dass du ... Also, dass es dir mal genauso geht, wie mir damals. Du glaubst nicht, wie ich gelitten habe.«

»Ach so, verstehe! Und deshalb werden diese unreifen Hühner mit einbezogen in deinen Racheplan. Sehr schlau, Marc, sehr schlau!«

»Pamela, bitte.«

»Und *du* weißt überhaupt nicht, wie *ich* gelitten habe! Wie kannst du dich hinstellen und Rache üben! Ohne zu wissen, wie es mir erging! Du hast wirklich keinen Grund, so etwas Gemeines zu tun!« Sauer und tief gekränkt drehte sich Pamela um und ging.

Marc holte sie ein. »Das wusste ich nicht. Ich dachte ...«

»Ach, verschwinde! Ich kann dich nicht mehr sehen.« Sie ließ ihn stehen, und an der nächsten Kreuzung liefen ihr die Tränen über die Wange.

***

Die nächsten Tage schleppten sich dahin. Pamela ertappte sich, wie sie kurz davor war, ein Ehepaar anzuschreien, sie sollten sich mit ihren kindischen Problemen zum Teufel scheren.

Mit gezwungener Engelsgeduld hörte sie aufmerksam zu und versuchte, sich in deren Lagen zu versetzen, doch es fiel ihr schwer. Die Geschichte mit Marc hatte ihr zugesetzt. Dass sie nach seiner Meinung genauso leiden sollte, wie er, wie er sich so schön ausgedrückt hatte, war für Pamela sehr schockierend. Nie hätte sie so etwas für möglich gehalten.

Pamela blickte auf die Uhr. Noch eine Stunde, dann hatte sie Feierabend. Wie würde der aussehen? Wahrscheinlich wie immer: Fernsehen, ein Fertiggericht, danach schlafen gehen und morgen wieder die Paare anhören, bis Wochenende war.

Endlich packte Pamela ihre Unterlagen zusammen. Wieder einen Tag geschafft. Die Sprechanlage wurde betätigt. »Da ist noch ein Mr Wright«, sagte Erica.

»Mr Wright? Kenne ich nicht. Und um diese Uhrzeit? Du weißt doch, Erica, dass ich um diese Uhrzeit keine Neukunden mehr empfange, nur noch dringende Sachen.«

»Er sagt, es sei sehr dringend.«

Pamela seufzte. »Na schön, dann schick ihn rein. Aber sag ihm, dass er genau eine halbe Stunde bekommt.«

»Okay. Sag ich ihm. Kann ich denn schon gehen, oder soll ich noch ein bisschen warten?«

»Nein, du kannst gerne gehen. Aber lass dein Handy an, falls sich Mr Wright als ein Mr Wrong herausstellt.«

Erica lachte. »Klar, mache ich. Gute Nacht.«

»Gute Nacht.«

Pamela zog ihr Sakko gerade und setzte sich hinter den Schreibtisch. Die Tür öffnete sich und Mr Wright, der ihr unter dem Namen Marc Jefferson bekannt war, kam herein.

Pamelas Herz beschleunigte sich. Sie konnte nicht glauben, dass ihr Körper freudig überrascht war, Marc zu sehen, während ihr Kopf sagte, dass sie ihn hasste.

»Guten Abend«, sagte er höflich. »Schön, dass ich den Termin noch bekommen konnte.«

»Was willst du?!«

»Mich entschuldigen.«

»Bitte sehr.«

»Es tut mir leid. Ich war ein Idiot und wusste nicht, wie du gelitten hast. Ich hätte dich nicht so vorführen sollen. Bitte verzeih´ mir.«

»Fertig?«

»Pamela, ich will dich!«

»Wie bitte?«

»Ich will dich noch mehr als früher!«

»Du vergeudest deine Zeit.«

»Ich will, dass du es mir machst und wir es danach miteinander treiben und zwar auf deinem Schreibtisch!«

Pamela klappte der Mund auf. Sie war sprachlos.

»Zieh dich aus!«

»Hast du den Verstand verloren?«, fand sie die Worte wieder.

Er blickte ihr direkt in die Augen. Dann ging er los, kam um den Schreibtisch auf sie zu. Als er vor ihr stand, zog er sie zu sich hoch. Sie blinzelte zu ihm auf.

Ohne zu zögern senkte sich sein Kopf und er presste seine Lippen auf ihre. Sie versuchte, sich gegen den Kuss zu wehren, doch sein Wille war stark und ihrer schwach, so gab sie nach und tat das, was sie wirklich wollte: den Kuss stürmisch erwidern. Beide umschlangen sich und ihre Münder verschmolzen miteinander.

Marc ließ sie auf einmal los, hörte aber nicht auf, Pamela zu küssen. Sie hörte, wie er seine Hose öffnete und spürte, wie er sich kurz im Rücken krumm machte, um die Hose ein Stück runterzustreifen.

Sie ließ von ihm ab und blickte ihn schwer atmend an. »Du meinst es ernst, nicht wahr?«

Er nickte. »Verdammt ernst!« Damit drückte er sie an den Schultern nach unten. Vor ihr ragte seine rote, steife Rute auf. Sofort schloss sie ihre Lippen um den harten Schwanz. Marc stöhnte auf. Geschickt fuhr sie auf der Vorhaut hoch und runter und zog die Haut über die Eichel, übte ein wenig Druck aus und ließ Marc noch einmal stöhnen. Sie spürte, wie sich Feuchtigkeit in ihrem Slip ausbreitete.

Mit geschlossenen Augen gab sich Pamela voll und ganz ihrer Aufgabe hin. Sie tupfte leicht mit der Zunge über den geschwollenen Penis und stieß ihn sich wieder in den Rachen. Mit Geschick und Hingabe umschlängelte ihre Zunge den heißen Stab und ließ ihn immer härter werden.

Marc streichelte dabei ihre Haare, stieß tiefe, wohlige Laute aus und bewegte ganz leicht seine Hüften, als würde er ihren Mund befriedigen. Pamela machte ihre Sache anscheinend gut, denn nach einer Weile zog Marc seinen Schwanz hektisch aus ihrem Mund.

Mit geschlossenen Augen stand er vor ihr und schnaufte. Er öffnete die Augen erst wieder, als er sich gefangen hatte.

Mit einem Ruck, der Pamela überraschte, riss er ihr Sakko auf, dann die Bluse und zog den Rock hinunter. Schwer atmend stützte sie sich am Tisch ab und beobachtete ihn.

Sein interessierter Blick galt indessen ihren mit Spitze besetzten Strümpfen. Kurz sah er sie an und lächelte. »Wow, sehr hübsch«, hauchte er leise.

Pamela schlug die Augen nieder und schob ihren Slip hinunter. Sein Blick hing an ihrer Scham und den Strümpfen. Er konnte sich anscheinend nicht sattsehen. Als Pamela sich auch noch zurückbeugte, um sich auf den Tisch zu legen, wurde er rot im Gesicht und sein steifer Schwanz zuckte.

Marc fing sich und seine männliche Lust gewann die Oberhand. Er fuhr mit der Hand über ihre Spitzenstrümpfe. Als er ihre Oberschenkel erreichte, knetete er sie leicht, so dass es Pamela durchzuckte. Seine Hand fuhr weiter nach oben und sie öffnete die Beine für ihn.

Mit einem eleganten Hüftschwung stieß er den Bürostuhl zur Seite und zog Pamela mit einem Ruck zum Rand der Tischplatte. Überrascht quiekte sie kurz auf. Er lächelte. Als ihre Augen sich trafen, konnte Pamela Lust in seinen glänzen sehen.

Er fackelte nicht lange und setzte seinen Penis an. Pamela wollte sich an irgendetwas festhalten, bekam eine Akte zu fassen und fegte sie aus Versehen vom Tisch. Mit einem lauten Knall landete sie auf dem Boden. Genau in dem Moment presste Marc seinen Schwanz in ihr enges Loch. Durch Pamelas Nässe hatte er ein leichtes Spiel und drang tief in sie ein. Sofort fing er an, sich zu bewegen.

Pamela stöhnte laut auf und krallte sich an der Tischkante fest. Die Art, wie er sich in ihr bewegte, ließ großartige Lustwellen durch ihren Körper fließen, so dass sie das Gefühl hatte, innerhalb von wenigen Sekunden zu kommen. Wenn Marc sich auch nicht sehr in seinem Aussehen verändert hatte, seine Technik war neu und fantastisch.

Jeder Stoß seines steifen, geilen Gliedes, reizte ihre Lust

bis aufs äußerste und brachte sie ihrem Höhepunkt näher. Sie vermutete, er würde sich gleich in ihr verströmen, doch sein Schwanz war ausdauernder als sie dachte. Er rieb dort, wo Pamela am empfindlichsten war und verschaffte ihr immer mehr Lust. Aber einen Augenblick brauchte sie noch.

Auch Marc war am Keuchen. Auf einmal stoppte er abrupt. Pamela blickte ihn fragend an. »Was hast du?«

»Sorry, ich komme sonst.«

Dass Marc so etwas sagte, war neu für sie. Nicht nur bei ihm, sondern grundsätzlich, denn noch nie hatte ein Mann versucht, in dieser Situation Rücksicht zu nehmen, geschweige denn, auf sie zu warten. Das war ein bisher unbekanntes Gefühl und es heizte sie zusätzlich an. Nun hatte sie die Oberhand und konnte das Tempo bestimmen.

»Oh, bitte, nicht so schnell, Pamela.«

»Ich will aber.«

Sie sah, wie er sich quälte. Er wiederum merkte, dass sie zwar das Tempo bestimmen, aber letztendlich auch wollte, dass er sich holte, was er brauchte.

Stark und schnell stieß Marc seinen harten Schwanz in sie. Pamela stöhnte unter seiner Männlichkeit. Endlich kam er und unterdrückte einen tiefen Aufschrei. Während er noch drei Stöße in sie setze, kam auch Pamela. Es war so intensiv, dass sie eine ganze zeitlang nur aus Lust und Geilheit bestand.

»Oh Gott, ja!«, rief sie und genoss den Augenblick mit all ihren Sinnen.

Eine Weile verharrten beide in der Stellung. Pamela war die erste, die, mit einem Lächeln auf den Lippen, zu sprechen begann: »Wenn so deine Rache aussieht, dann darfst du sie gerne öfter üben!«

PFAUENMASKE

Die Tür stand offen.

»Hallo?« Vorsichtig stieß Irene die Tür noch ein Stück auf. Leise Musik drang an ihr Ohr, ein leichter Wind blies, im Inneren war es dunkel. Nur langsam gewöhnten sich ihre Augen an das gedämpfte Licht.

»Hast du deine Maske dabei?«, kam seine Stimme aus dem hinteren Raum.

Irene schluckte. »Ja.«

»Gut. Setz sie auf und schließ die Tür, dann komm her.«

Sie setzte ihre dunkelblaue, lilafarbene Pfauenmaske auf, deren Augen als Schlitze frei gelassen waren. Unsicher tastete sie sich durch den ersten Raum. Die Musik wurde lauter: Soprane, Violinen, Frauenchöre ... Irene hätte bei dem lieblichen Klang beinahe die Augen geschlossen.

»Irene?«, raunte seine tiefe Stimme.

»Ich bin hier.«

»Komm zu mir.«

Sie betrat ein Zimmer, in dem rote und blaue Kerzen auf dem Boden und auf verhängten Tischen standen. Diverse Möbel waren mit langen, gleichfarbigen Tüchern bedeckt. Außer einem gigantischen Wandspiegel gab es keine Dekorationsstücke. In der Ecke, nahe einem der vier Frontfenster, vor dem sich die zartblauen Gardinen im Nachtwind bauschten, saß er. Still, ruhig, eine große Erscheinung. Er trug ebenfalls eine Maske, so, wie es ausgemacht war. Sein Oberkörper war nackt, die Kerzenlichter spiegelten sich auf seiner blanken, muskulösen Gestalt. Sein Atem ging ruhig, Irene erkannte es am gleichmäßigen Auf und Nieder des Brustkorbs.

Was seine Maske zu bedeuten hatte, war ihr rätselhaft. Sie wirkte auf den ersten Blick wie die eines Widders mit zwei gedrehten Hörnern, doch die Augenbrauen waren menschlich zusammen gezogen in einem rötlichen Ton.

»Gefällt es dir?«, fragte er durch die Musik.

Irene nickte.

»Du gefällst mir auch. Dein hellrosa Gewand ist bezaubernd und deine Pfauenmaske ... sehr beeindruckend.«

Ein Windhauch verirrte sich im Zimmer und ließ Irenes Chiffonkleid wehen. Ihre Brustspitzen stellten sich auf und Gänsehaut legte sich über ihren Körper, begleitet von einem leichten Zittern.

»Ist dir kalt?«, fragte er, ohne sich zu erheben.

Sie schüttelte den Kopf.

»Ist es die Aufregung?«

Ein kurzes Nicken und ihr Blick glitt auf den Boden, dann zu ihm. Die Muskeln seiner Oberschenkel spannten sich, als er aufstand und auf sie zutrat. Er überragte sie um einen Kopf. Eine Weile standen sie sich schweigend gegenüber. Die klassische Musik zauberte eine längst vergangene Zeit herbei.

Dann hob er die Hand. Unwillkürlich zuckte Irene zurück.

»Keine Angst.« Er legte ihr die Hand auf die Schulter und ließ sie liegen. Irenes Atem ging schneller. Sie glaubte, noch nie eine so erotische Energie gespürt zu haben, wie jetzt. Er beugte sich hinunter und küsste ihre Schulter dort, wo eben noch seine Hand gelegen hatte. Seine Lippen waren heiß.

Die zweite Hand glitt über den Stoff, wo ihre Brust lag. Die kleinen steifen Nippel reckten sich seinen forschenden Fingern entgegen. Irene seufzte kaum merklich. Als seine Lippen sich um eine der Knospen legten und zart an ihr saugten, schloss Irene die Augen.

***

»Dalton & Smith, mein Name ist Irene Maxfield. Wir sind eine Werksvertretung von Stonepiper und bieten Drucker und Kopierer an. Ich wollte Sie fragen, ob Sie ...«

»Nein, wir brauchen keine. Wiederhören.«

Irene zog eine Grimasse. Eigentlich kannte sie diese Art der Reaktion von den Kunden zur genüge. Doch jedes Mal, wenn sie eine derart kalte Abfuhr bekam, ärgerte sie sich aufs neue. Irene seufzte, denn es war schwer, einen neuen Kunden zu werben. Im Grunde genommen hasste sie Kaltakquise. Zum Glück machte sie nur Vertretung, da ihre Arbeitskollegin für zwei Wochen in Florida war.

Irene blickte auf die Uhr: es war sechs. Das hieß, noch eine Stunde zu arbeiten. Sie atmete tief durch und nahm den Hörer wieder auf.

»Dalton & Smith, mein Name ist Irene Maxfield. Wir sind eine Werksvertretung ...«

»Wollen Sie mich auf den Arm nehmen? Haben Sie nicht eben schon mal angerufen?«

Irene stutzte, blickte auf die Nummer, unter der ihr Finger lag. Sie hatte tatsächlich die gleiche Nummer gewählt.

»Oh, sorry, das tut mir sehr leid, ich dachte ...«

Die Dame am anderen Ende der Leitung knallte den Hörer auf. Irene erhob sich, ging in die Firmenküche und kochte erst einmal einen grünen Tee.

Versonnen starrte sie aus dem Fenster und blickte zum ge-

genüberliegenden Wolkenkratzer. Die Sonne war schon halb hinter dem riesigen Gebäude verschwunden. Wie viele von den Leuten, die dort arbeiteten, litten wohl auch an der nervigen Aufgabe der Kaltakquise, fragte sich Irene.

Der Tee munterte sie auf und plötzlich hatte sie Lust, den nächsten Kunden anzurufen. Sie ging in ihr Zimmer zurück, nahm den Telefonhörer ab und sagte ihr Sprüchlein auf. Bei den nächsten drei Nummern nahm keiner ab, es war für Akquise eigentlich schon zu spät. Sie versuchte es noch einmal. Diesmal meldete sich eine Dame der Telefonzentrale. Irene verlangte dreist nach dem Chef der Firma. Die Dame, wahrscheinlich noch neu, fragte nicht nach, worum es denn ginge, oder ob sie einen Termin hätte. Mit klopfendem Herzen erwartete Irene einen barschen Geschäftsmann, der keine Zeit besaß und der sie unschön abservieren würde.

»Hamilton!«

»Guten Tag, Mr Hamilton, ich bin, ich wollte, ich biete Drucker an. Also, nicht nur ... ich, das heißt, wir ... äh, tut mir leid!« Irene war total verwirrt. Jetzt würde er schreien, warum sie seine Zeit mit Gestammel vergeuden würde und sie zum Teufel jagen. Aber sie täuschte sich.

»Ja?«, fragte er geduldig nach.

»Also, ich, wir sind eine Werksvertretung.«

»Aha, von wem?«

»Ich bin etwas aus dem Konzept geraten.«

»Das merke ich. Also, noch mal ganz von vorne. Sie sind eine Werksvertretung und bieten Drucker an?«

»Richtig, aber nicht nur, auch Kopierer und Scanner. Aber ich glaube, ich bin bei Ihnen völlig falsch.«

»Kann sein. Wen wollten Sie denn haben?«

»Äh, den Chef.«

Er lachte. »Dann sind Sie richtig. Aber das, was sie an uns verkaufen wollen, ist Sache meines EDV-Einkaufsleiters.«

»Sorry, ich war wohl ein wenig forsch. Ich weiß eigentlich, dass nur in kleinen Firmen der Chef entscheidet, was an technischem Material eingekauft wird.«

»So ist es wohl. Also können Sie sich ja nun ausrechnen, welche Größe unsere Firma hat, wenn ich die Technik-Käufe meiner rechten Hand im Einkauf überlasse.«

Irene nickte und schwieg.

»Welche Firma vertreten Sie denn nun?«, wollte Mr Hamilton wissen.

»Stonepiper.«

»Unsere Geräte sind alle von Stonepiper. Vielleicht brauchen wir gerade eins. Ich stelle Sie durch. Moment.«

»Vielen Dank.«

Es erklang klassische Musik, die Irene sofort entspannte und die Stimme von eben in ihrem Kopf nachhallen ließ. Sie versuchte, sich einen Mann zu der Stimme vorzustellen. Seine Stimme war kräftig und tief. Er hatte bestimmt dunkle Haare und braune Augen, war vielleicht genauso groß wie sie, einige Kilos auf den Rippen. Sie verdrängte den Gedanken, wollte ihn etwas schlanker haben. Wenigstens schlanke Beine und kräftige Statur. Wie war er wohl untenherum gebaut? Konnte man anhand der Stimme auf einen Penis schließen? Stimme kräftig, gleich Penis kräftig, Stimme leise, gleich Penis klein, Stimme hell, gleich Penis dünn?

»Hören Sie, Mrs Maxfield, ich kann ihn nicht erreichen«, riss Mr Hamilton sie aus ihren Überlegungen.

Irene zuckte zusammen. Was für ein Segen, dass er sie nicht sehen konnte. »Oh, äh, schade. Ist aber nicht so schlimm.«

Wie konnte Irene ihn am Telefon halten? Sie hatte absolut

kein Thema, das sie mit ihm teilen konnte. Sollte sie jetzt mit ihm übers Wetter reden: gestern Sonne, heute Sonne, auch morgen und übermorgen Sonne ... Oder sollte sie ihn vielleicht nach seinen Geschäften fragen, ob sie gut liefen?

Erstaunt hörte Irene, wie er ihr zuvorkam: »Warum sind Sie noch nicht im Feierabend? Es ist nach achtzehn Uhr.«

»Ich war heute Morgen beim Arzt und muss jetzt etwas Zeit ranhängen.«

»Oh! War es etwas Schlimmes?«, fragte er fast besorgt.

»Nein, nein, nicht schlimm.« Sollte sie ihm erzählen, dass es eine Routineuntersuchung bei ihrem Frauenarzt war, die sie nur vormittags wahrnehmen konnte?

»Reine Routine.«

»Ach so.«

Irene wunderte sich, dass er das Telefonat nicht beendete. Hatte er wirklich so viel Zeit?

»Und warum sind *Sie* noch nicht zu Hause?«, fragte sie.

Er lachte. »Es gibt noch eine Menge zu tun. Aber ich bin froh über eine kleine Pause und Ablenkung. Das tut gut und gibt neuen Schwung.«

»Verstehe.«

»Was haben Sie heute noch vor?«, fragte er, um sich sofort dafür zu entschuldigen. »Ich möchte nicht indiskret sein. Sie müssen natürlich nicht antworten.«

»Schon gut. Ich wollte mich heute Abend vor den Fernseher setzen und mir vier Folgen ›Desperate Housewifes‹ auf DVD ansehen.«

Er lachte wieder. »Mit oder ohne Chipstüte?«

»Mit natürlich«, grinste Irene, »ohne macht es keinen Spaß. Und Sie?«

Er schwieg kurz.

Sofort fühlte Irene sich schuldig. »Oh, war *ich* jetzt etwa zu indiskret?«

»Nein, gleiches Recht für alle. Ich weiß bloß nicht, ob Sie meine Antwort vertragen können.«

»Ist es denn etwas so Schlimmes?«

»Das kommt darauf an.«

»Wollten Sie noch irgendwo einbrechen?«, flachste Irene.

»Nein, ich wollte mir auf ihre Stimme einen runter holen.«

Die Antwort traf sie wie ein Faustschlag. Einen Augenblick lang war sie unfähig zu sprechen.

»Ich habe Sie doch erschreckt.«

Irene schwieg noch immer beklommen.

»Hallo? Sind Sie noch da?«

»Ja«, antwortete sie und fand, dass es prickelnd war, sich auf dieses frivole Spiel einzulassen.

»Wie ist ihr Name?«

»Irene.«

»Schön – Irene, habe ich Sie sehr geschockt?«

»Nein, es ist nur ... es kam so plötzlich.«

»Wie sehen Sie aus? Wollen Sie sich mir beschreiben?«

Irene war unfähig, über ihn und die Situation nachzudenken, deshalb konzentrierte sie sich auf seine Frage. »Ich bin etwa eins siebzig groß, habe braune kurze Haare, die ich hinter die Ohren schiebe. Ich trage zum Schreiben eine kleine Brille ohne Rand. Ich bin recht schlank.«

»Sie haben grüne Augen«, spekulierte er.

»Woher wissen sie das?«

»Ich habe es mir gewünscht.«

Einen Augenblick kam Irene zur Besinnung und dachte, dass sie ihm im Grunde genommen sonst etwas erzählen könnte. Er würde sie niemals zu Gesicht bekommen.

»Was haben Sie an, Irene?«

»Ich trage einen feuerroten Minirock und ...«

»Das stimmt nicht! Weder tragen Sie einen Minirock noch ist er rot.«

»Woher wollen Sie das wissen?«

»Es würde nicht zu Ihnen passen.«

»Aber Sie kennen mich doch gar nicht.«

»Es wirkt platt. Sagen Sie mir bitte die Wahrheit.«

»Warum sollte ich das?«

»Weil mir Ihre Stimme gefällt, weil mir Ihre Art gefällt. Weil *Sie* mir gefallen. Bitte, Irene.«

Sie zögerte einen Augenblick. »Ich trage eine silbergraue Stoffhose, darüber eine taillierte weiß-grau gestreifte Bluse.«

»Ah, schon besser. Weiter. Was haben Sie drunter?«

»Ich trage einen weißen Spitzen-BH.«

»Schön. Und Ihr Höschen, oder tragen Sie einen String?«

»Nein, es ist ein Slip, er hat keine Spitze, ist aber knapp geschnitten. Ich trage flache Schuhe und keine Strümpfe.«

»Hört sich sehr gut an, und es hört sich vor allem echt an.«

»Wie sehen *Sie* aus?«, wagte Irene sich vor. Ihr Herz klopfte.

»Ich bin eher etwas Durchschnittliches. Ich trage jeden Tag einen Anzug, egal wie heiß oder kalt es ist. Heute trage ich einen grauen. Wir würden also gut zusammenpassen.«

Wieder schwiegen beide. Irene wusste nicht, was sie darauf sagen sollte und überlegte, wie sie ihn nach seinem Aussehen weiter ausquetschen konnte.

Er kam ihr zuvor: »Wo sind Ihre Hände?«

»Eine ist am Hörer und die andere auf dem Tisch.«

»Legen Sie sich die eine Hand auf den Schoß. Haben Sie die Möglichkeit, es unbemerkt zu tun?«

»Ja, die anderen sind schon nach Hause gegangen.«

»Gut, tun Sie es. Streicheln Sie sich ein bisschen.«

Irenes Hand rutschte tiefer. Im Stillen beschimpfte sie sich, ob sie denn den Verstand verloren hätte. Irgendein wildfremder Mann sagte ihr am Telefon, sie solle sich streicheln und sie tat es. Doch die Situation regte sie an und machte sie neugierig. Die Lust auf mehr wuchs.

»Was machen Sie jetzt gerade?«, fragte Irene vorsichtig.

»Ich habe meinen Schwanz rausgeholt und bewege ihn in meiner Hand. Er ist schon ganz hart. Wären Sie hier, könnten Sie es sehen und fühlen.«

Etwas durchfuhr Irenes Unterleib. Sie sah ihn vor sich, wie er an seinem Schreibtisch, der übersät mit Unterlagen, Briefen, Stiften und Büchern war, seinen Schaft in der Hand hielt und ihn genüsslich vor- und zurückschob.

»Machen Sie den Knopf und den Reißverschluss ihrer Hose auf und fassen Sie in Ihr Höschen. Ich möchte, dass Sie den vollen Genuss haben und vor allem möchte ich, dass wir zusammen kommen.« Das Telefonat war schon so weit fortgeschritten, dass Irene nicht mehr aufhören konnte. Sie hätte einfach den Hörer auflegen können, doch ihre Neugierde und geweckte Lust ließen sie die Hose öffnen und in ihren Slip gleiten. Sie seufzte kurz und biss sich sofort auf die Lippe.

»Ah, Sie sind angekommen, Irene. Schön. Massieren Sie sich. Stellen Sie sich vor, dass ich vor Ihnen hocken und Ihre Muschi probieren würde.«

Irene schloss die Augen und ein wohlig, warmes Gefühl breitete sich in ihr aus.

»Öffnen Sie Ihre Beine noch ein Stückchen, ja, so ist es gut. Wie kann ich mir die kleine Muschi vorstellen, ist etwas von ihr rasiert?«

»Sie ist komplett rasiert. Sie ist weich und rosig.«

»Wow, das ist wunderbar. Ich stelle mir vor, wie meine Zunge diese liebliche, samtene Spalte erforscht und zwischen den Lippen hin und her gleitet. Ab und an streift sie den kleinen empfindlichen ›Knopf‹ weiter oben. Dann seufzt du auf und krallst dich in meinen Haaren fest, wobei deine lackierten Fingernägel gegen meine Kopfhaut drücken. Meine Zunge tupft in deiner Spalte, die immer nasser wird.«

Irene hielt den Hörer tiefer, damit sie nicht direkt hinein hechelte. Sie hatte sehr wohl bemerkt, dass er sie auf einmal duzte. Sie fand es besser. Ihr Mund war leicht geöffnet. Dieser Mann hatte es wirklich drauf, sie am Telefon zu verführen. Doch er sollte auch zu seinem Recht kommen.

»Ich werde mich indessen zwischen Ihre Beine knien und mit meinen beiden Händen Ihren Schaft anfassen. Ich fahre tiefer, um an Ihren Hoden zu spielen, sie zu massieren und ein wenig zusammenzudrücken.«

»Oh ja, das tut gut. Mach weiter, Süße.«

»Dann nehme ich die steife Rute in die Hand, drücke etwas zu und schiebe sie vor und zurück.«

Er stöhnte leise.

»Ich könnte sie auch mit meinen Lippen umschließen und die Spitze vorsichtig mit meiner Zunge betupfen.«

»Das würdest du tun?«

»Dann stoße ich mir den Schwanz tief in den Rachen.«

Er stöhnte auf und Irene hörte das Geräusch, mit dem er seinen Schwanz rieb.

»Okay, Irene, nun bist du dran. Sonst komme ich gleich. Ich will aber, dass wir beide zusammen unseren Höhepunkt erleben. Hast du dich währenddessen weitergestreichelt?«

»Ja.«

»Gut. Ziehe deine Schamlippen etwas auseinander und

schiebe zwei Finger dazwischen. Wenn du feucht bist, nimm den Saft auf und gleite mit ihm in deiner Spalte hin und her. Fühle die Reibung, als wäre ich es, der seine Finger in deiner Muschi hat.«

Irenes Herzschlag beschleunigte sich, ihr Atem ging schneller. Wenn er ihr jetzt sagen würde, dass er in ihre Grotte eintauchte, dann würde sie verrückt werden.

»Presse die beiden Finger in dein Loch, ich will dich von innen befühlen.«

Sie seufzte auf.

»Ja, gut so. Jetzt schön kreisen und immer wieder an den sensiblen Punkt stoßen, der solche Macht über deinen Körper hat. Wenn du soweit bist, dann bewege die Finger schneller, lass sie richtig schön zügig in dir rotieren. Spürst du deine Nässe, du geiles Luder? Stoß die beiden Macht habenden Finger rasant in dich rein. Los, mach es jetzt!«

Irene folgte seinen Befehlen, sie konnte gar nicht anders. Sie war schon mehr als nass und ihre Geilheit am Kochen. Sie biss die Zähne zusammen, um nicht laut aufzujaulen. Sie hörte sein schnelles Atmen und sein unterdrücktes Stöhnen durch den Hörer, und es machte sie zusätzlich an.

»Merken Sie, wie ich Ihren Schwanz aussauge? Wie ich ihn mit meinen Lippen malträtiere, wie ich Sie nur mit meinen Lippen voll im Griff habe?«

»Oh ja, das spüre ich, du bist so gut, Kleines. Und ich bin gleich da. Bist du es auch?« Seine Stimme klang gequält.

Irene stieß die Finger kräftig in sich hinein. Sie hatte den Hörer zwischen Schulter und Kinn eingeklemmt und benutzte die jetzt freie Hand, um ihre Klitoris zu massieren. Es durchzuckte ihren Unterleib so schnell, dass sie mit Ach und Krach noch sagen konnte: »Oh Gott, ich bin da ...«

Er gab sich auch den Rest und ließ einen langen Klageruf durchs Telefon vernehmen, während ihre Stimme weinerlich hoch wurde und in kurzen Abständen einen Ton herausbrachte.

Erschöpft schwiegen beide einen Augenblick, bis sie sich wieder gefangen hatten. Irene ließ ihre Hand schwer auf dem Geschlecht liegen, hatte die Augen noch immer geschlossen.

»Wie geht es dir jetzt?«, fragte er nach.

Irene öffnete die Augen. »Sehr gut. Und Ihnen?«

»Dito. Das war richtig klasse. Ich merke, du hast das schon einmal gemacht.«

Irene lachte. »Nicht am Telefon.«

»Oh, wirklich nicht?«

»Nein. Das ist nicht meine Art. Schon gar nicht bei Männern, die ich nicht kenne.«

»Normalerweise macht man das doch nur mit Männern, die man nicht kennt.«

»Wenn man Geld dafür bekommt, ja. Ansonsten nicht.«

»Da hast du Recht.«

Sie schwiegen wieder. Schließlich raffte Irene sich auf und suchte nach einem Taschentuch. Auch er schien die Zeit zu nutzen, sich um seine Feuchtigkeit zu kümmern. Irene stellte sich vor, wie er sein soeben erlebtes Feuerwerk wegwischen musste. Sie gluckste leise.

Er hörte es und fragte: »Was hast du?«

»Ich stellte mir nur gerade die Reinigungszeremonie des Mannes vor. Wir Frauen haben es da ein wenig einfacher.«

»Nicht, wenn wir in euch kommen. Außerdem habe ich vorgesorgt.«

»Sie wussten, dass wir es tun würden?«

»Ich hatte es gehofft, dann geahnt und später gewusst.«

»Doch hellseherische Fähigkeiten, wie mit dem Rock?«

»Schon möglich.« Er machte eine kleine Pause, ehe er fort fuhr: »Sag mal, wollen wir deinen ›Desperate Housewifes‹-Abend nicht zusammen verbringen?«

»Nein.«

»Oh, das war eine schnelle, klare Aussage.«

»Sie wissen doch gar nicht, ob ich einen Freund habe.«

»Hast du einen?«

»Nein.«

»Siehst du. Wollen wir deinen ›Desperate Housewifes‹-Abend jetzt zusammen verbringen?«, fragte er erneut.

»Sie kennen meine Antwort.«

»Wir haben neue Voraussetzungen geschaffen, vielleicht ändert das etwas an der Antwort.«

»Nein und nein.«

»Schade. Aber dann vielleicht ein andermal.«

»Ich weiß gar nicht, ob ich Sie überhaupt sehen möchte.«

»Oh! Was heißt das?«

»Ich habe eben einen sehr schönen Orgasmus erlebt und ihre Stimme hat mir dazu verholfen, aber ich weiß nicht, ob man sich dadurch etwas kaputt macht, indem man sich trifft. Wollen Sie mich wirklich kennenlernen? Vielleicht gefalle ich Ihnen ja gar nicht. Vielleicht zerstört man mit der Realität die Vorstellung, die eventuell viel schöner war.«

»Donnerwetter. Überlegte Worte! Du hast Recht. Man würde sein Fantasiebild aufgeben und es würde etwas Reales an die Stelle treten. Und dennoch hat diese Realfigur die Stimme der Fantasiefigur. Es ist eine anregende Kombination. Wenn man die Augen schließt, die Stimme hört und die Haut des anderen auf seiner eigenen spürt, dann ist es noch schöner als eben. Außerdem gibt es noch mal einen Überraschungseffekt. Ich bin, wie gesagt, ein durchschnittlich aussehender Mann und du bist eine hübsche Frau, so wie sich das von der Beschreibung angehört hat. Es sei denn, du hast mich angelogen. Doch das glaube ich nicht. Meiner Menschenkenntnis nach, bist du den Weg der Ehrlichkeit gegangen.«

»Das bin ich auch.«

»Wie würdest du dich beschreiben? Bist du in deinen Augen hübsch?«

»Nein.«

»Ich denke, das würde keine Frau von sich behaupten. Außer sie ist es und läuft mit einem Selbstbewusstsein herum, das größer als New York ist. Du bist also hübsch.«

Irene schwieg.

»Und dein Schweigen bestätigt meine Vermutung. Warum solltest du dich vor mir schämen und Angst haben, an meine Fantasievorstellung nicht heranreichen zu können? Es sei denn, deine Unsicherheit liegt darin, dass ich dir nicht gefallen könnte. Ist es das, Irene?«

»Ich weiß nicht, ich habe mir noch nicht so viele Gedanken darüber gemacht.«

»Wie wäre es, wenn wir uns treffen? Das muss ja nicht heute sein. Im Gegenteil, wir sollten vorher auf jeden Fall noch einmal telefonieren, um den gehörten Eindruck zu festigen. Wenn wir uns treffen, dann nur mit einer Maske. Die Augenpartie sollte verdeckt sein. Es wirkt wie ein Schutz und macht die Vorstellung nicht ganz kaputt. Wie findest du die Idee?«

»Ich weiß nicht ...«

»Wovor hast du Angst?«

»Davor, was es werden soll.«

»Was meinst du damit?«

Irene atmete tief durch, ehe sie antwortete: »Ich denke, das Telefonat war sehr nett und schön für zwischendurch. Es war

Sex. Was wird daraus, wenn man sich trifft?«

»Wir lassen es auf uns zukommen. Es wird sich ergeben. Was hältst du davon, wenn wir morgenum die gleiche Uhrzeit telefonieren?«

Irene zögerte. »Na, schön.«

»Gib mir deine Firmennummer, damit ich dich anrufen kann.« Irene nannte sie ihm und verabschiedete sich.

Irene blickte auf ihre Schreibtischunterlage. Auf was hatte sie sich da nur eingelassen? Ihr kam blitzartig ein Gedanke. Sie ging über die Internetsuchmaschine ›Googel‹ und gab seinen Firmennamen dort ein. ›Googel‹ bot diverse Zeitungsartikel an und verwies dann aber auf die Webseite der Firma. Sie klickte sie an und wartete ungeduldig, dass sich die Seite aufbaute. Vielleicht war ja sogar ein Bild von Mr Hamilton abgedruckt. Es war eine Computerfirma, die mit Messesoftware arbeitete und neue Programme anbot. Ein schlichtes Gelb leuchtete ihr mit schwarzen Buchstaben entgegen. Sie ging zum ›Kontakt‹. Dort war nur eine Mrs Durser mit e-Mail und Telefonnummer angegeben. Sie ging auf die Seite ›Team‹. Da, sie hatte ihn gefunden. Mr Henry R. Hamilton stand unter Chef eingetragen. Leider gab es kein Bild. Aber, er war tatsächlich der Leiter dieser Computerfirma. Irene war beeindruckt.

***

Diese Nacht konnte sie schlecht schlafen. Immerzu musste Irene an Henry Hamilton denken. Nicht zu wissen, wie er aussah, steigerte ihre Neugierde ins Unermessliche. Ihre Gedanken schwenkten zurück auf den Orgasmus. Im Dunkeln lachte sie kurz auf und konnte kaum begreifen, dass ausgerechnet sie so etwas mit einem wildfremden Mann getan hatte. Die Gefahr, dass um die späte Uhrzeit eine ihrer Kolleginnen ins Zimmer kam, war zum Glück äußerst gering gewesen. Aber sie musste vorsichtig sein, sollte er sich morgen tagsüber melden.

Irene kam der Gedanke, dass Mr Hamilton sich vielleicht gar nicht mehr bei ihr melden würde. Was wäre, wenn er sich am Telefon öfter mit ein paar netten, fremden Mädchen vergnügte? Diese Gedanken machten Irene unruhig. Sie stand auf, holte sich ein Glas Orangensaft und legte sich wieder hin.

Sie dachte weiter nach und plötzlich wurde sie ruhiger, denn sie überlegte sich, dass die meisten Männer nur die Vorstellung einer nackten Frau brauchten, nicht gleich die komplette Beschreibung. Irene glaubte an Mr Hamilton und glaubte daran, dass er sich bei ihr in der Firma melden würde.

***

Umso trauriger war sie, als das Telefon bis dreizehn Uhr geschwiegen hatte. Sollte sie etwa wieder bis achtzehn Uhr bleiben? Diesmal verbrachte sie ihre Mittagspause am Platz und lauschte auf das Telefon. Doch es klingelte nicht, jedenfalls meldete sich kein Mr Hamilton.

Als sie von der Toilette kam, sprach ihre Kollegin sie an: »Da hat ein Mr Hamilton angerufen.«

»Was?« Mit geweiteten Augen blickte sie ihre Kollegin an, fing sich aber sofort wieder. »Ist gut, vielen Dank. Soll ich zurückrufen?«

»Nein, er ist jetzt außer Haus und weiß nicht, wie lange es dauert. Er meldet sich wieder.«

Irene versuchte, sich ihre Enttäuschung nicht anmerken zu lassen. »Na wunderbar.«

Die Akquisenanrufe, die jetzt folgten, waren eher lustlos. Eigentlich hätte sie sich freuen können, dass er sich gemeldet hatte. Heimlich versuchte sie es erneut bei ihm – ohne Erfolg.

Als Irene nach Hause ging, hatte kein Mr Hamilton angerufen, obwohl sie bis um neunzehn Uhr gearbeitet hatte.

Enttäuschender Weise rief ihr Telefon-Lover auch in den nächsten Tagen nicht an. Irene schob es auf seinen vollen Terminkalender.

Nach zwei Wochen hatte sie keine Lust mehr und die Vorstellung an ihn verblasste. Jedoch nicht so sehr, als dass Irene nicht mit ihrer besten Freundin Emma über ihn geredet hätte. Anfänglich versuchte sie es mit Umschreibungen und wollte den Telefonsex nicht gleich heiß servieren. Doch Emma kannte ihre Freundin wohl zu gut und blickte ihr mit schiefgelegtem Kopf in die Augen. »Irene, willst du mich auf den Arm nehmen? Bitte erzähle mir die ganze Story, wenn du schon mit diesem Mann anfängst.«

»Ich habe wohl keine Wahl«, stellte Irene fest.

»Allerdings nicht! Los, fang an.«

Nachdem Irene geendet hatte, fasste Emma sich an den Kopf und sagte: »Wow, das ist der Hammer!«

»Aber warum meldet er sich nicht? Ist er wirklich zu beschäftigt?«

Emma zuckte mit den Schultern. »Ich weiß nicht. Aber so, wie es sich anhört, hat der Gute wirklich viel zu tun. Lass den Kopf nicht hängen. Es gibt noch mehr Männer auf der Welt. Vielleicht ist ihm die Sache über den Kopf gewachsen oder er treibt es gerade mit seiner Sekretärin.«

»Super, Emma, du bist mir ja eine große Hilfe.«

»Ich denke, du solltest auf andere Gedanken kommen. Was hältst du morgen von einem Besuch im Zoo?«

»Ich weiß nicht …«

»Also: ja! Wenn du dich nicht entscheiden kannst, dann werde ich dir die Entscheidung abnehmen. Wir gehen in den Zoo!«

***

»Das ist doch nur etwas für kinderreiche Familien«, nörgelte

Irene, als sie an den Elefanten vorbeigingen, die gerade von drei kleinen Mädchen bestaunt wurden. »Total albern.«

»Unsinn. Wenigstens kommst du auf andere Gedanken.«

»Aber ich bin mir nicht sicher, ob ich unbedingt auf solche Gedanken kommen möchte.«

»Irene!«, sagte Emma und blieb ruckartig stehen. »Ich finde, du solltest ein bisschen dankbarer sein, dass ich mir solche Gedanken mache, wie ich dich am besten von Mr Telefonsex ablenken kann. Und dass ich dich an den Haaren in den Zoo schleife. Stattdessen höre ich nur Gejammer. Du bist echt undankbar!«

»Tut mir leid, Emma. So war das nicht gemeint. Ich finde es toll, dass du dir so eine Mühe mit mir gibst. Ich weiß gar nicht, ob ich das verdient habe.«

»Na endlich. So gefällst du mir schon besser. Aber ja, du hast es verdient und nun komm. Wir wollen uns noch die Viecher da hinten ansehen.«

»Du stehst aber auch nicht so richtig auf Zoo, oder?«

»Na ja, ich nehme auch den Zoo hin, wenn es meiner Freundin hilft.« Beide lachten und hakten sich ein.

Als sie bei den Pfauen ankamen, blieb den beiden vor Bewunderung der Mund offenstehen.

»Wow, die sind wirklich klasse«, sagte Emma als erste.

Irene kam nicht dazu, etwas zu sagen, ihr Handy klingelte und sie wühlte in ihrer Handtasche.

»Ja, hallo?«

»Hallo, Irene.«

Ihr stockte der Atem. »Mr Hamilton!«

»Ganz genau. Wo bist du?«

»Ich habe heute frei.«

»Ich weiß. Wo bist du?«

»Woher haben Sie meine Handynummer?«

»Woher sollte ich wohl wissen, dass du frei hast, wenn ich nicht in der Firma angerufen hätte? Dort deine Handynummer zu erfragen, war ein leichtes Spiel. Ich hoffe, ich konnte deine Fragen ausreichend beantworten. So, und nun zu meiner Frage: Wo bist du?«

»Im Zoo.«

»Im Zoo?«

»Ja, mit meiner Freundin. Damit ich auf andere Gedanken komme.« Irene biss sich auf die Lippen.

Emma machte ein entsetztes Gesicht und zeigte ihr einen Vogel. Irene hoffte, er hätte den Nachsatz nicht bemerkt. Doch als er nachhakte, wusste sie, dass er logischerweise darüber stolpern musste.

»Warum auf andere Gedanken kommen? Von welchen wolltest du denn abgelenkt werden?«

»Ich, äh … eine Tante. Eine entfernte Tante. Sie hat, sie ist im Krankenhaus. Ich meine, gewesen und sie hat gestern … Also, sie ist gestern gestorben. Ja, genau.«

»Aha, und deshalb nimmst du dir heute einen Tag frei und bummelst mit deiner Freundin, die zufälligerweise heute auch frei hat, durch den Zoo?«

»Äh, genau.«

»Aha. Vielleicht willst du ja auch von den Gedanken an mich abgelenkt werden, weil ich nicht angerufen habe.«

Irenes Herz klopfte laut. Sie wusste nicht, was sie antworten sollte. Emma tippte sie fragend an. Irene war unfähig, einen klaren Gedanken zu fassen. Ihr fiel keine Ausrede ein und wenn, hätte dieser Mann sie sofort durchschaut. Seit sie ihn kannte, tat er nichts anderes. War anscheinend seine Lieblingsbeschäftigung.

»Ja, stimmt«, gab sie zu.

»Donnerwetter, damit hätte ich nicht gerechnet.«

»Dass ich an Sie gedacht habe?«

»Nein, dass du so ehrlich bist.«

Es entstand eine kurze Pause, dann sagte er unvermittelt: »Ich möchte dich sehen, Irene.«

Das war der zweite Schock! Die ganzen Tage hatte sie auf einen Anruf wie diesen gehofft und nun wünschte sie, er hätte sich nie gemeldet. Was war passiert, dass sie auf einmal eine solche Abwehrhaltung einnahm?

»Ich kann das jetzt nicht entscheiden. Geben Sie mir Ihre Handynummer, dann rufe ich zurück.«

»Ich glaube nicht, dass du es tun wirst. Aber gut.« Er nannte ihr die Nummer und Irene kritzelte sie auf einen Block aus ihrer Handtasche.

»Ich freue mich auf ein nächstes Telefonat. Vielleicht sind wir dann beide ungestört«, sagte Mr Hamilton.

»Aber, das sind wir doch jetzt auch.«

»Hast du nicht gesagt, dass deine Freundin bei dir ist?«

»Ja ... richtig. Emma ist auch hier.«

»Emma. Wie nett. Gib sie mir doch mal.«

»Wie bitte?«

»Reich ihr dein Handy.«

»Aber ...«

»Na, los, ist doch nicht schlimm, oder?«

»Nein, natürlich nicht.« Irene reichte Emma das Handy. »Hier, er will mir dir sprechen.«

Emma machte ein entsetztes Gesicht und schüttelte wild den Kopf.

»Sie will nicht«, gab Irene weiter.

Mr Hamilton lachte.

Emma riss ihr das Handy aus der Hand. »Hören Sie, ich finde dieses Spielchen sehr merkwürdig. Außerdem, was habe ich damit zu tun?« Sie lauschte in den Hörer. »Ja, das bin ich.« Sie hörte wieder hinein. Ihr Gesichtsausdruck wurde verschämt und sie bedankte sich. Dann blickte sie auf den Boden, scharrte mit einem Fuß und eine leichte Röte legte sich über ihr Gesicht.

Irene stupste sie an und flüsterte: »Was sagt er da?« Doch Emma reagierte nicht, sondern drehte sich von ihr weg und bejahte nickend das Gespräch. Dann lachte sie kurz und bedankte sich wieder. »Ich werde es mir überlegen.« Sie lauschte wieder, ihr Gesicht drückte aus, dass sie sich etwas merken wollte. Schließlich verabschiedete sie sich.

»Verdammt, Emma, was hat er gesagt? Wieso hast du dich so oft bei ihm bedankt? Was war da los?«

»Nichts war los. Er ist charmant und ich finde ihn nett.«

»Charmant? Nett? Hast du sie noch alle? Der Typ gehört zu mir! Wir hatten Telefonsex! Oder hat er dir jetzt welchen angeboten?«

»Ich will ihn nicht haben. Er gehört dir! Und: nein, er hat mir keinen Telefonsex angeboten. Er hat mir und auch dir ein paar Komplimente gemacht.«

»Komplimente? Aber er kennt dich nicht!«

»Nun sei doch nicht so eifersüchtig. Er hat mir ein Kompliment über meine Stimme gemacht.«

»Na, super! Und darauf fällst du rein?«

»Was heißt hier reinfallen? Wenn hier jemand reingefallen ist, dann ja wohl *du*, oder?«

»Aber *ich* habe ihn kennengelernt!«

»Und anscheinend lieben gelernt. Vorhin warst du dir nicht mal sicher, ob du je wieder mit ihm sprechen möchtest.«

»Das ist noch lange kein Grund, ihn mir wegzunehmen!«

»Mein Gott, Irene! Was ist denn mit dir los? Niemand nimmt hier irgendwem etwas weg!«

»Dann rede nie wieder am Handy so mit ihm!« Irene drehte sich um und verließ den Zoo.

***

»Dalton & Smith, mein Name ist Irene Maxfield.«

»Hallo, Irene. Endlich gehst du ans Telefon. Ich muss mit dir sprechen!«

»Ich aber nicht mit dir.« Irene legte auf.

Das Telefon klingelte erneut. Irene nahm ab. Noch ehe sie etwas sagen konnte, fuhr ihr Emma in die Parade: »Leg bitte nicht gleich wieder auf. Ich möchte mich entschuldigen. Aber es ist nichts, aber auch rein gar nichts passiert zwischen ihm und mir.«

»Das Telefonat hat ja wohl gereicht.«

»Bitte, so sei doch ein bisschen einsichtig und wieder gut mit mir. Ich habe nichts getan, außer mich mit einem Mann zu unterhalten.«

»Es war aber *mein* Mann!« Irene legte wieder auf.

Erneut klingelte das Telefon.

Irene riss den Hörer von der Gabel und keifte hinein: »Ruf mich bitte nicht mehr an. Es reicht, wenn du ihn mir wegnimmst. Und wenn du es hundertmal beteuerst, dass da nichts war. Er ist ein Charmeur und hat dich innerhalb von wenigen Sekunden wieder eingewickelt, und dann willst du nur noch Sex mit ihm!«

»Ich stehe nicht auf Sex mit Männern. Das ist wirklich keiner meiner Leidenschaften«, sagte Mr Hamilton am anderen Ende der Leitung.

Irene stieß einen erstickten Schrei aus. »Oh mein Gott!«

»Nein, der bin ich auch nicht. Sag mal, habt ihr euch meinetwegen gestritten?«

»Nein.«

»Also ja.«

»Es ging nicht um Sie.«

»Aha. Um einen Freund?«

»Genau.«

»Du hast also einen Freund.«

»Nein, eigentlich nicht.«

»Eigentlich?«, bohrte er weiter.

»Hören Sie, ich möchte nicht darüber sprechen.«

»Okay. Na, dann mach´s gut, Irene.«

»Halt! Warten Sie! Wollen Sie jetzt auflegen?«

»Na, ja, wenn du einen Freund hast, dann haben wir beide wohl nicht mehr viel zu besprechen, oder?«

»Aber wir können doch trotzdem …«

»Nein, liebe Irene, das können wir nicht, und das weißt du auch.«

»Okay.« Irene gab sich geschlagen, es hatte einfach keinen Sinn, diesem Mann etwas vorzumachen. »Ich habe keinen Freund und es gibt auch niemanden.«

»Keinen potenziellen Bewerber?«

»Nein, wir haben von Ihnen gesprochen.«

»Aha.«

Irene hatte erwartet, dass er sich in ihrer wahrheitsgetreuen Aussage sonnen würde, doch er blieb ernst und freundlich.

»Gut, wie geht es jetzt weiter?«, fragte er.

»Ich weiß es nicht.«

»Wollen wir uns sehen?«

»Ich bin mir …« Irene blickte vom Schreibtisch hoch, denn eine Dame aus der Zentrale kam ins Zimmer und verteilte Post in die Eingangskörbe. Sie lächelte, als Irene dankend nickte.

»Ist derjenige weg?«, fragte Mr Hamilton nach einer Weile.

»Woher wussten Sie das?«

»Nun, Irene, ich arbeite auch in einer Firma und das seit langer Zeit. Wie sieht es aus? Wann und wo wollen wir uns treffen? Und willst du das überhaupt?«

»Haben Sie das schon mal gemacht, Mr Hamilton?«

»Nein, noch nie. Aber, bitte sag doch Henry zu mir.«

Irene überlegte und schloss die Augen. Was wollte ihr Innerstes? Sich treffen! Warum sollte sie nicht mal ein Wagnis eingehen? Schließlich wusste sie, wo er arbeitete, und sogar Emma war involviert.

»Gut, machen wir´s.«

»Sehr schön. Kennst du den Murray Drive?«

»Ja, den kenne ich.«

»Okay. Wie wäre es Donnerstagabend, neun Uhr bei mir, im Murray Drive 10?«

»Abgemacht.«

»Ich erwarte dich.«

***

Die kleinen steifen Nippel reckten sich seinen forschenden Fingern entgegen. Irene seufzte kaum merklich. Als seine Lippen sich um eine der Knospen legten und zart an ihr saugten, schloss Irene die Augen.

Er ließ auf einmal von ihr ab. Erschrocken blickte sie ihn an und forschte in seinem Gesicht, während er sie betrachtete.

»Was ist?«, fragte sie leise. »Gefalle ich Ihnen nicht?«

»Doch, sehr. Aber wir wollen den Raum wechseln. Komm.« Er streckte die Hand nach ihr aus.

Sollte sie wie ein Mädchen, das man noch an die Hand nimmt, diese ergreifen? Er löste das Problem. Vorsichtig kam sein Mund näher. Irene hatte sich vorgenommen, sich nicht von ihm küssen zu lassen. Doch bei der hypnotisierenden Stimmung konnte sie nicht anders, als seine warmen, weichen Lippen, die sich sanft auf ihre pressten, zu empfangen. Seine Zunge tastete sich in ihren Mund. Als sie es ihm gleichtat, verschmolzen ihre Münder miteinander. Seine Küsse waren so leidenschaftlich, dass sie ein heftiges Ziehen in der Leistengegend spürte. Nur vom Küssen war ihr das noch nie passiert. Ihr Herz klopfte und die Erregung stieg.

Als sein Mund von ihr abließ, atmete Irene schwer und ihr Körper verlangte nach ihm. Sie wusste nicht, was er vorhatte, als er sie rechts und links an den Armen nahm und auf engen Abstand hielt. Er berührte ihre steifen Nippel, während er gleichmäßig und langsam immer wieder in die Knie ging, so rieb er seinen Körper an ihren Brustwarzen. Irene stöhnte. Sie wollte sich dem entziehen, doch seine Hände hielten ihre Oberarme wie in Schraubstöcken. Er machte sie richtig scharf damit, und es schien kein Ende in Sicht. Irene warf den Kopf hin und her und stöhnte hemmungslos. Sie spürte, wie sie feucht wurde. Aber nicht nur sie reagierte auf diese Szene, denn sie spürte sein Glied, wie es sich gegen ihren Bauch presste.

Endlich hörte er auf. Es war wie eine Erlösung. Nicht, dass es nicht schön gewesen wäre, aber so wollte sie nicht kommen. Und sie wäre so ohne Probleme ihrem Höhepunkt entgegengeschwebt. Seine Hände ließen sie allerdings nicht los, sondern drückten sie nach hinten, so dass Irene unweigerlich rückwärts gehen musste. Er schob sie in ein anderes Zimmer.

Der Schock saß tief, was sie dort sah: vor einem großen Bett kniete ihre Freundin Emma. Sofort war Irenes Erregung verschwunden.

»Was machst *du* denn hier?«, stieß Irene hervor.

»Sie wird heute unsere Dienerin sein«, antwortete Henry.
»Emma! Warum sagst du nichts?«, forderte Irene sie auf.
»Das Sprechen ist ihr verboten worden«, erklärte er.
»Aber warum? Und wer hat es getan?«
»Ich habe es angeordnet. Komm, Irene, es wird dir gefallen.«
»Ich weiß nicht. Ich glaube nicht, dass ich das will.«
»Denk nicht darüber nach, genieße den Augenblick.«
»Aber ich habe noch nie mit einer Frau … Und schon gar nicht mit meiner Freundin …«
»Wie gesagt: denk nicht darüber nach. Es ist schön, es macht Spaß. Deine Freundin wird eine gute Dienerin sein.«

Irene war unsicher, wusste nicht, was sie jetzt tun sollte. Henry hatte ein feines Gespür und drückte sie aufs Bett. Da saß sie nun, etwa einen halben Meter von ihrer besten Freundin entfernt, die auf den Knien hockte. Henry ging zu einem Lehnsessel, stellte sich frontal zu den beiden Frauen und knöpfte sich seine lange Hose auf. Geschickt zog er sie aus und winkte Emma zu sich heran. Er bedeutete ihr, seinen Slip auszuziehen, was sie widerstandslos tat. Sofort sprang sein Schwanz heraus. Er war groß, rot und stark erigiert. Langsam ließ er sich auf dem Lehnsessel nieder. Einen kleinen Augenblick betrachtete er die beiden Frauen und lächelte sanft. Dann sagte er:

»Komm, Emma, lutsch mir meinen Schwanz.«

Sie robbte ein Stück an ihn heran und umschloss sein Glied mit den Lippen. Irene fand diesen Satz unmöglich und war der Meinung, dass er alles zerstörte. Doch sie täuschte sich, denn aufgrund des Satzes und dass Emma ihm willenlos gehorchte und seinen steifes Glied in ihren Mund schob, wurde sie wieder feucht.

Emma machte ihre Sache wohl gut. Henry stöhnte und legte den Kopf auf den Rand der Rückenlehne. Emmas Kopf ging auf und nieder, ab und an setzte sie auch ihre Hand ein und massierte den harten Stab.

»Stopp!«, rief Henry auf einmal. Emma hörte sofort auf. Keuchend lehnte er im Sessel, brauchte einen Augenblick des Sammelns. Nachdem er sich gefangen hatte, winkte er Irene.

»Komm her, Kleines.«

Wie hypnotisiert ging sie auf ihn zu. Als sie vor ihm stand, griff er sich an die Maske und zog sie vom Gesicht. Irene schloss sofort die Augen. Sie wollte nicht sehen, wer sich darunter verbarg. Sie hatte Angst, die Romantik könnte dadurch zerstört werden.

»Irene«, hauchte er, »sieh mich an.«

Langsam öffnete sie die Augen. Sie erkannte einen Mann Anfang, Mitte vierzig. Er hatte ein schönes, ebenmäßiges Gesicht. Die Wangenknochen ließen es kantig erscheinen, verliehen ihm dadurch ein sehr männliches Aussehen. Ein leichtes Lächeln umspielte seine Mundwinkel. Damit hatte Irene nicht gerechnet. Ihr Herz klopfte laut und sein hübsches Gesicht brachte ihren Körper in Wallung. Mit diesem fremden, gut aussehenden Mann sollte sie jetzt gleich Sex haben …

Vorsichtig nahm er ihre Maske ab. Sie hielt die Luft an. Was würde er jetzt denken? War sie ihm attraktiv genug? Statt einer Antwort beugte er sich vor und küsste sie auf den Mund.

»Komm zu mir«, hauchte er.

Etwas unschlüssig stand sie vor ihm. Er zog sie an den Handgelenken zu sich ran, so dass sie unweigerlich auf ihn steigen musste. Er half ihr. Sie spürte, wie sein Penis ihren Spalt berührte. Vorsichtig drückte er sie auf sich hinunter. Irene schnappte nach Luft. Das Gefühl war so intensiv, dass sie einen lauten Seufzer ausstieß, während sie sich auf den steifen Penis senkte. Kaum dass sie saß und einen Augenblick verharrte, um Luft zu holen, da spürte sie seinen Mund auf einer ihrer Brustwarzen. Die Hitze schoss sofort in ihren Unterleib. Er saugte, knabberte und biss in die willigen, kleinen Nippel, die sich ihm dankbar entgegenreckten. Er bedeutete ihr, sich auf ihm zu bewegen. Ganz langsam melkte sie den Stab, der in ihr steckte. Es war so intensiv, dass Irene sich an seinen Schultern festhalten musste und bei jedem Nieder stöhnte.

Sie war so angestaut von Gefühlen, Lust und Geilheit, dass Irene glaubte, es könnte nicht heftiger werden, doch da hatte sie sich getäuscht. Henry ließ von ihr ab und winkte Emma. Er drückte sie auf die Knie.

»Leck deine Herrin und mich von unten«, sagte er.

Irene war es peinlich, doch als sie die zarte Zungenspitze Emmas an ihrer Spalte spürte, durchzuckten sie solche Lustgefühle, dass sie aufquietschte. Die Zunge war mal da, mal verschwand sie. Sie hatte bei beiden zu tun. Während der dicke Penis immer wieder in Irenes Spalte verschwand, leckte Emma, was sie bekommen konnte. Die Zunge wurde immer kundiger und schneller. Irene wurde dadurch mitgerissen und bewegte sich ebenfalls schneller auf dem harten Schaft. Henry hatte sich wieder ihre Brüste vorgenommen. Auch bei ihm konnte sie eine lustvolle Reaktion feststellen. Er atmete schwer und stoßweise.

Irene wurde langsamer in ihren Bewegungen und er reagierte mit einem tiefen Seufzer. Dann packte er ihre Pobacken, knetete sie und drückte sie schnell auf seinen geilen Schwanz. Irene hechelte und spürte den Orgasmus nahen. Sie stöhnte und jauchzte, hielt sich bei ihm fest. Emmas kleine schnelle Zunge flatterte zwischen Anus und Spalte und machte Irene wahnsinnig. Mit einem Aufschrei war sie da. Ihre Muskeln zogen sich zusammen und sie schloss die Augen. Auch Henry war da, sie spürte es an der Verkrampfung seiner Oberschenkel und Bauchmuskeln. Sie sackte auf ihn und verlor jegliche Hemmungen, als sie die Arme um ihn schlang. Sie rechnete mit einem Wegschieben seinerseits, doch er schloss ebenfalls seine Arme um ihren schlanken, ermatteten Körper.

Nach einer Weile horchte Irene auf. Sie vernahm ein Stöhnen vom Bett und blickte sich um. Emma hatte Hand an sich gelegt und masturbierte.

Irene stieg von Henry ab und ging zu ihrer Freundin. Sie schob die langen Beine auseinander und hockte sich dazwischen. Dann tat sie etwas, was sie nie zuvor getan hatte, sie leckte einer Frau die Muschi. Sie glitt mit der Zunge in der ganzen Länge der Spalte hin und her und beschleunigte nach und nach ihr Tempo. Emma war schon so weit und geil, dass sie es nicht lange aushielt. »Oh Gott, ich komme«, rief sie und ihr Körper bäumte sich unter ihren Klagerufen auf. Als Irene sich umblickte, sah sie gerade, wie weiße Strahlen von ihrem Peiniger hervorschossen und er genüsslich dazu seufzte.

***

Irene und Emma saßen im »Angel´s Share« und tranken Cocktails.

»Und, wann bist du dran?«, fragte Emma.

»Ich bin morgen bei Henry. Und du?«

»Ich bin erst nächste Woche wieder dran. Aber das hat er vorige Woche auch schon gesagt und seinen Termin nicht gehalten.«

Irene legte die Stirn in Falten. »Das ist ja sonderbar. Warum macht er so etwas? Bei mir hat er sich bisher immer an die Termine gehalten, die er mir genannt hat.«

»Du bist seine Favoritin! Klar, dass er dir nicht absagt.«

»Emma, wie kannst du so etwas nur sagen.«

»Doch, doch, Irene. Ich finde es auch nicht weiter schlimm.

So ist es nun mal. Ich habe das Gefühl, dass er mich nicht mehr dabei haben möchte. Wahrscheinlich will er sich viel lieber nur mit dir beschäftigen.«

»Ach, Emma, hör doch auf damit.«

»Ich meine das ernst. Und, wie gesagt, ich finde es überhaupt nicht schlimm. Ich habe nämlich jemanden kennengelernt.«

Irene setzte sich auf. »Ach, wirklich?«

»Ja«, strahlte Emma übers ganze Gesicht. »Er ist klasse! Nun hast du eigentlich deinen Lover ganz für dich alleine. Ich hoffe, du bist ohne Dienerin nicht aufgeschmissen.«

»Wenn wir es nicht mehr schaffen sollten, suchen wir uns eben eine neue.«

»Aha«, sagte Emma pikiert. »Aber keine wird so gut sein, wie ich.«

»Natürlich nicht.« Irene zwinkerte ihr zu. »Ich freue mich für dich, Emma.«

»Ja, ja, du bist doch nur froh, dass du jetzt Mr Universum für dich alleine hast.«

»Stimmt!«

Verschwörung

Langsam schlug Barry die Augen auf. Ein stechender Schmerz durchfuhr seinen Kopf. Automatisch wollte er sich dorthin fassen, doch seine Hände waren gefesselt. Wo war er? Trotz des Schmerzes hob er den Kopf und blickte sich im Raum um. Es sah aus, wie ein Hotelzimmer. Eine Couch, ein Sessel, ein flacher Tisch, ein Fernseher und dunkle Gardinen, die zugezogen waren.

Barry versuchte, sich zu erinnern, wie er hierhergekommen war. Es fiel im schwer. Krampfhaft überlegte er: richtig! Zwei Männer, eine Bar, das Klo, der Schlag auf den Hinterkopf. Wozu das alles? Wieder wollte er sich an seinen Kopf fassen und wurde sich erneut der ihn behindernden Fesseln bewusst. Er versuchte, klar zu denken und zwang sich zum Aufstehen. Es kostete ihn zwar viel Kraft, aber er schaffte es dennoch, den Körper hochzustemmen. Die Verbindungstür zum anderen Raum war sein Ziel. Er schleppte sich darauf zu und hielt auf halbem Wege inne, denn ein Stöhnen war von dort zu hören. Barry schluckte. Gab es etwa noch andere Menschen, die ein ähnliches Schicksal wie er teilten?

Furcht kroch in ihm hoch, doch seine Neugierde gewann die Oberhand. Erneut schob er seinen Körper zur Tür.

»Na, Freundchen, wohin des Weges? Ich bin gespannt, wie du die Tür aufbekommen willst!« Ein hämisches Lachen ertönte.

Barry blickte sich um und machte einen untersetzten Mann aus, der von oben bis unten in Schwarz gekleidet war. Seine Augen waren nur durch zwei Sehschlitze einer Maske zu erkennen.

»Was wollen Sie von mir? Wieso bin ich hier?«, fragte Barry.

»Das wirst du schon sehen, Freundchen. Und da du es nicht schaffen wirst, diese Tür aufzubekommen, werde ich das für dich erledigen.« Der Maskierte ließ wieder sein Lachen ertönen. Dann kam er auf Barry zu, packte ihn grob am Arm und schob ihn durch die Tür.

Was Barry erst nach ein paar Sekunden im schummerigen Rauminneren erkennen konnte, ließ ihn seinen pochenden Schmerz im Kopf vergessen. Der Schock breitete sich wie eine Welle in ihm aus. Auf einem riesigen Bett lag seine Frau Trish. Sie war nackt und mit ihren Händen und Füßen in Form eines X ans Bett gefesselt. Zwei Männer saßen rechts und links auf Stühlen und betrachteten sie. Ein dritter saß vor dem Bett. Zwei Stühle waren noch frei.

Barry konnte nicht weitergehen. Der Anblick seiner Frau, die sich den fremden Männern so offen präsentierte, war schockierend für ihn. Und doch hatte die Situation etwas Verruchtes, was geil machte. Sofort versteifte sich sein Glied. Trish als Sexobjekt … darauf wäre er nie gekommen! Wirkte sie im täglichen Leben doch eher grau und unscheinbar, zu verschlossen und zu vernünftig, um ihren Körper fremden Männern so zu offenbaren.

So langsam dämmerte Barry, dass Trish ein teuflisches Sexspiel inszeniert hatte und er, Barry, darin die Hauptrolle spielen sollte.

Einer der Männer stand auf, bedeutete dem Maskierten, der Barry hineingeführt hatte, die Tür zu schließen und sich zu setzen. Barry wurde auf einen Stuhl gedrückt und saß nun frontal einen Meter von den geöffneten Beinen seiner Frau entfernt. Er erwachte aus seiner Verwirrung. Entsetzen, Lust und Erwartung mischten sich in seine Gefühle. Trotzdem wollte er nicht egoistisch sein und fragte: »Trish, geht es dir gut? Ich bin´s, Barry.«

Hey, halt die Klappe. Hier wird nicht geredet.«

Barry schwieg.

Trish beugte sich ein wenig hoch. Ihr Blick zeigte allerdings keine Furcht, wie Barry es angenommen hatte, sondern eher Lust und Begehren. Sie hatte einen Knebel im Mund und konnte deshalb nur einen einzigen Laut ausstoßen, der wie ein Seufzen klang.

Barry war irritiert und verstand nicht, was hier vor sich ging. Wie eine misshandelte Gefangene sah seine Frau nicht gerade aus.

In diesem Moment erhob sich der Mann rechts vom Bett. Er hielt eine lange weiße Feder in der Hand, die er sachte über Trishs zarte, weiche Haut gleiten ließ. Die Feder folgte den Linien des weiblichen Körpers und kreiste provokativ auf den Brustwarzen, die sich ihr sofort entgegenreckten. In dem Versuch, sich dem kitzelnden Objekt zu entziehen, drehte sich Trishs Körper auf dem Laken, wobei sie ihre Beine noch weiter spreizte und den beiden Männern, die neben Barry saßen, einen tiefen Einblick in ihre Scham gewährte.

Mit einem Seitenblick bemerkte Barry, dass die Männer lüstern lächelten. Er überlegte, wie er einschreiten konnte, doch in seiner Position, so wurde ihm bewusst, konnte er überhaupt nichts ausrichten.

Schnell war er wieder von dem sich windenden Körper abgelenkt. Letztendlich wollte er sich den erotischen Akt nicht entgehen lassen und war erschrocken, wie sehr ihn diese Szene anmachte, denn sein Schwanz verhärtete sich immer mehr.

Die Feder ließ zwei kirschrote, stark erigierte Nippel stehen und erkundete den willigen Körper weiter. Langsam glitt sie über den Bauch, tauchte kurz in den Bauchnabel ein und steuerte auf das Schamdreieck zu.

Barry blinzelte. Jetzt fiel ihm auf, dass er seine Frau noch nie mit so wenigen Schamhaaren gesehen hatte. Die Männer mussten sie rasiert haben, denn von sich aus hätte Trish das nie getan. Dafür kannte er seine Frau zu gut. Dort, wo vorher eine dunkle, krause Lockenpracht war, befand sich nun ein kleines gestutztes Dreieck. Als wenn es auf den ›Eingang‹ noch mal hindeutete und dem Blick des Betrachters sagen wollte, wo es langgeht.

Der Mann, der die Feder über Trishs Körper schwenkte, schien genau das auch als Aufforderung zu deuten. Sachte fuhr er mit dem seidigen Spielzeug zwischen Trishs Beine. Trotz des Knebels seufzte sie laut auf. Einer der Männer, der von dem Spiel sehr gefangen zu sein schien, tat es ihr gleich. Barry bedachte ihn mit einem strengen Blick, schwieg jedoch, da ihm selber fast ein Seufzer über die Lippen gekommen wäre. Kurz sah er auf die Hosen der beiden. Was sich darunter regte, war steif und stark erigiert. Er wusste, dass es bei ihm nicht anders aussah.

Trish seufzte erneut, leise, aber unüberhörbar. Die Feder kreiste nun auf ihren Schamlippen, glitt ab und an über die kleine Perle, die sich dazwischen befand. Trishs Beine zuckten und ihr Becken hob sich an. Die Feder kam nicht zur Ruhe. Immer wieder hüpfte sie auf den schon geschwollenen Lippen und brachte ihr Opfer fast zur Extase. Ihr Peiniger übte nun ein bisschen mehr Druck auf ihre Klitoris aus, was Trish an den Handfesseln ziehen ließ. Dann fuhr die Feder wieder nach oben zu ihren Brüsten und erregte die feuerroten Nippel nur noch mehr. Trishs Atem ging keuchend.

Barry starrte gebannt auf seine Frau, wie sie sich unter der Pfauenfeder wand. Immer wieder blickte er ihr zwischen die Beine und konnte nun ganz deutlich erkennen, wie der erste Saft aus ihrer Spalte lief. Er konnte sich vorstellen, wie scharf sie sein musste. Am liebsten hätte er sich auf sie geworfen und wäre mit seinem strammen Penis in sie eingedrungen. Er hätte sowohl ihr als auch sich selber die verdiente Erleichterung verschafft.

Die Feder steuerte wieder auf die rasierten, weichen, nun inzwischen leuchtend roten Lippen zu. Fast schrie Trish unter ihrem Knebel auf, die Brustwarzen schienen immer länger zu werden, während die Feder zwischen ihrem Kitzler und dem Anus hin und her glitt. Trish wand sich hin und her, warf den Kopf herum und gab gedämpfte, wilde Laute von sich.

Ihr Peiniger schien Mitleid mit ihr zu haben. Er legte die Feder beiseite und presste seinen Mund auf ihre Klitoris. Mit saugender Bewegung und schmatzendem Geräusch ließ er sie zum Höhepunkt kommen. Trish wand sich noch immer und warf, soweit es ihr möglich war, die Knie herum. Auch, als sie längst gekommen war.

Barry starrte zu ihr herüber und vergewisserte sich mit einem erneuten Seitenblick, dass die Männer neben ihm genauso von seiner Frau angeturnt waren wie er. Was würde er darum geben, sich jetzt auf Trish zu werfen und sich zu nehmen, was ihm zustand. Er musste im Stillen zugeben, dass er sie lange nicht so scharf gesehen hatte, und auch er war geil wie zu ihrer Kennenlernphase.

Barry kannte seine Frau und wusste genau, dass sie sich mit nur einem Höhepunkt nicht zufrieden geben würde, schon gar nicht nach so einer Vorstellung und einer derartigen Anturn-Arie.

Leider hatte Barry hier keinerlei Rechte. Das wurde ihm ziemlich schnell klar, als der Mann rechts von ihm die Hosen fallen ließ, zu Trish aufs Bett robbte und schnell und gekonnt in sie eindrang. Wie eine Ertrinkende schlang sie die Arme um ihn. Denn inzwischen hatte ihr Federpeiniger sie an den Armen losgemacht und auch den Knebel aus dem Mund genommen. Barry hätte sich zwar gewünscht, sie hätte als erstes ihn mit einem Blick bedacht, doch aufgrund der ungewöhnlichen und angeheizten Situation brachte er Verständnis für sie auf.

Gebannt blickte er auf den strammen Hintern, der sich rhythmisch auf und nieder bewegte. Barry stellte sich den harten, fremden Schaft vor, der in seine Frau stieß. Sie kam mit einem jähen Aufschrei zum zweiten Mal.

Nach dieser Vorstellung wurde Barry von dem Maskenmann wieder in den Nebenraum geführt. Diesmal durfte er auf der Couch sitzen. Der Maskierte ließ ihn alleine und verschloss die Tür vom Schlafzimmer aus.

Während Berry noch an die faszinierende Vorstellung dachte, bemerkte er, dass er ganz leicht seine Hände aus den Fesseln ziehen konnte. Verwundert blickte er auf seine Handgelenke. Die Seile wiesen Schnittspuren auf. Barry nutzte diese Art der Freiheit, um seinen Kopf in die Hände zu stützen und schloss die Augen. Wie gerne würde er seine Frau da herausholen, um genau das zu machen, was die Männer gerade mit ihr gemacht hatten oder noch machten … Ab und an drang ein Stöhnen durch die Tür und unwillkürlich fragte Barry sich, ob sie noch mehr angeheizt wurde oder ob sie nun dran war, es den Männern zu besorgen.

Was das anbelangte, war Trish nicht zu toppen. Barrys

Schwanz hatte sie sehr gut im Griff, wenn sie ihre Lippen darüber stülpte und ihn langsam zum Abheben brachte.

Verdammt! Barry schlug sich aufs Knie. So konnte er niemals von seiner strammen Rute runterkommen. Ständig machten ihn die sexuellen Bilder an und brachten immer wieder sein Blut in Wallung.

Er versuchte, sich mit den Gedanken abzulenken, warum er und Trish hier waren, wieso diese Männer es seiner Frau besorgten und ihn zusehen ließen. Was lief hier? Was Barry irritierte, war, dass er sich nicht unwohl fühlte. Auch die Männer gingen anscheinend fair mit seiner Frau um, sie taten ihr nicht weh. Barry rieb sich die Augen. Es musste hierfür eine Erklärung geben. Wenn er doch nur zu seiner Frau könnte!

Die Tür ging auf und der Maskierte erschien mit einem Tablett, auf dem eine große Schale stand, daneben lag ein Stück Baguette-Brot. Die Flasche Wasser wankte bedrohlich.

»Hier, damit du nicht vom Fleisch fällst«, sagte der Mann und stellte das Essen auf den Couchtisch.

»Warum bin ich hier? Was soll das mit meiner Frau?«, wollte Barry wissen.

Einen Augenblick musterte der Mann ihn. Schließlich sagte er schlicht: »Eigentlich müsstest du es wissen.«

»Ich müsste es wissen? Ich verstehe nicht …«

»Mach dir keine Gedanken.« Der Fremde verschwand.

Argwöhnisch blickte Barry aufs Tablett, schließlich hob er den Deckel der Schüssel. Eintopf mit Würstchen. So etwas hatte er das letzte Mal bei seiner Grandma gegessen. War ganz okay.

Während er sich einen Löffel nach dem anderen in den Mund schob, dachte er immer wieder an Trish. Wie sie da lag, wie sie sich unter der Feder gewunden hatte, wie ihr Orgasmus sie überrollte.

Als er aufgegessen hatte, war seine Erektion nicht verschwunden. Mit einem Seufzer machte er sich auf der Couch lang. Was sollte er auch anderes in diesem Zimmer tun …

***

Mit einem Ruck erwachte Barry. Jemand machte sich an seinem Hemd zu schaffen. Er blickte in zwei große, blaue Augen mit langen Wimpern. Ein Lächeln umspielte die Mundwinkel einer Frau, die sich da klammheimlich an ihn herangepirscht hatte.

»Wer sind Sie? Was machen Sie da?«, fragte Barry.

Doch die Schöne gab keine Antwort. Barry bemerkte eine zweite Frau, die gerade zwei dicke Decken auf dem Boden ausbreitete und ihn von unten lasziv anblickte. Sie trug nur ein dünnes Trägerkleidchen, das nichts von ihrer Weiblichkeit verbergen konnte. Barry starrte auf die strammen, vollen Brüste, deren Warzen sich an den seidigen Stoff schmiegten. Ihr dunkles Schamdreieck war deutlich durch den Hauch von Nichts zu erkennen.

Barry wurde von der ersten Frau, die sein Hemd vollständig aufgeknöpft hatte, abgelenkt. Sie machte sich an seiner Hose zu schaffen und öffnete die Gürtelschnalle.

»Was machen Sie da? Hey!«

»Genieße«, war das einzige, was die über ihn gebeugte Verführerin erwiderte.

Sie kleidete ihn komplett aus und lockte ihn auf die Decken. Dort bedeutete sie Barry sich hinzulegen. Erwartungsvoll blickte er auf die Schönheiten und konnte nicht glauben, was hier passierte. Beide beugten sich über ihn und fuhren mit den Zungen über seinen Körper. Sein Schwanz ragte steif hervor und zeigte nur zu deutlich die Wirkung der beiden Frauen auf ihn. Nicht, dass es ihm unangenehm wäre, doch er hätte zu gerne gewusst, was hier vor sich ging und warum die Frauen das taten. Was war mit seiner Frau? Lag sie noch immer im Nebenzimmer? Was, wenn sie ihn hier mit diesen erotischen Verführerinnen entdeckte?

Barry stöhnte laut auf. Eine der beiden hatte sich seines Schwanzes bemächtigt und die Lippen um seinen harten Schaft gelegt. Genüsslich saugte sie daran. Ihre Hände unterstützten das Zungenspiel. Die andere kam mit ihren Brüsten dicht an sein Gesicht und hielt ihm die erigierten Nippel hin. Barry war für einen kurzen Moment unschlüssig, was er tun sollte. Schließlich überließ er sich ganz und gar seinem Gefühl und öffnete den Mund für die schwingenden Versuchungen.

Die langhaarige Schönheit beugte sich geschickt zu ihm hinunter und seufzte leise als sich sein Mund um das Zentrum der einen Brust schloss. Das machte Barry zusätzlich an. Er schnappte nach Luft, als die andere Frau mit rasantem Tempo seinen Schwanz auf eine stattliche Länge brachte.

Barry hatte die Tür weder gehört noch gesehen, ihm wurde die Sicht von der auf ihm hockenden Frau genommen. Er spürte, wie er kurz davor war. Seine Brustwarzen versteiften sich und er spürte die Welle des Orgasmus anrücken, als Trish in sein Blickfeld trat. Sofort ließ er die Brüste los und die Welle flaute etwas ab. Doch die Frauen machten unbehelligt weiter. Barry schluckte und suchte nach Worten, die erklären konnten, warum er hier mit den beiden Frauen auf der Decke lag, die ihn nach Strich und Faden verwöhnten. Da eine der Frauen seinen Schwanz weiter bearbeitete, kam seine Geilheit sofort zurück und er war unfähig, passende Worte zu finden.

»Trish, Darling, ich ... es war nicht meine Schuld. Ich meine ...« Er merkte, dass jedes Wort überflüssig war.

Trish betrachtete ihn mit einer Mischung aus Erstaunen und Neugierde. Er las keine Verachtung in ihrem Blick. Sie war also nicht sauer auf ihn. Vielleicht, weil sie selber Opfer eines ähnlichen Szenarios vor ein paar Stunden gewesen war? Oder weil ... Barry konnte nicht mehr denken. Die Frau an seinem harten Schaft saugte ihm anscheinend das letzte Fünkchen Verstand aus den Lenden. Er atmete stoßweise und versuchte, sich auf seine Frau zu konzentrieren. Er schaffte es nicht. Dachte nur noch an seine Gier, seine Lust und Geilheit.

»Ja!«, rief er laut aus und wühlte sich mit zusammengepressten Zähnen in die Haare der ihm am nächsten Sitzenden. Er wollte kommen, jetzt sofort, er war soweit.

Die Frauen ließen auf einmal von ihm ab, richteten sich auf und verschwanden so lautlos im zweiten Nebenraum, wie sie gekommen waren.

Fassungslos starrte Barry den Schönheiten hinterher, die ihre Arbeit nicht beendet hatten. Sein steifer Schwanz ragte unbefriedigt aus seinem Busch hervor und glühte. Er sehnte sich nach der ihm zustehenden Befreiung.

»Trish!« Barry reckte die Hand nach seiner Frau.

Diese lächelte milde und verzog sich ebenfalls ohne ein Wort ins Nebenzimmer. Auch ihr blickte er ungläubig hinterher.

Kaum hatte sich die Tür hinter ihr geschlossen, legte Barry selber Hand an sich. Er seufzte tief, als er sein bebendes Glied in die Faust nahm und hoch und runter drückte. Kaum hatte er damit begonnen und genüsslich die Augen geschlossen, die beiden Damen vor seinem geistigen Auge, auch seine Frau, wie sie von den drei Männern genommen wurde, da wurde die Tür aufgerissen. Zwei der Männer erschienen. Sie zerrten Barry von der Decke, fesselten seine Hände auf dem Rücken und drückten ihn auf die Couch.

»Hey, Jungs, was soll das? Ihr könnt mich doch nicht so kurz vorher um meinen wohlverdienten Höhepunkt bringen!

Die Ladys haben ihren Job nicht zu Ende ausgeführt. Da muss ich es doch wohl tun, oder?«

Die Männer achteten nicht auf ihn, verließen stattdessen ohne ein Wort das Zimmer. Barry rief ihnen hinterher. Aber es schien niemanden zu interessieren.

»Ihr Idioten! Ihr habt sie ja nicht mehr alle!«, brüllte er. Er war so voller Emotionen und unbefriedigter Gelüste, von denen er genau wusste, er konnte sie nicht mehr ausleben, dass er beinahe geweint hätte. Sein Herz klopfte wild, doch er konnte nichts dagegen ausrichten. Erneut blickte er sich im Zimmer um und suchte nach irgendetwas, was ihm helfen könnte. Doch es gab nichts. Schließlich fiel ihm ein, dass er ja auf einer Couch lag. Er könnte versuchen, sich davor zu hocken und seinen Schwanz am Stoff zu reiben. Wild entschlossen rutschte er hinunter und tat es. Der Stoff war angenehm, doch brachte er nicht die erzielte Wirkung. Barry versuchte, seinen Schwanz zwischen das Polster und die Auflage zu bekommen. Kurz blickte er sich noch mal um, ob ihn auch niemand beobachtete. Das wäre ihm nun wirklich peinlich gewesen. Er merkte, dass es so ging, die Lust war in sekundenschnelle wieder da und er fieberte der Erleichterung entgegen.

In diesem Moment wurde die Tür aufgestoßen und zwei von den Männern erschienen. Sie zerrten Barry von der Couch weg, legen ihn auf die Decken am Boden und banden ihn am Couchtisch fest.

»Hey, was soll das? Das kann doch nicht wahr sein!«

Doch sein Gejammer stieß auf taube Ohren. Die Männer gingen. Barry konnte nicht begreifen, was das alles sollte. Sie behandelten ihn wie ein Tier. Es tat ihm zwar niemand weh, aber es war schlimm, seinen Gelüsten nicht freien Lauf lassen zu können, wenn man so unglaublich angeheizt wurde. Er zerrte an den Fesseln und versuchte vergeblich, sich loszumachen. Mit einem Wutschrei ergab er sich in sein Schicksal. Nur langsam nahm seine Erektion ab und sein Glied schrumpfte auf Normalgröße.

Gerade hatte er die Augen geschlossen, als die Tür wieder geöffnet wurde. Was war nun schon wieder los? Die zwei Männer überzeugten sich von seinem Zustand und banden ihn vom Couchtisch los. Sie zogen ihn auf die Beine und führten ihn, nackt wie er war, ins Nebenzimmer, wo er das erste Mal seine Frau auf dem großen Bett gesehen hatte.

Auch jetzt lag sie dort. Ein seidiges, hauchdünnes Negligé zierte ihren Körper. Barrys Blut kam bei dem Anblick in Wallung.

»Nein, bitte nicht schon wieder! Das kann ich nicht noch einmal ertragen«, jammerte er. »Was soll das bloß alles? Ich kann mich kaum noch geradehalten.«

Und richtig. Sein Schwanz wuchs langsam, aber stetig auf die volle Größe an, als er sah, wie Trish vom Bett rutschte, ihm die Rückansicht bot und sich dann auf die Kante kniete. Einer der Männer war sofort bei ihr, befühlte ihre Feuchtigkeit von hinten zwischen den Beinen und nickte zufrieden. Schamlos setzte er an und massierte die Spalte mit einer Hand, während er sich mit der anderen aus seiner Hose befreite.

»Oh, nein, bitte nicht vor meinen Augen. Nicht schon wieder. Ich werde noch wahnsinnig!« Barry schloss die Augen, als der Mann seine Eichel an Trishs Scheideneingang setzte. Sofort bekam Barry einen Knuff von einem der Männer.

»Sieh gefälligst hin, wenn deine Frau gevögelt wird.«

»Das kann ich nicht. Ich ertrage das nicht mehr!«

»Unsinn. Stell dich nicht so an!«, herrschte ihn der zweite Mann an. Barrys Schaft ragte wie eine Lanze hervor. Vergeblich versuchte er, auf andere Gedanken zu kommen, um das alles nicht mehr ertragen zu müssen. Langsam näherte sich seine Hand dem eigenen Schwanz, in der Hoffnung, die Männer wären so gebannt vom Liebesspiel der beiden auf dem Bett, dass sie ihn nicht mehr beachten würden. Weit gefehlt. Sofort griff einer der Männer nach seinen tastenden Fingern und zog sie schroff weg.

»Hey, Freundchen, wenn du deine Finger nicht im Zaum halten kannst, dann müssen wir dich wieder festbinden, ist doch klar, oder?«

Barrys Augen tränten. Nur mit Mühe bekam er Luft, so groß war die Lust. Seine Frau gab ihr Übriges dazu, indem sie laut stöhnte, als der Fremde von hinten in sie eindrang. Gekonnt brachte er sie auf Touren, und es war nicht weiter verwunderlich, dass sie beide schon recht schnell mit einem versetzten Aufschrei kamen.

Obwohl es im Raum kühl war, rannen Barry Schweißperlen die Schläfe hinab. Der Schwanz glühte und sein Blut pulsierte. Krampfhaft überlegte er, wie er es aushalten sollte, die zwei anderen Männer, die sich mit großer Wahrscheinlichkeit nun über seine Frau hermachen würden, zu ertragen.

Doch sehr zu seiner Verwunderung hörten sie einfach auf. Die Männer brachten ihn ins Nebenzimmer.

»Zieh dich an«, war alles, was der eine sagte.

Mit zitternden Händen kam Barry dieser Aufforderung nach. Er schaffte es kaum, seine Hose zu schließen, von daher ließ er sie einfach offen und zog das Hemd darüber. Es stand unanständig weit ab.

Wenige Minuten später erschien Trish und lächelte ihn an.

»Na, Tiger. Bist du geil?«

»Geil? Ich glaube, ich könnte es mit einer ganzen Frauenkompanie aufnehmen. Trish, was ist hier los?«

»Gehen wir nach Hause. Dann werde ich dir alles erzählen.«
»Wir können einfach so nach Hause gehen?«
»Klar.«
»Aber, das verstehe ich nicht ...«
»Ich weiß. Komm.« Damit nahm Trish Barry wie ein kleines Kind an die Hand und verließ mit ihm das Zimmer. Ungläubig, ob sie auch wirklich gehen könnten, blickte Barry sich noch einmal nach den Männern um, ob nicht doch einer in letzter Sekunde angerannt kam, um ihn zu fesseln. Aber niemand erschien. *Freies Geleit*, fiel Barry dazu ein, und er schüttelte den Kopf.

Es ging mit einem Fahrstuhl nach unten. Sie waren also tatsächlich in einem Hotel. Sie liefen an der Rezeption vorbei und betraten die Drehtür.

»Musst du den Schlüssel nicht abgeben?«, fragte Barry.
»Nein, das machen die anderen.«
»Kennst du sie?«
Sie schwieg.
»Aber wer waren diese Männer?«, bohrte er weiter.
»Darling, ich habe dir doch gesagt, dass ich dir das zu Hause in Ruhe erzählen werde, nicht hier, halb auf der Straße.«

Ungeduldig und noch immer erregt, schwieg Barry. Die Brüste seiner Frau hüpften unter ihrem Trägerkleidchen. Sie hatte keinen BH an und machte Barry schon wieder spitz. Er versuchte, die Lust hinunterzuschlucken und sich mit anderen Gedanken abzulenken. Er sehnte sich ihr Heim herbei. Doch befürchtete er, seine Frau würde ihn nicht wollen. Klar, nach dem Tag war sie mit Sicherheit schon wund. Wer weiß, was diese Kerle noch alles mit ihr getrieben hatten, als er nicht dabei war, und zitternd vor Verlangen im Nebenzimmer lag.

Endlich! Die Haustür kam in Sicht. Barry beschleunigte unbewusst seine Schritte.

Trish hielt ihn zurück: »Nicht so schnell, mein Lieber!«

»Warum verdammt? Kannst du dir nicht vorstellen, wie ausgehungert ich bin?«

»Nein.«

»Wie bitte?«

»Außerdem möchte ich jetzt nicht. Ich hatte genug Sex.«

»Das glaube ich nicht! Trish, tu mir das nicht an ... Diese Typen haben mich regelrecht gefoltert!«

»Dafür siehst du aber noch sehr gesund aus.«

»Ich meine ... Trish, bitte!«

Sie ignorierte ihn und schloss die Haustür auf. Sein Herz pochte laut, als sie am Schlafzimmer vorbeikamen. Elegant setzte Trish sich im Wohnzimmer in einen Sessel und blickte ihn an. Die schlanken Beine unter ihrem luftigen kurzen Kleid auffordernd gespreizt. Barry konnte den spitzenbesetzten Rand ihrer Strapse sehen. Er spürte, wie ihm das Blut in den Kopf schoss. Kurz zögerte er, dann stand er auf und legte seine heiße Hand auf ihren glatten Oberschenkel.

»Trish, ich will dich!«

»Nicht jetzt, Darling.«

»Verdammt! Warum nicht?!«

»Habe ich dir schon gesagt. Und jetzt hol mir einen Drink.«

»Wie bitte? Ich bin geil wie eine ganze Kompanie und soll dir einen Drink holen? Trish, hab doch etwas Mitleid!«

»Mitleid?« Das schien ihr Stichwort zu sein, denn ihr Oberkörper schoss in die Höhe und ihre Augen schienen ihn zu durchbohren. »Weißt du eigentlich, dass wir seit genau acht Monaten, zwei Wochen und drei Tagen keinen Sex mehr hatten?!«

»Darling, das weiß ich. Darum will ich ihn jetzt nachholen.«

»Nein!«

»Aber warum nicht?«

»Ich habe dich gebeten und habe gebettelt. Aber du hattest nie Lust. Du hattest immer etwas anderes zu tun, hattest kein Interesse an mir. Und jetzt willst du auf einmal Sex?«

»Weil du mich so scharf gemacht hast.«

»Weil ich dich scharf machen ließ. Sonst wäre es wohl nie wieder zwischen uns zum Sex gekommen.«

»Okay, das war eine grandiose Idee. Aber jetzt komm.«

»Nein.«

»Was denn noch?«

»Ich weiß nicht, ob ich dich überhaupt noch will.«

»Aber, das kann doch nicht dein Ernst sein! Wir gehören zusammen. Wir hatten immer fantastischen Sex. Trish, ich will dich! Mehr denn je!«

»Das hättest du dir vorher überlegen können.«

»Was meinst du damit?«

»Damit meine ich: du hattest deine Chance, und zwar genau acht Monate, zwei Wochen und drei Tage.«

»Ja, und jetzt? Ich meine, warum hast du mich denn überhaupt scharf machen lassen?«

»Um dich so sehr leiden zu lassen, wie du mich hast leiden lassen. Siehst du, so fühlt es sich an.«

»Das glaube ich nicht! Trish, bitte, komm zur Vernunft!«

»Bedien dich nicht meiner Worte. Denn das habe ich immer gesagt, nachdem du mich zurückgewiesen hattest. Fühlt sich doch gut an, so ein bisschen Ziehen in den Lenden?!«

Barry schüttelte ungläubig den Kopf. Er fasste ihr mit einem Mal zwischen die Beine und massierte ihre Scham. Sie trug keinen Slip.

»Lass das!« Trish schlug seine Hand weg.

Er verkniff sich ein wissendes Lächeln, denn sie war feucht zwischen den Schenkeln und ihre Lustperle geschwollen.

»Du täuschst dich, wenn du dir einen Reim auf das machst, was du spürst.«

»So, tue ich das?« Barry hatte seine Selbstsicherheit wieder.

»Ganz genau. Wenn jemand so sehr in die Mangel genommen wurde, wie ich, dann ist das selbstverständlich, dass davon noch etwas übrig bleibt.«

»Na, schön. Und was soll ich deiner Meinung nach tun?«

»Tun?«

»Ja, wie bekomme ich dich ins Bett, wie bekomme ich meinen Steifen in dich, wie bekomme ich meine Befriedigung?«

»Wenn wir ein paar Abmachungen getroffen haben.«

»Abmachungen? Ich glaube, ich höre nicht recht. Ich nehme mir einfach, was mir zusteht.« Ohne zu zögern ergriff Barry seine Frau und trug sie ins Schlafzimmer. Sie zappelte und protestierte.

Als er sie aufs Bett fallen ließ, sich seine Hose hinunterzog und ihren Rock hinaufschob, lächelte Trish: »Ich dachte schon, wir würden nun in eine Endlosdiskussion verfallen.«

Er lächelte milde.

»Na, Gott sei Dank, ich dachte schon, dieser kleine Vorfall hätte dein männliches Ego zerstört. Los, mach schon, nimm mich endlich!«

»Oh ja, Baby.«

»Und, Barry ...«, ihre Stimme bekam einen warnenden Unterton, der ihn aufblicken ließ. »Ich wünsche mir, dass das jetzt öfter passiert. Keine halben Sachen mehr! Los, nimm mich, wie du es schon lange nicht mehr getan hast.«

»Oh, Baby, du machst mich so scharf!« Barry senkte seinen Kopf und saugte an ihren Brustwarzen. Sie vergrub die Hände in seinen Haaren und seufzte. Barry versuchte, sich mehr Zeit für seine Frau zu nehmen, doch es war schier unmöglich, denn er war schon so weit, dass er jeden Augenblick explodieren konnte. Er presste seinen Körper auf ihren und schob sich nach oben. Sein Schwanz hatte ihren Eingang erreicht. Sie war feucht und willig, und öffnete ihre Beine noch ein Stück für sein feuriges Glied. Sofort fuhr er in sie. Sie schnappte nach Luft. »Sachte, sachte, Darling, nicht so schnell. Genieße es doch.«

»Ich kann nicht, sorry ...«

Barrys harter Schwanz wollte nur eins und Barry folgte dem Ruf, er hatte keine Macht mehr über seine Gefühle und den unbändigen Willen, sich an der feuchten Spalte zu reiben und dem Höhepunkt entgegenzuschießen. Als Trish die Arme ausstreckte und mit einer Hand auch noch seine Hoden zu massieren begann, war es um ihn geschehen, er war kurz vorm Kommen.

Erst Sekunden später begann sein Hirn umzusetzen, was sein Körper schon begriffen hatte. Er wurde von Trish weggehoben und auf einen Stuhl gesetzt. Dort wurde er gefesselt.

»Seid ihr *wahnsinnig* geworden?«, schrie er. »Das könnt ihr *nicht tun*, hey!«

Er blickte zu Trish, die breitbeinig auf dem Bett lag. Zwei der Männer aus dem Hotel waren bei ihr, und einer beugte sich zu ihrer nassen Scham und begann, darin zu lecken. Mit einem zufriedenen Stöhnen begleitete sie sein Tun.

»Trish! Um Gottes Willen, was soll das?«, keuchte Barry.

Sie blickte mit halb geschlossenen Augen zu ihm. »Darling, bleib ganz locker.«

»Ganz locker? Hast du sie noch alle? Wie soll ich denn ganz locker bleiben? Ich war den ganzen Tag kurz davor zu kommen, und jetzt, wo ich fast erlöst wurde, nimmst du es mir wieder?«

»Tja, Darling, du warst eben nicht sensibel genug. Ja, Mike, so ist es gut, ja, genau so. Du machst das fantastisch!«

»Verdammt! Was soll ich denn noch tun, damit ich es dir recht mache?« Barrys Stimme überschlug sich. Die Verzweiflung ließ seinen Kloß im Hals immer größer werden. Fast hätte er wie ein Kind geweint.

»Nimm dir einfach ein bisschen mehr Zeit für mich. Verwöhne mich und denke nicht immer nur an dich und deinen Schwanz, du Egoist.«

»Wie sollte ich denn heute auf dich eingehen? Ich wurde schon seit Stunden, nein, seit Tagen, herausgefordert und durfte meinen Höhepunkt einfach nicht bekommen. Wie soll ich mich denn da auf dich einstellen?«

»Barry, es ist ja nicht das erste Mal. So geht es schon seit acht Jahren. Und seit acht Monaten haben wir keinen Sex mehr. Ich denke, das solltest du ein bisschen zu spüren bekommen. Außerdem steht mir die Entscheidung ja immer noch frei, ob ich dich danach je wieder an mich ranlasse.«

»Trish, bitte, was soll ich denn tun? Ich werde mich mehr auf dich einstellen, ich verspreche es. Wenn du willst, gebe ich es dir auch schriftlich.«

Trish war wieder in ihre Lust vertieft und genoss die Zunge Mikes an ihrer Spalte. Doch bei diesen Worten horchte sie auf und stützte sich auf die Unterarme. Sie wandte sich an den zweiten Mann, der ruhig neben dem Bett stand und das ganze beobachtete. »Vince, bitte hol einen Block und einen Stift aus dem Wohnzimmer, mein Mann möchte mir etwas schriftlich geben.«

»Ja, Ma´am.«

Barry schüttelte den Kopf. »Das kann ja wohl nicht wahr sein!« Sein Kopf sackte auf die Brust. Er blickte automatisch zu seinem Schwanz. Er ragte noch steil aus seinem Busch hervor. Ein kleiner Tropfen hatte sich bereits gelöst. Barry zwang sich, nicht zu weinen. Er hätte nie gedacht, dass Entzug so wehtun könnte.

Vince wedelte mit einem Blatt Papier vor seiner Nase. Barrys rechte Hand wurde freigebunden, und er unterschrieb einen schon vorgefertigten Vertrag. Dort hieß es, dass Barry sich damit einverstanden erklärte, seine Frau nach allen Regeln der Kunst zu verwöhnen. Als Zusatz: mindestens zweimal die Woche.

Barry überlegte, dass zweimal die Woche gar nicht so viel war. Er hätte mit Schlimmerem gerechnet.

Wenn nicht passieren sollte, was vertraglich festgehalten wurde, dann hätte seine Frau das Recht, die Scheidung einzureichen, oder sich bis zu drei Liebhaber zu nehmen.

»Sind Liebhaber nur Männer?«, fragte Barry.

»Könnte auch eine Frau sein«, gab seine Frau zu.

Barry lächelte und unterschrieb. Er war erleichtert. Dieser Vertrag kam ihm vor, wie ein Spiel, bei dem er gar nicht so schlechte Karten hatte.

Trish stöhnte laut, als Mike seine Zunge tief in ihr Geschlecht steckte und seine Oberlippe auf ihrer Klitoris bewegte.

Barrys Schwanz zuckte. Er schloss die Augen, konnte sich aber kein anderes Bild vors innere Auge rufen, als das, was es wirklich war.

»Okay, es ist soweit«, sagte Trish.

Barry blicke hoch. Die Männer nahmen ihm die Fesseln ab. »Was ist jetzt wieder los?«, wollte Barry wissen.

»Komm her, Darling. Oder ist es dir vor den Männern peinlich?«

»Keineswegs.« Aber Barry hielt inne.

»Was ist denn, Darling? Deine Zeit ist um. Acht Tage, acht Stunden und acht Minuten. Du hast freie Fahrt.«

»Tut mir leid, Trish, aber ich kann das nicht.«

»Doch die Männer?«

»Nein, ich habe keine Kraft mehr, dich zu verwöhnen. Ich würde mich auf dich stürzen und meinen Schwanz in dich rammen, so schnell ich nur könnte. Du hättest keinen Spaß daran. Und noch einmal vom Sex abgehalten zu werden, dazu habe ich keine Kraft.«

»Sehr schön, Barry. Du hast einen großen Fortschritt gemacht. Als Dankeschön meinerseits darfst du dir nehmen, was du brauchst. Egal, wie viel und vor allem: wie schnell.« Sie lächelte.

»Ich glaube dir nicht.«

»Ich verspreche es.«

Barry zögerte.

Als Trish allerdings ihre Arme ausbreitete und die Beine ein Stück weiter für ihn spreizte, konnte er dieser Einladung nicht mehr widerstehen.

Mit einem Satz war er bei ihr und in Sekundenschnelle in ihr. Sein Schwanz war hart und heiß, und sie war nass. Nur noch eine Sekunde, dann würde er kommen. Und da war er! Es war eine Explosion, wie er sie noch nie verspürt hatte. Die Lust durchflutete seinen Körper so stark, dass es ihn fast schmerzte. Die Befriedigung war so befreiend, dass er nicht anders konnte, als in ihre Arme zu sacken und an ihrer Halsmulde zu schluchzen. Sie hielt ihn fest umschlungen.

»Das war Sex, Baby«, flüsterte sie.

Er war unfähig zu sprechen. Aber seine Lippen umspielte ein Lächeln.

KOSMETIK-TERMIN

Helen blickte auf die Uhr. Sie war viel zu spät dran, um noch rechtzeitig beim Kunden einzutreffen. Das war schon das zweite Mal diese Woche, dass sie sich verspätete. Auf keinen Fall sollte das einreißen, denn sie genoss einen hervorragenden Ruf, was ihre Leistung und Zuverlässigkeit anging. Dieses Image musste sie unbedingt pflegen.

Für Spätsommer war es heute ziemlich warm. Von daher hatte Helen ihren kurzen, blauen Rock mit einer engen Seidenbluse in strahlendem Weiß angezogen. Ihre Brüste schmiegten sich an den weichen Stoff und nahmen jeden Luftzug dankbar wahr.

Endlich erreichte sie das Anwesen. Schon beim ersten Mal war sie stehengeblieben und hatte diese Pracht mit offenem Mund in sich aufgenommen: Es war ein riesiges, weißes Haus mit einer Frontveranda, auf der helle Korbstühle standen. Helen kam sich vor, als wäre sie in den amerikanischen Bürgerkrieg zurückgekehrt, und jeden Moment würde ein Reiter angestürmt kommen, der eine Depesche brachte.

Helen parkte im Kiesrondell und schritt über die kleinen Steine auf die Veranda zu. Noch während sie die Klingel suchte und einen Türklopfer fand, wurde ihr die Tür geöffnet. Eine junge Frau in einem strengen Kleid mit einer Schürze stand vor Helen und lächelte freundlich.

»Guten Tag, Ma´am, kann ich Ihnen helfen?«

Etwas verwirrt starrte Helen sie an, fand aber schnell die Sprache wieder. »Guten Tag. Ich habe ... ich bin Helen Coby und habe einen Termin bei Mrs Random. Ist sie da?«

»Nein, Ma´am, Mrs Random ist leider nicht im Hause. Aber vielleicht kann Ihnen Mr Random weiterhelfen?«

»Ich glaube nicht, denn Mrs Random hat um elf Uhr einen Kosmetiktermin bei mir.«

»Oh, davon weiß ich gar nichts. Aber dann wird sie bestimmt bald kommen. Bitte folgen Sie mir. Ich werde Sie schon mal in den Ruheraum bringen.«

»Danke.« Helen putzte automatisch ihre Schuhe auf dem Abtreter ab, obwohl sie nicht schmutzig waren. So eine Villa flößte ihr Respekt ein.

Helen folgte der Haushälterin in eine große Halle, von der eine breite Treppe in die oberen Stockwerke führte. Sie bogen nach rechts in einen der unteren Flügel ab und betraten nacheinander zwei Räume. Schließlich kamen sie in einen prunkvollen, hellen Raum mit großen Fenstern. Elfenbeinfarbene Vorhänge blähten sich im leichten Wind, der durch die gekippten Fenster hereinwehte.

»Sie können sich hier ausbreiten, wenn Sie wollen. Die Frau des Hauses wird mit Sicherheit gleich erscheinen. Ich bringe sie dann zu Ihnen.«

»Vielen Dank. Ach, könnten Sie mir wohl noch einen Gefallen tun: Ich habe zwar das meiste dabei, aber ich bräuchte zwei Schüsseln mit Wasser und vier Handtücher. Wäre das möglich?«

»Selbstverständlich. Ich bringe Ihnen die Sachen sofort.«

Helen staunte. So eine Haushälterin hätte sie auch gerne. Wenn sie dann abends auf der Couch liegen würde, könnte sie ihr sagen, sie solle ihr bitte einen Kakao bringen oder die Chipstüte aus der Küche holen. Oder, ihr das Badewasser einlassen und aufpassen, dass es auch die richtige Temperatur hat.

Schnell war die Haushälterin zurück und überreichte ihr höflich die Sachen. Helen bedankte sich und blieb alleine. Sie packte ihre Tasche aus, stellte kleine Bürsten, Lappen, Cremes, Tiegel und ihr Handwerkszeug auf ein Tischchen. Dann breitete sie eine Decke über die Ruheliege und legte ein Handtuch auf das Kopfende. Sie zog sich einen Stuhl heran und setzte sich mit gespreizten Beinen ans Kopfende. Schließlich blickte sie versonnen in den Garten hinaus. Die grüne Rasenfläche leuchtete hell in der Sonne und auf dem Teich glitzerte es. Enten schwammen schnatternd herum und freuten sich ihres Lebens.

Die Tür wurde aufgerissen. »Mum, ich habe dir doch schon so oft gesagt, dass ich keine Lust auf ein ... – Was machen Sie denn hier?« Ein junger Mann, Helen schätzte ihn auf Mitte Dreißig, war ins Zimmer gestürmt und blieb, wie vom Donner gerührt, stehen.

»Ich bin die Kosmetikerin. Ich habe einen Termin mit Ihrer Mutter. Aber noch ist sie nicht da.«

»Aha.« Er kam einen Schritt näher.

Helen blickte in sein hübsches, braun gebranntes Gesicht. Sofort spürte sie ein Ziehen in ihren Brüsten und ein lauwarmes Gefühl in ihrem Schoß. Sie schluckte und versuchte, die Gedanken zu verdrängen.

»Und wann sollte der Termin sein?«

»Um elf.«

Der junge Mann blickte auf die Uhr. »Verstehe. Sie verspätet sich oft. Das ist ganz normal.« Er kam noch einen Schritt näher und war nun so dicht, dass sie die Frische seines Körpers wahrnahm. Duschgel und Rasierwasser übten einen unwiderstehlichen Reiz auf sie aus. Fast wurde ihr schwindelig.

Sein hellblaues Kurzarmhemd stand weit offen und hing über seiner dunkelblauen Jeans. Er sah damit wie ein großer Junge aus und war trotzdem sehr männlich. Seine glatte Brust war braungebrannt und muskulös. Als Helen den Blick von ihr löste und in sein Gesicht sah, stellte sie entsetzt fest, dass er sie beobachtet hatte, denn er lächelte verschmitzt. »Na, gefällt Ihnen, was Sie da gesehen haben?«

Sie senkte mit rotem Gesicht den Kopf und schämte sich in Grund und Boden. Als sie es wagte, wieder aufzublicken, bemerkte sie, dass seine Augen auf ihre langen Beine geheftet waren und sein Blick langsam nach oben wanderte, wobei er eine Weile auf ihren Brüsten ruhte.

»Gefällt *Ihnen*, was *Sie* da sehen«, wagte Helen sich vor.

Doch im Gegensatz zu ihrer weiblichen Scham, war er cool und gelassen: »Oh ja, sehr sogar. Wenn Sie keine Bluse anhätten, wäre der Anblick noch interessanter als er schon ist.«

Wieder schoss ihr die Röte ins Gesicht und sie sah spontan auf ihre Armbanduhr, damit er es nicht bemerken konnte. »Ich hoffe, ihre Mutter kommt gleich«, versuchte Helen die Situation zu entschärfen, doch der junge Random sah die Dinge anders, denn er sagte: »Ich hoffe nicht.«

Helen blickte aus dem Fenster in den gigantischen Garten.

»Wie heißen Sie?«, fragte er.

»Helen Coby.«

Er lächelte.

Dieser Mann machte Helen nervös und sie wusste nicht, was sie tun sollte. Es wäre für ihr Geschäft nicht sehr förderlich gewesen, wenn sie sich einfach davon gemacht hätte. Sie musste also bleiben. Und so einen lukrativen Job, wie den bei einer Gutsherrin, die bestimmt viele Freundinnen besaß, durfte sie sich nicht entgehen lassen.

»Sollte meine Mutter nicht kommen, kann *ich* dann den Kosmetiktermin in Anspruch nehmen?«, fragte er dreist.

»Wie bitte?«

»Soll ich es tatsächlich wiederholen?«

»Nicht nötig.«

»Also, was sagen Sie?«

»Nein. Der Termin war für Mrs Random und so soll es auch bleiben.«

»Aber das wäre doch ein bedauerlicher Verdienstausfall für Sie, oder?«

»Wenn Termine nicht wahrgenommen werden, dann sollten sie in der Regel abgesagt werden. Wenn das nicht geschieht, so muss der Termin eigentlich bezahlt werden.«

»Klar. Ganz normales Geschäftsprinzip.« Er nickte. »Wo wohnen Sie, Helen?«

»Hören Sie, Mr Random, Sie müssen mir kein Gespräch aufzwingen. Ich kann auch ganz gut ohne Sie warten.«

»Hoppla! War das etwa ein Rauswurf aus meinen eigenen vier Wänden?«

Helen schoss die Röte ins Gesicht. Das war ihr jetzt auch erst diese Sekunde aufgefallen. »Tut mir leid, Mr Random«, nuschelte sie leise.

»Sagen Sie doch Jake zu mir.« Er rückte mit seinem Stuhl näher an sie heran. Automatisch wich sie ein Stück zurück.

»Wie wäre es, wenn wir noch zehn Minuten warten. Sollte meine Mutter bis dahin nicht aufgetaucht sein, geben Sie mir die Gesichtsmassage und ich zahle Ihnen dafür den doppelten Lohn«, schlug Jake vor.

»Nein, Sir, das kann ich nicht tun. Es geht mir ja auch nicht so sehr ums Geld.«

»Ach nein, worum denn dann?«

Helen wurde wieder rot. In seiner Nähe konnte sie nicht klar denken. *Es geht mir um dich, Jake*, dachte sie und spürte, wie ihr Gesicht zu Glühen begann.

Ehe Helen einen weiteren Gedanken fassen konnte, nahm er ihr die Entscheidung ab, indem er sich einfach vor sie auf die Liege warf. »Kommen Sie, Helen. Nur, weil ich ein Mann bin, darf ich nicht in den Genuss ihrer Hände kommen?«

»Na schön, wie Sie wollen«, sagte sie zögerlich und atmete tief durch. Helen musste versuchen, ruhig zu bleiben und zu sich selbst zurückzufinden. »Möchten Sie auch Lippenstift?«

Entsetzt blickte er sich zu ihr um. »Ich hoffe für Sie, dass das nur ein Scherz war!«

Ein schelmisches Lächeln hüpfte über ihre Lippen. Er zog die Augenbrauen hoch und legte sich wieder hin.

Helen schluckte, als sie mit dem Stuhl näher an ihn heranrückte. Erst jetzt wurde ihr bewusst, was sie schon seit Jahren tat: mit gespreizten Beinen vor dem Kopf des zu Behandelnden zu sitzen. Bisher war es auch egal, denn es waren Frauen. Doch noch nie hatte sie einen Mann behandelt, auch noch einen, der so gut aussah und geistreich war.

»Ihre Behandlung ist wunderbar, so sanft, dass ich gar nichts spüre«, schwärmte er.

»Ich habe noch gar nicht angefangen.«

»Na, dann wird's ja mal Zeit, oder?«

Sie bemerkte seine Ungeduld und lächelte in sich hinein.

Als erstes guckte sie sich seine Haut an. Sie wirkte auf die Entfernung glatt und fein. Doch aus der Nähe betrachtet, war hier einiges zu tun. Seine Haut musste weich und gefügig gemacht werden. Sie deckte ihre Kunden immer mit einem Handtuch zu, nachdem sie nur noch die Unterwäsche angelassen hatten.

»Bitte ziehen sie ihr Hemd aus.«

»Aha, das gefällt mir. Was ziehen Sie dafür aus?«

»Die Kosmetikerin bleibt verhüllt.«

»Schade, aber okay.«

Mit Schwung zog er sein Hemd über den Kopf und machte es sich wieder auf der Liege bequem. Seine Brustmuskeln glänzten und arbeiteten, sobald er sich ein wenig bewegte.

Helen riss den Blick los und deckte ihn mit dem Tuch zu. Dann holte sie einen Vaporisator aus der Tasche.

»Mein Gott, wie lange dauert das denn?«, murrte Jake.

»Kleinen Augenblick. Sie bekommen eine Gesichtsdusche.«

»Wie bitte? Das kann ich auch alleine.«

»Nicht so, wie ich es mit Ihnen vorhabe.« Durch sein ständiges Hin- und Herbewegen verrutschte das Tuch und Helen schob es mit den flachen Händen unter seinen Oberkörper zurück. Ihr Herz machte einen kleinen Satz, als er sich hoch drückte, auf die Unterarme stützte und sie anblickte. »Was bedeutet das?«

»Ich werde Ihnen lauwarmen Wasserdampf mit einem Gerät ins Gesicht sprühen. Das dauert ungefähr eine Viertelstunde.«

»Aha. Na, dann mal los.« Er legte sich zurück.

Sie schaltete das Gerät an und hielt die Düse über sein Gesicht.

»Wow, nicht schlecht. Also, wenn ich …«

»Bitte, Sir, Sie sollten nicht so viel reden. Entspannen Sie sich lieber.«

Er lachte auf und sagte: »Na, Sie sind gut!«

Helen blickte an ihm herunter und bemerkte seine Erektion unter der Decke. Mit klopfendem Herzen wandte Helen sich ab und ging zum Fenster. Sie genoss erneut die Aussicht, doch diesmal waren ihre Gedanken beim jungen Random.

Sie war sich bewusst, dass sie keine zehn Minuten gewartet hatten, aber das war jetzt egal. Seine Mutter hatte den Termin bestimmt vergessen.

Nach fünfzehn Minuten nahm Helen den Vaporisator zur Seite und betupfte Jakes Gesicht mit einem weichen Lappen. Dann trug sie ein Peeling auf und reinigte das Gesicht mit einer elektrischen Bürste.

»Au! Das tut weh!«

Helen schmunzelte. »Dass die Männer sich immer so anstellen müssen!«

»Anstellen? Sie reißen mir die ganze Haut vom Gesicht.«

Sie lachte. »Das ist Standard. Da müssen alle Frauen durch.«

»Alle Frauen, aber ich bin ein Mann!«

»Sie *wollten* ja unbedingt den Kosmetiktermin.«

»Ich habe mir etwas Sanftes und Schönes vorgestellt.«

»Das kommt noch.«

»Wehe nicht …«

Er schloss die Augen und schwieg. Als Helen mit dem Peeling fertig war, tauchte sie den Lappen ins lauwarme Wasser und legte ihn auf sein Gesicht. Jake seufzte behaglich. Danach trug sie eine Creme auf, die das Gesicht entspannte und beruhigte. Sanft massierte sie die Creme ein.

»Ah, das tut gut, genauso habe ich mir das vorgestellt.« Er bewegte den Kopf und seine Locken kitzelten ihre Oberschenkel. Sofort spürte sie, wie es im Unterleib zog und sie feucht wurde. Eigentlich war sie schon fertig mit der Gesichtscreme, doch sie hoffte auf ein erneutes Bewegen seines Kopfes. Und ihr Hoffen wurde erhört. Er jagte ihr einen Schauer nach dem anderen ein. Sie schloss die Augen und nahm nur wage eine Bewegung wahr. Aus dem Kitzeln wurde ein sanftes Streichen. Fast hätte sie gestöhnt unter der weichen Berührung.

Unter der Berührung? Sofort riss Helen die Augen auf. Jake hatte sich umgedreht und seine Zunge fuhr über ihren glatten Oberschenkel. Spontan drückte sie die Beine zusammen und hätte dabei fast seinen Kopf eingequetscht.

»He, Vorsicht! Was ist denn los?« Jake machte ein verwirrtes Gesicht.

»Was los ist? Das wollte ich gerade Sie fragen! Wie können Sie es wagen ...«

Er lächelte amüsiert. »Wieso? Was denn? Sie sahen nicht gerade sehr unglücklich darüber aus. Wie soll ich denn Ihr Lächeln mit den geschlossenen Augen deuten? Also, unangenehm war es wohl kaum.«

»Unverschämtheit!« Helen sprang auf.

Jake zog sie am Handgelenk wieder an den Stuhl zurück. »Hey, nicht so schnell, Kleines. Sie sind noch nicht fertig mit mir.«

»Doch, ich bin fertig mit Ihnen!«

»Helen, nun beruhigen Sie sich mal wieder. Es braucht Ihnen nicht peinlich zu sein.«

»Ist es auch nicht«, fuhr sie ihn mit rotem Kopf an.

»Na, schön. Dann schließen Sie noch mal die Augen und entspannen Sie sich.«

»Nein!«

»Wenn ich es tue, würden Sie mich dann weiterbehandeln?«

Sie zögerte.

»Denken Sie daran, Helen, es ist ihr Job.«

Sie schnaubte verächtlich, setzte sich und blickte auf ihn. Jake hatte sich auf seine Unterarme gestützt, das Tuch war von ihm abgefallen und zeigte seinen braungebrannten Rücken mit den Muskeln. Fasziniert beobachtete Helen das Muskelspiel. Dieser Mann ließ sie schwach werden, doch zugeben wollte sie das auf gar keinen Fall.

»Helen«, flüsterte er, als er sich auf die Seite gelegt hatte.

Ihre Augen wanderten zu seinen. Sekundenlang blickten sie sich nur an. Dann richtete er sich auf, saß nun mit gespreizten Beinen auf der Liege, legte seine Hand in ihren Nacken und zog sie zum Kuss an sich.

Endlich, dachte sie und war froh, dass er das Zepter wieder in die Hand genommen hatte. Seine freie Hand wanderte ihren Oberschenkel hinauf und glitt über ihr Höschen unterm Rock. Sie streifte auf dem Rand entlang und tauchte schließlich darunter. Als Jake ihre Schamlippen berührte, seufzte sie auf.

»Was ist, wenn jemand von deiner Familie hereinkommt?«

»Meine Mutter wird nicht mehr kommen, mein Vater arbeitet bis abends spät und die Haushälterin betritt den Raum nur, wenn ich sie rufe.«

»Aber wenn ...«

»Es wird niemand kommen und uns kann niemand sehen. Das Zimmer ist durch die Gardinen von außen nicht einsehbar. Komm, Helen, ich will dich spüren.«

Seine Hand fuhr sachte durch ihre Spalte, während seine Zunge sich einen Weg in ihrem Mund suchte. Helen schloss die Augen, genoss das zarte Spiel. Ihre Hände umfassten seine starken Oberarme und strichen darüber. Seine Männlichkeit jagte ihr Schauer über den Rücken und ließ sie feuchter werden. Unbewusst rückte sie noch ein Stückchen an ihn heran und verhalf somit seinem Finger in sie einzudringen. Sie schrie leise auf und klammerte sich an ihn.

»Oh, Jake ...«

Er verschloss ihr den Mund mit einem Kuss. Dann löste er die Hand aus dem Nacken und wanderte zu ihren festen Brüsten. Er fand einen der Nippel und drückte ihn zärtlich. Sein Mund glitt hinunter und umschloss die steife Warze durch die Bluse. Helen erschauderte und Lust fuhr ihr in die Vagina. Genau dort, wo sein Finger noch immer kundig forschte. Diese beiden Orte, an denen er sie stimulierte, brachten ihren ganzen Körper in Wallung. Verlangend schob sie sich seitlich an ihn und rieb die unbeachtete Brust an ihm. Schließlich fingerte sie an den Knöpfen und warf die Bluse fort. Willig sprangen die beiden Knospen ihm sofort entgegen, denn einen BH trug sie nicht. Er ließ sich nicht zweimal bitten und biss sofort zu. Helen stieß leise Seufzer aus. Sie konnte es kaum noch aushalten. Sie verlangte nach ihm, verlangte nach mehr, brauchte etwas Starkes. Und dafür kam nur sein Schwanz in Frage. Ohne Umschweife griff sie ihm an die Jeans und zog an der Knopfleiste. Sofort sprangen die Knöpfe aus den Löchern und ein pralles Glied, noch in einer Boxershorts verpackt, drängte sich ihr entgegen.

»Hoppla, alle Achtung, da ist jemand ja ganz wild, an den Kelch zu kommen«, raunte er ihr zu.

»Ja, das bin ich. Komm endlich zu mir.«

»Das lass´ ich mir nicht zweimal sagen.« Mit einem Satz war er aufgesprungen und streifte sich beide Hosen ab. Barfuss kam er auf sie zu. Sein Schwanz ragte groß und steif aus einem dunklen Busch hervor. Helen verschlug es die Sprache, ihr Herz klopfte wild und laut. Dieser Mann mit diesem Schwanz war auf dem Weg zu ihr, Helen Coby, und wollte sich gleich in ihr versenken. *Oh Gott, bin ich scharf auf diesen Mann*, dachte sie. Ihr war es egal, wo sie war, wer er war und vor allem, wer sie war.

Sein Mund presste sich auf ihren Hals und saugte daran. Das Gefühl ging ihr durch Mark und Bein. Mit Leichtigkeit hob er sie hoch und trug sie zur Liege, wo er ihr das Höschen auszog und den Minirock anließ.

»Willst du mich nicht sehen?«

»Das habe ich schon. Aber es erhöht für mich den Reiz, wenn ich in eine warme, feuchte Höhle stoße, die mich bearbeitet und die ich nicht sehen kann.«

Mit lautem Herzklopfen erwartete sie ihn. Er schwang seinen muskulösen Körper über ihren. Sein flacher Bauch wies lediglich eine dünne schwarze Haarlinie auf, die nach unten zu seiner gelockten Scham führte. Sie konnte keine Sekunde mehr länger warten.

Sein großer Körper senkte sich langsam auf ihren und sie spreizte die Schenkel für ihn, konnte es kaum noch ertragen, dass es nicht schneller ging.

Die Tür öffnete sich. Helen brauchte einen Augenblick, ehe sie umsetzte, was sie da hörte und von Jake vernahm. »Oh, Shit. So ein Mist, jetzt war ich so dicht davor!« Sofort stieg er von Helen hinunter.

»Jake!«, donnerte eine weibliche Stimme.

Entsetzt drehte Helen sich um und schloss die Beine. Eine brünette Dame, in einen breiten Seidenschal gewickelt mit einem bodenlangen, braunen Rock stand wie versteinert in der Tür.

Zu Helens Erleichterung konnte sie nur die Mutter sein, nicht seine Frau oder Freundin. Doch sie hatte sich zu früh gefreut.

»Und wer sind *SIE*?« Ihr Blick heftete sich auf Helen.

»Ich? Ich, äh, bin ... die Kosmetikerin. Sie hatten einen Termin mit mir.«

»Wie ich sehe, hat jemand anderes den Termin bekommen.«

»Sie waren nicht da, Ma´am«, grinste Jake.

»Lass die Frechheiten und geh zurück zum Stall!«

Eine Sekunde stutzte Jake, dann wurde sein Gesicht ernst und er sagte: »Sehr wohl, Ma´am.«

»Zum Stall?«, rutschte es Helen heraus. Sie kam nicht umhin, ein Schmunzeln in seinen Gesichtszügen wahrzunehmen.

»Ja, Fräulein, aber nur wenn´s recht ist! Ein Stallbursche gehört ja wohl in den Stall, oder?«, zischte Mrs Random.

Helen schluckte. Sie hatte die Beine für den Stallburschen breitgemacht! Deswegen war er auch so braun und durchtrainiert.

»Tut mir leid, Kleines«, raunte er ihr im Vorbeigehen zu, knöpfte seine Hose zu und schloss die Tür hinter sich.

Helen hielt sich noch immer ihre Bluse vor die Brüste. Die Gutsherrin kam näher. Sie sah erstaunlich gut aus für ihr Alter. Schlank, glatte Haut, volle Haare, die an manchen Stellen leicht ergraut waren. Die Art, wie sie sich auf Helen zubewegte, verhieß nichts Gutes. Langsam und schleichend, so, wie eine Katze sich an ihre Beute heranpirscht. Helen war unfähig, sich zu rühren. Sie war auf eine bestimmte Weise fasziniert und erwartete, dass sie jeden Moment angeschrien würde.

Doch sie täuschte sich. Als die Gutsherrin dicht bei ihr stand, nahm sie ihr die Bluse von den Brüsten. Verwirrt blickte Helen zu ihr hoch. Mrs Random betrachtete den blanken Busen und fuhr sachte mit der Hand darüber. Sofort richteten sich die Knospen auf und ragten steil hervor.

Helen war geschockt, dass ihr Körper so sehr auf diese Frau reagierte. Als die elegante Dame die kleinen, harten Nippel zwischen die Finger nahm und sie hin- und herrollte, musste Helen sich zwingen, nicht aufzustöhnen. Ein Laut kam ihr trotzdem über die Lippen. Sofort wurde sie feucht und spürte, wie die Nässe sich durch ihre Schamlippen einen Weg nach draußen suchte.

»Leg dich hin«, befahl Mrs Random ihr.

Mit Herzklopfen gehorchte sie. Die Gutsherrin setzte sich neben sie auf die Liege und fuhr ihr unter den Rock. Sie glitt zwischen die Schamlippen und drang mit mehreren Fingern ein.

Helen schaffte nicht, das Stöhnen zurückzuhalten. Die Gutsherrin lächelte. »Du bist schon richtig nass, kleines Luder.«

»Tut mir leid ... « Helen wusste nicht, wie sie reagieren sollte. Und noch ehe sie wusste, wie ihr geschah, hatte sich die Dame mit ihrem Kopf zwischen ihre Beine geschoben und sich ihres Geschlechtes bemächtigt. Eine kundige Zunge drang in ihre Spalte und glitt hin und her.

»Oh mein Gott ...« Helen hatte noch nie Erfahrungen mit einer anderen Frau gesammelt. Und sie wusste in diesem Augenblick, dass sie etwas in ihrem Leben verpasst hatte. Geschickt schlängelte sich die Zunge über die geschwollenen Schamlippen und flatterten auf der harten Klitoris. Helens Beine zuckten und ihr Unterleib bäumte sich auf, als würde sie der Zunge bedeuten, noch tiefer und intensiver in sie einzudringen. Sie hielt sich krampfhaft an der Liege fest und gab sich dieser flinken Zunge voll und ganz hin, die genau wusste, wie sie ihrem Lustobjekt die höchsten Freuden schenken konnte. Als Helen den Orgasmus kommen spürte, zog die Zunge sich zurück, Helen stöhnte, hechelte und wimmerte, suchte nach Erlösung. Schließlich kam sie mit solcher Schnelligkeit wieder, dass Helen innerhalb von Sekunden in den Orgasmus flog. Sie schrie auf und drängte sich der wild flatternden Zunge entgegen, bis ihr Körper sich nach und nach beruhigte. Ermattet ließ Helen Arme und Beine sinken.

***

Auf dem Weg nach Hause konnte Helen nicht glauben, was ihr passiert war und was sie vor allem zugelassen hatte. In ihrer Laufbahn als Kosmetikerin hatte sie schon viel, sehr viel erlebt. Aber der heutige Tag übertraf alles bisher Dagewesene. Nicht nur, dass sie sich der Gutsherrin intim hingegeben hatte und dem Stallburschen, sie hatte auch noch regelmäßige, wöchentliche Kosmetiktermine von Mrs Random für sich und zwei ihrer Freundinnen bekommen. Helen hoffte, dass es sich wirklich um kosmetische Termine handelte und nicht um eventuelle Befriedigungszeremonien ihrerseits.

Ihre Gedanken schweiften zu Jake. Hieß er überhaupt Jake? Kurz bevor er in sie eindringen wollte, war es ihr egal gewesen, wer er war und wer sie war. Nur sie beide zählten. Und nun? War sie sauer auf ihn oder nahm sie das Vorgefallene auf die leichte Schulter? Wenn sie ehrlich zu sich selber war, dann fehlte er ihr. Am liebsten wäre sie mit ihrem Wagen umgedreht und hätte die Stallungen aufgesucht, nur um noch einmal in seine Augen zu blicken und seinen durchtrainierten Körper anzufassen.

Helen bremste und hielt mitten auf der Straße. Hier waren zwar weit und breit nur Wiesen und Felder, denn die Gegenden im Norden sind recht verlassen und einsam, doch sie sah im Rückspiegel, dass ein Fahrzeug angebraust kam. Hupend fuhr es an ihr vorbei. Der Fahrer zeigte ihr einen Vogel. Ganz recht, pflichtete sie ihm im Stillen bei, sie hatte tatsächlich nicht alle Tassen im Schrank! Wie konnte sie in Erwägung ziehen, jetzt umzudrehen, nur, um einen Stallburschen wiederzutreffen, den sie nicht einmal kannte, von dem sie nur wusste, dass er ein bezauberndes Lächeln und einen großen Schwanz besaß. Nein, sie fuhr an und schlug den Weg nach Hause ein und zwang sich somit zur Geduld. Nächste Woche war sie wieder auf dem Gutshof, dann könnte sie nach ihm sehen.

***

Helen bog auf den Kiesweg des Gutshofes ein. Endlich war sie da! Die ganze vergangene Woche konnte sie an nichts anderes denken, als an Jake und die Gutsherrin. Was würde sie heute mit den Freundinnen erwarten? Helen beschlich ein ungutes Gefühl. Sie wollte sich auf gar keinen Fall drei reifen Frauen hingeben und sich von ihnen lecken lassen. Fast hätte Helen auf der Stelle kehrtgemacht.

Als sie den Wagen geparkt hatte, blickte sie auf die Uhr. Zehn Minuten Zeit blieben ihr noch bis zum Kosmetiktermin. Entschlossen ließ sie ihre Tasche im Auto und ging zu einer Pforte. Sie war verschlossen.

»Mist!«, stieß Helen hervor.

»Hallo, Miss ... Was machen Sie da?« Ein in schwarz gekleideter Mann kam ihr entgegen. Auch wenn sie nicht wusste, wer er war, so konnte er niemand anderes sein als der Butler.

»Ich bin die Kosmetikerin. Ich habe einen Termin bei Mrs Random.«

»Dann kommen Sie bitte hier entlang ins Haus.«

»Ich habe noch ein paar Minuten Zeit und wollte gerne bei Jake, dem Stallburschen, vorbeisehen. Er ist mein Bruder.«

»Davon weiß ich nichts.«

»Bitte, Sir ... Er ... er wird es bestätigen.«

»Gut. Kommen Sie.« Er schloss die Pforte auf und ließ ihr den Vortritt. Sehr höflich, dachte sie und ging über den riesigen, gepflegten Rasen.

Als sie die Stallungen erreichten, staunte Helen nicht schlecht. Sie waren größer und zahlreicher, als sie gedacht hatte. Davor war eine Koppel, auf der vier Pferde in der Morgensonne grasten.

Helen und der Butler betraten einen der Stalleingänge. Der typische Stallgeruch nach Stroh und Pferdeäpfeln stieg Helen in die Nase. Sie hörte einige Pferde aus den Boxen schnauben. Jemand sprach, ein Fohlen wieherte.

»Danke, von hieraus komme ich alleine weiter.«

»Ich möchte aber wissen, ob Sie mir die Wahrheit gesagt

haben, da kann ja jeder kommen«, beharrte der Butler.

Helen fühlte sich unwohl. Ob sie vom Gutshof geworfen wurde, sollte Jake so tun, als würde er sie nicht kennen? Vielleicht würde er sie auch auslachen, weil sie ihm wie eine läufige Hündin hinterherrannte.

Helen drehte sich zum Butler um. »Es tut mir leid, ich habe Sie angelogen, ich bin zwar die Kosmetikerin von Mrs Random, aber ich kenne keinen der Stallburschen.«

»Dachte ich´s mir doch. Hier entlang!« Sein Ton war hart und befehlend.

Als sie in die Sonne hinaustraten, wurde Helen geblendet, und so bemerkte sie auch nicht den jungen Mann, den sie fast umrannte. »Tut mir leid«, stammelte sie.

»Auch das noch«, zischte der Butler.

»Helen! Was machst du denn hier?«

»Jake? Ich … habe nach dir … ich meine, ich dachte …«

»Wow, das ist nett von dir. Soll ich dir die Ställe zeigen?«

»Ist das Ihre Schwester?«, fragte der Butler schroff.

Jake wollte antworten, stoppte dann abrupt, als er Helen scharf die Luft einziehen hörte.

»Natürlich, was denn sonst, Finnegan. Und nun machen Sie, dass Sie fortkommen. Merken Sie nicht, dass Ihre Aufgabe hier erledigt ist? Komm, Kleines, ich werde dir alles zeigen.«

»Danke.«

Er legte Helen einen Arm um die Schulter und führte sie wieder in den Stall.

»Danke, Jake.«

»Was war da los? Er saß dir ja im Nacken, wie eine Zecke.«

»Ich wollte zu dir, doch er hat mich erwischt. Die einzige Ausrede, die mir einfiel, war, dass du mein Bruder bist.«

»Aber dein Weg führte zum Gutshaus, nicht zu mir!«

»Stimmt. Ich dachte ...«

»Na? Was?«

» ... vielleicht ist es doch keine so gute Idee, dich zu treffen.«

»Warum?«

»Weil ich mir nicht sicher war, ob du dich über meinen Besuch freuen würdest.«

»Oh Baby, was für ein unsinniger Gedanke! Komm, ich zeige Dir meinen Lieblingsrappen. Wenn jemand unsicher sein sollte, dann ja wohl ich«, sprach er weiter, während sie den Gang durch die Boxen gingen.

»Jake, leider habe ich keine Zeit mehr. Denn, um ehrlich zu sein, wartet ein Kosmetiktermin mit der Gutsherrin auf mich.«

Er drehte sich um und sein Gesicht wirkte enttäuscht.

»Tut mir leid.« Helen blickte auf den Boden.

Er hob ihr Kinn mit einer Hand und blickte in ihre Augen. »Macht nichts, dann eben ein anderes Mal.«

Sofort beschleunigte sich ihr Herzschlag. Dieser Mann hatte es einfach drauf, ihr Blut in Wallung zu bringen. Sie heftete ihren Blick in den seinen. Als er sie küsste, schossen Blitze auf ihren Unterleib zu.

Der Butler räusperte sich hinter ihnen im Gang. Als Helen sich erschrocken umblickte, konnte sie gerade noch erkennen, dass er den Kopf geschüttelt hatte. »Die gnädige Frau verlangt nach Ihnen. Bitte folgen Sie mir.«

Helen folgte ihm. Ihr blieb nichts anderes übrig. Der Weg zum Haus kam ihr lang vor und für einen kurzen Augenblick fragte sie sich, warum sie zum hinteren Teil eines lang gezogenen, leer wirkenden Gebäudes gingen. Helen begriff erst, als der Butler sie hart am Oberarm fasste und zu sich herumriss. Sein erster Griff galt ihren Brüsten, der zweite ihrem Schritt. Bevor Helen schreien konnte, hatte er schon den Rock hochgeschoben und seine Hand auf ihren Mund gepresst.

»Kleine Hure, wusste ich es doch! Von wegen Geschwister! Hab genau mitbekommen, was hier läuft …«

Helen blickte ihn mit erschrocken, geweiteten Augen an. Sie war erregt, ohne Zweifel, aber sie wollte es nicht mit diesem Mann tun. Er war nicht unattraktiv, aber letztendlich war er nicht ihre Wahl und mit grober Gewalt schon gar nicht. Als sie ihren Kopf ruckartig zur Seite zog, verrutschte seine Hand vor ihrem Mund und sie biss beherzt hinein. Mit einem unterdrückten Aufschrei zog er seine Hand zurück. Helen schrie nach Jake und rannte zu den Ställen. Sie hörte, wie der Butler ihr keuchend folgte.

»Jake!«, rief sie abermals und erreichte die Koppel, um die sie herumlief. Das Keuchen wurde lauter und Helen immer panischer. Fast hatte der Butler sie erreicht, als Jake sich beiden in den Weg stellte. Helen umkreiste ihn und versteckte sich schwer atmend hinter seinem Rücken. Breitbeinig stand Jake nun vor dem Butler. »Finnegan, was ist hier los?«

»Nichts, Sir, ich habe doch nur ein bisschen Spaß gemacht mit der Kleinen.«

»So wirkte das aber gerade nicht auf mich. Wenn ich ihr verängstigtes Gesicht sehe, dann glaube ich, dass das kein Scherz für sie war.«

»Er wollte mir an die Wäsche«, stieß Helen hervor.

Jake wurde hellhörig. »Das auch noch! Finnegan, ich glaube, Sie sollten Ihren Überdruck woanders abbauen. Dieses Mädchen, wie Sie ja wohl mitbekommen haben, gehört zu mir.«

»Ja, Sir, verstehe. Tut mir leid, Sir.«

»Sie wissen ja, wo sie sich vergnügen können, oder?«

»Ja, Sir. Natürlich.« Ein undefinierbares Blitzen trat in seine Augen. Dann drehte er sich um und ging fort.

»Alles okay mit dir?«, wandte Jake sich an Helen.

Vorsichtig löste sie sich von ihm. Erst jetzt bemerkte sie, dass sie sich in sein Hemd gekrallt hatte. »Ja, danke.«

»Tut mir leid, was da eben passiert ist. Ich denke, er hat völlig vergessen, dass du kein Freiwild bist.«

»Vielleicht bin ich es ja …« Helen blickte Jake mit einem Funkeln in den Augen an.

»Aha, sieh mal einer an, da wird jemand schon wieder frech. Gerade noch dem geilen Butler entkommen …«

»Jake!«, rief jemand aus einiger Entfernung.

Er drehte sich um. Helen erkannte, dass die Gutsherrin auf sie zukam.

»Was ist, Mum?«

»Mum?«, fragte Helen entgeistert.

Jakes Gesichtsausdruck zeigte für einige Sekunden Verwirrung, dann schüttelte er den Kopf. »Nein, ich sagte: Ma´am. Du musst dich verhört haben.«

»Jake, was in Herrgotts Namen ist hier vorgefallen?«

»Nichts weiter, außer, dass Finnegan sich an Helen vergreifen wollte.«

»Wie bitte? Ich höre wohl nicht recht. So ein Lustmolch!«

Jetzt glaubte Helen, nicht richtig gehört zu haben. Wie konnte die Gutsherrin einen Mann mit so einem Verhalten als *Lustmolch* bezeichnen?

»Na, der kann etwas erleben! Helen, Kind, ist alles in Ordnung mit Ihnen?«

»Ja, Ma´am, vielen Dank. Ich bin schon spät dran. Tut mir leid, dass ich hier für so viel Wirbel gesorgt habe.«

»Das macht nichts. Aber wieso sind Sie bei den Ställen?«

»Ich wollte …, also ich … «

Mrs Random blickte Jake an. Helen konnte so schnell nicht

erkennen, was er hinter ihrem Rücken an Zeichen machte, aber es schien die Gutsherrin zu beruhigen.

»Na schön, dann kommen Sie ins Haus, ich habe mich heute extra nicht geschminkt.«

»Ja, Ma´am.«

»Gucken Sie sich mal meine Haut an. Sie sieht wirklich fantastisch aus. Das habe ich nur Ihnen zu verdanken. Nachdem Sie mir letzte Woche das Peeling verabreicht und in meinem Gesicht herumgefuhrwerkt haben, sah ich aus wie ein Streuselkuchen und war regelrecht geschockt. Aber etwa drei Tage später, da begann meine Haut zu heilen und sah wunderbar aus. Ganz weich – einfach fantastisch!«

»Das ist klar, Ma´am. Ihr Hautbild hat sich reguliert. Nachdem ich die Unreinheiten entfernt hatte, war die Haut angegriffen und sensibilisiert. Es tritt danach eine Erholungsphase ein. Wenn ich Sie heute behandele, dann wird es noch mal ein bisschen rot aussehen, aber schon morgen ist die Haut glatt und fein. Nächste Woche wird es nur noch einen halben Tag dauern.«

»Wunderbar, Helen. Dass ich auf so etwas nicht früher gekommen bin!«

Sie betraten das Behandlungszimmer vom Garten aus.

»Oh, ich muss noch schnell meine Sachen aus dem Auto holen, bin gleich zurück«, rief Helen.

»Gut, ich werde Hanna um das Wasser bitten.«

***

Zwei Stunden später lag die Gutsherrin entspannt mit gerötetem Gesicht auf der Behandlungsliege.

»Das war schön, Helen. Und jetzt könntest du mir noch eine schöne Massage geben. Kannst du so etwas?«

»Massagen gehören eigentlich nicht ins Programm, aber ich

kann es gerne tun. Wäre für mich nicht das erste Mal.«

»Wunderbar.« Mrs Random drehte sich auf den Bauch.

Helen nahm eine ölhaltige Creme und rieb damit erst die Arme, dann den Nackenbereich und den Rücken ein. Die Gutsherrin seufzte genüsslich. Als Helen eine Weile dabei war, drehte Mrs Random sich plötzlich auf den Rücken und schob das Handtuch hinab. Sie entblößte die für ihr Alter noch festen, hübschen Brüste. »Mach ruhig weiter, Helen.«

Mit einem Nicken nahm sie ihre Aufgabe weiter wahr. Zuerst rieb sie die Schultern ein und massierte dann die festen, großen Brüste. Sofort stellten sich die Nippel auf und drängten sich den reibenden Händen entgegen. Mrs Random schien es zu gefallen, denn sie zog das Handtuch ganz von ihrem Körper. Ohne Umschweife zog sie den Slip aus und lag nun nackt vor Helen. »Ich denke, du weißt, wie es weitergeht, oder? Wer so geschickte Hände hat, der sollte sein Talent auch nutzen.«

Helen hatte geahnt, dass so etwas kommen würde, deshalb lächelte sie und massierte an den Oberschenkeln weiter. Langsam arbeitete sie sich bis zu den Füßen vor, um dort geschickt zu drücken und zu kneten. Helen überlegte krampfhaft, wie sie weiterverfahren sollte. War Mrs Random tatsächlich darauf aus, dass sie von ihr befriedigt wurde? Helen war nicht ganz wohl bei dem Gedanken. Sollte sie nachfragen?

»Helen, was ist mit dir?«, kam die Gutsherrin ihr zuvor.

Sie errötete. »Ich war wohl nicht ganz bei der Sache.«

»Entspann dich. Sei ganz locker, dann fällt es dir leichter. Oder liege ich sehr falsch?«

Helen schüttelte den Kopf. Dabei hatte sie doch jetzt die leichtere Aufgabe. Viel schwieriger war es, entspannt zu sein, wenn eine fremde Frau sie selber befriedigte, und das hatte Helen ja schon hinter sich. Sie nahm sich ein Herz und atmete tief durch. Ihre Hand fuhr am Bein hoch. Die Gutsherrin sog scharf die Luft ein, als die Hand ihre Scham erreichte. Sanft tasteten sich die Finger vor, während Mrs Random die Beine öffnete. Helen versuchte, gelassen zu sein, doch sie verkrampfte sich. Es war nicht ihr Territorium. Ihre Finger glitten in die feuchte Scham und brachten die Besitzerin zum Stöhnen.

»Hoppla, ich störe wohl.«

Helen zog die Hand sofort zurück, als Jake ins Zimmer geplatzt kam. Mrs Random drehte sich weder zum ihm um noch schloss sie die Beine, während Helen mit feuerrotem Kopf aufsprang und neben ihr stand.

»Ich sehe, du bist mit dem Kosmetiktermin durch, Helen.«

Sie blickte verunsichert zur Gutsherrin. Diese zog die Augenbrauen hoch und stützte sich nun auf die Unterarme, während sie ihre Beine schloss. »Jake, ich weiß nicht, ob du es bemerkt hast, aber du störst.«

»Sorry, aber ich wurde auch vor einer Woche unterbrochen. Soll ich dem Gedächtnis auf die Sprünge helfen?«

»Danke, nicht nötig.« Mrs Random wirkte pikiert.

Helen verstand die Welt nicht mehr, als Jake sie an die Hand nahm und nach draußen führte. Seitens der Gutsherrin war kein Protest zu hören.

»Jake!« Helen blieb wie angewurzelt stehen. »Was machst du denn da? Ich bin meinen Job los, wenn ich nicht …«

»Wenn du nicht was? Natasha befriedigst? Glaub mir, das ist nicht nötig.«

»Aber du hast kein Recht. Du kannst nicht einfach über die Situation und mich bestimmen.«

»Über dich nicht, aber manchmal habe auch ich Einfluss auf die Situation, wie du siehst.«

»Sie wird mich nicht mehr wollen und dich feuern.«

Jake lachte laut und herzlich, so dass seine weißen, schönen Zähne zu sehen waren. »Nein, Kleines, das wird sie nicht tun. So einen guten Stallburschen wird sie so schnell nicht wieder bekommen, glaub mir.«

»Warum? Was macht dich da so sicher?«

»Das erzähle ich dir später. Was ist nun, möchtest du noch meinen Rappen sehen?«

»Ich glaube, den kenne ich schon«, sagte sie verschmitzt.

»Kleines Luder.« Er biss ihr sanft in den Hals und ließ sie aufquieken. »Ich meine den Richtigen.«

»Ich habe an beiden Interesse.«

»So, so ... Dann überlege ich mir auf dem Weg zu den Ställen, welchen ich dir als erstes zeige.«

***

»Es ist wirklich ein prachtvolles Tier«, bestätigte Helen, als sie dem Rappen gegenüberstand.

Jake lächelte stolz. Er legte dem Pferd ein Seil mit einer Schlinge um den Hals, zog es ein wenig zu und brachte den Rappen nach draußen auf die Koppel. Sein Fell glänzte in der Sonne. Helen lehnte sich bewundernd an den Zaun und presste ihre Brüste über die Holzlatten. Als sie zu Jake guckte, hing sein Blick an ihren Brüsten. Er grinste nur frech, als er merkte, dass sie ihn ertappt hatte.

»Da ist gerade eine Box frei geworden ...«, lächelte er.

Helen, die ihn beobachtet hatte, drehte sich zum Pferd und fragte: »Ach ja, was meinst du denn damit?«

»Ich dachte nur, vielleicht brauchen wir diesen Platz ...«

»Und wofür?«

»Zum Stallausmisten.«

Helen verzog das Gesicht und Jake lachte. »Komm, ehe du mir noch glaubst.«

Das Stroh hatte sich Helen hart und pieksig vorgestellt, doch es war warm und weich. Zwar war es nicht die Box des Rappen, denn Jake hatte keine Lust gehabt, noch auszumisten, sondern eine der anderen Boxen, aber letztendlich genauso schön und romantisch.

Als Jake ihr das Top auszog und den BH zur Seite warf, übertrug sich seine Wolllust auf sie. Er machte sich sofort über ihre steifen, kleinen Nippel her, saugte an ihnen und biss vorsichtig hinein. Er lockte mit der Zunge und umkreiste sie. Helen schwirrte der Kopf. Sie sah, wie Jake sich seine Kleider vom Leib zog, auf sie zukam und sich über ihre Nippel hermachte.

»Vergiss das Atmen nicht, Kleines, sonst muss ich noch einen Krankenwagen rufen.«

Erst da bemerkte Helen, dass sie die ganze Zeit die Luft angehalten hatte und vor allem kerzengerade im Stroh gesessen hatte. Wie sollte sie nur …? Jake kam ihr und ihren Gedanken zuvor. Sanft presste er sie mit seinem Oberkörper aufs Stroh. Sie hielt sich an seinen kräftigen Oberarmen fest. Wie hatte sie sich danach gesehnt! Ihre Hand glitt an seinem Körper hinunter und umfasste seinen Po, presste ihn an sich. Sofort stöhnte Jake auf, und Helen spürte seine Steifheit an ihrem Oberschenkel.

»Oh, Baby, ich will dich …«, flüsterte er in ihre Haare. Blitzschnell hatte er ihren Slip abgestreift und fuhr mit einer Hand an ihre Muschi. Helen kam sich vor wie im siebten Himmel. Der Geruch des Stalls, das warme Licht der Sonne, wie es auf die Balken schien, ihre Erregung, die in wenigen Minuten auf die Spitze getrieben werden würde. Jake, der mit seinem ganzen Gewicht auf ihr lag und ihr zeigte, wer hier der Dominantere war.

Seine Finger drangen geschickt in den Spalt und dehnten

die Wände ihrer Vulva für das, was er noch in sie schieben wollte. Helen nahm alles um sich herum auf, blickte in Jakes Gesicht, das mit glasigen, lustvollen Augen auf sie niedersah. Sie schloss die Augen.

Jake nahm sich wieder ihre Brustknospen vor, saugte nun stärker an ihnen und knabberte, während er mit seinem harten Schwanz in sie eindrang. Helen gab einen Laut von sich und umarmte ihren ›Peiniger‹. Sie bewegte gekonnt ihren Unterleib und ließ Jake aufstöhnen. »Oh, Baby, bitte, nicht so, sonst komme ich gleich.«

Helen öffnete die Augen und lächelte. Einen Augenblick hielt sie inne, dann bewegte sie wieder ihren Unterleib und spannte die Muskeln in ihrer Vagina an. Es törnte sie an, Jake kämpfen und mit sich ringen zu sehen.

»Von wegen, du bist der Dominantere. Wie du siehst, habe ich dich nun voll im Griff, du starker Mann«, raunte sie ihm ins Ohr. »Na, was ist, wer hat sich hier nicht richtig in der Gewalt?« Unablässig bewegte sie sich rhythmisch und spannte ihre Muskeln an.

Jake keuchte und schwitzte. »Lass das, du Luder!«

Sie spürte, wie sein Schwanz in ihr immer mehr an Größe gewann und an Stellen stieß, die sie bisher noch nicht gekannt hatte. Auch durch die Dicke entstand eine Reibung, die ihr neu war, so kämpfte auch sie mit den erotisierenden Gefühlen.

»Warte, Helen, ich meine es ernst.«

Helen grinste und machte weiter, wollte ihn weiterquälen, ihn sich winden sehen.

»Hey, ich sagte: Stopp!« Mit diesen Worten richtete er sich über ihr auf, ohne ihre feuchte Höhle zu verlassen. »So leicht bin ich nun auch wieder nicht kleinzukriegen.« Er drückte ihre Handgelenke aufs Stroh und presste seinen Unterleib schwer auf ihren. So konnte sie sich nicht mehr bewegen. »Ich bestimme, wie es weitergeht, okay?!«

Helen wagte noch einen Versuch, sich zu bewegen, aber es war zwecklos. Er holte sich die Pause, die er brauchte, während ihr Körper vor Verlangen glühte. Ihre Nippel standen steil nach oben und zeigten ihren Zustand.

»Geiles Stück«, zischte er und saugte die Warzen hart in seinen Mund. Helen stöhnte laut auf. Jake hatte wohl für sich die Lösung gefunden. Während er Kraft tankte, brachte er ihren Körper immer weiter in Aufruhr, gönnte ihr nicht die kleinste Pause. Seine permanente Bearbeitung ihrer geilen Nippel ließen die Lust nur so durch ihren Körper rauschen und sammelte sich in ihrem Unterleib. Helen wand sich unter seinen Quälereien, dabei drückte sie ihm ihren Oberkörper nur noch mehr entgegen, und er bekam ihren Nippel besser zu fassen. Auch durch das Festhalten der Handgelenke, zeigte er ihr, wer der Mann im Stall war.

Erholt und gestärkt, bewegte Jake sich ganz unvermittelt in ihr. Sein steifer Schwanz zog sich ein Stück aus ihr zurück und kam mit Kraft wieder, um sich tief in sie zu drücken. Helen stöhnte und warf ihm, so gut sie konnte, ihr Becken entgegen.

»Nicht so schnell, Kleines. Sachte, sachte.«

Helen hielt es kaum noch aus. Ihre Lust war nicht mehr zu zügeln. »Oh, Jake, bitte! Gib´s mir. Jetzt, sofort, bitte.«

»Warum denn, Kleines?«

»Ich bin so geil, so scharf …«

»Aha, du hast es also nicht geschafft, durchzuhalten!«

»Nein, oh, Jake, bitte, beweg dich schneller, bitte …«

Er blickte mit einem wissenden Lächeln auf sie hinab und hörte auf, sich zu bewegen.

»Oh, nein!«, rief Helen. Ihr kamen fast die Tränen. »Bitte, das kannst du nicht tun.«

»Warum nicht, ich möchte auch meinen Spaß. Es gefällt mir, dich wimmern und betteln zu sehen. Wie ich vorhin feststellen konnte, hat es dir auch Spaß gemacht, mich zu quälen.«

»Tut mir leid. Nur, bitte, gib mir jetzt, was ich brauche. Mein Köper kann nicht mehr. Ich drehe sonst durch.«

»Das ist gut, genau da, wollte ich dich haben.«

Jake hob sein Becken an und Helen nutzte sofort die Situation, um sich zu bewegen und sich das zu holen, was sie so dringend benötigte. Doch Jake drückte seinen Po hinunter. Helen jammerte und stöhnte. Wieder senkte er sein Gesicht auf ihre Brüste und knabberte an den Nippeln.

»Oh, Jake, bitte nicht. Ich komme gleich ...«

»Das wäre doch mal etwas anderes.«

»Nein, ich will aber mit deinem Schwanz kommen.«

»Wer sagt dir, dass *ich* das will und ihn nicht gleich herausziehe?«

»Oh, nein, nein!«

Jake blickte sie an und lächelte. Sie flehte ihn mit ihren Augen an. Denn sie konnte sich wirklich kaum noch halten. Die Lust floss geradezu aus ihr heraus. Endlich hatte Jake Mitleid mit ihr und erhob sich, um seinen Schwanz hart und gnadenlos immer wieder in ihre nasse Höhle zu stoßen. Er biss sich dabei auf die Zähne, kämpfte mit seinen Gefühlen, während Helen in Sekundenschnelle in den Orgasmus rauschte. Während sie ihn genoss, hörte sie Jake aufstöhnen und spürte, wie er seinen Saft in sie hineinschoss.

Ermattet ließ er sich auf sie fallen und hielt sich an ihren Haaren fest. Helens Kopf sank dankbar und glücklich an seinen.

***

Als Helen sich angezogen hatte, reichte Jake ihr die Hand. Gemeinsam verließen sie den Stall und schlenderten zur Koppel. Der schwarze Rappe stand aufrecht da und lauschte. Seine Ohren drehten sich hin und her, um alles mitzubekommen. Helen lehnte sich an den Zaun, Jake stellte sich hinter sie und nahm sie in den Arm.

»Sag mal, musst du heute noch arbeiten?«, fragte er.

»Erst heute Abend wieder. Die meisten Termine sind abends, weil die Kundinnen dann von der Arbeit kommen. Aber ab neun Uhr nehme ich keine Termine mehr an. Nur in ganz seltenen Ausnahmefällen.«

»Aha. Wäre ich ein seltener Ausnahmefall?«

»Du bist ein sehr seltener Ausnahmefall ...«

»Helen, wie denkst du eigentlich darüber, dass du es gerade mit einem Stallburschen getrieben hast?«

»Es war wunderschön. Und ich denke, dass mir dieser Mann sehr gut gefällt.«

»So, tut er das?«

»Warum? Stimmt etwas nicht mit dem Stallburschen?«

»Der ist schon ganz in Ordnung, der Typ. Aber ... was war denn das?«

»Was ist denn? Komm, lenk nicht ab, Jake!«

»Nein, wirklich, ich habe da ein merkwürdiges Geräusch gehört.« Jake hatte seinen Kopf zur Seite gedreht. Schließlich ließ er Helen los. »Bin gleich wieder da.«

»Jake, wo willst du hin? Jake!«

»Warte hier.« Er ging mit festem Schritt auf einen der hinteren Ställe zu. Helen wollte nicht alleine zurückbleiben. Außerdem, wenn da etwas war, wollte sie es auch sehen.

Mit einem Ruck schob Jake die große Tür des hintersten Stalls auf. Helen klappte der Mund auf. Jake blieb cool.

»Jake, verdammt, verschwinde!«, rief Mrs Random sauer.

Helen hätte erwartet, dass sie entsetzt gewesen wäre, sich hier im Stroh mit niemand anderem als dem Butler Finnegan erwischen zu lassen. Der Butler blieb gelassen.

»Mum! Wieso kannst du dich nicht beherrschen?«

»Verschwinde, Jake, ich habe keine Lust und, wie du siehst, auch keine Zeit auf Grundsatzdiskussionen.«

»Mum?«, fragte Helen nach. »Sag mal, hab ich mich wieder verhört, oder hast du dich schon wieder versprochen?«

»Du musst dich schon wieder verhört haben«, sagte Jake und wandte sich an Mrs Random.

»Nein, Helen, du hast dich nicht verhört. Jake ist mein Sohn. Und da sein Vater adeliges Blut in sich trägt, tut Jake es auch. Du kannst ihn also gerne mit Earl of Random ansprechen.«

Helen erblasste.

»Mum, was soll das? Musst du immer so dick auftragen? Es wäre besser, du würdest dich anziehen. Komm, Finnegan, verpiesel dich.«

»Halt die Klappe, Jake, zieh Leine mit deiner Schnecke. Wie du siehst, bin ich beschäftigt«, antwortete Finnegan.

Jake schüttelte den Kopf und verließ mit Helen den Stall.

»Was war denn das?« Helens Worte purzelten aus ihr heraus, ohne, dass sie darüber nachdenken konnte. In ihrem Kopf schwirrte und rauschte es.

»Später erzähle ich es dir. Hast du Lust auf einen Ausritt?«

»Nein, Jake! War das wirklich deine Mutter, und du bist ...«

»Ja und ja! Und Finnegan ist ein guter Freund der Familie. Er ist sozusagen der beste Freund meines Vaters.«

»Aber er ist doch der Butler, oder nicht?«

»Nein, das ist er nicht. Er zieht sich gerne mal um. Rollenspiel. Wenn du verstehst, was ich meine.«

Helen schüttelte den Kopf. »Ich verstehe gar nichts mehr.«

»Finnegan ist nur wegen meiner Mutter hier. Er tut gerne so, als wenn er ein Bediensteter dieses Gutshofes ist. Er war schon alles Mögliche: Stallbursche, Koch, Leibwächter, Schuhputzer, Kellner …«

»Das ist ja unglaublich!«

»Nicht wahr.« Jake feixte.

»Und dein Vater? Weiß er, dass seine Frau es mit seinem besten Freund im Stall treibt?«

Jake lachte. »Ich bin mir nicht sicher. Aber ich vermute, er weiß es.«

»Kann er denn damit umgehen?«

»Süße, ich habe keine Ahnung …«

»Und du? Warum hast du mir nicht gesagt, dass du der Sohn dieses Gutshofes bist?«

»Weil ich nicht wollte, dass du nur wegen meines Titels mit mir im Stroh verschwindest.«

»Jetzt verstehe ich auch, warum du einfach am ersten Tag in das Behandlungszimmer kommen konntest. Wusste deine Mutter denn, dass du dich als Stallbursche ausgeben wolltest?«

»Nein. Sie hat manchmal solche Anwandlungen und schickt mich vor Fremden einfach mit solchen Worten aus dem Zimmer. In diesem Fall kam es mir entgegen. Und da ich mich sowieso oft um die Pferde kümmere, war es mir egal, dass sie mich in dem Fall zum Stallburschen gemacht hatte.« Jake zwinkerte ihr zu.

Helen schüttelte den Kopf. »Ihr seid vielleicht eine komische Familie.«

»Stimmt. Und damit du das ertragen kannst, solltest du reiten können. Denn erstens ist die Landschaft umwerfend. So umwerfend, wie du. Und zweitens ist es wichtig, vor meiner

Familie einfach mal flüchten zu können. Kannst du reiten?«
»Ich habe schon mal auf einem Pferd gesessen.«
»Klasse! Ich werde dir den Rest zeigen, wenn du willst.«
Helen nickte. »Ja, ich will.«
Beide lachten.

KARIBIK ABENTEUER NO. 1:

FALSCHER PIRAT

»Warum willst du denn nicht mitkommen? Es wird bestimmt total aufregend und lustig«, versuchte Jana ihren Freund Gary zu überzeugen.

Dieser schnaubte: »Total aufregend und lustig! Eine Piratenfahrt in der Karibik – nein danke!«

»Du bist ein Spielverderber! Wir machen immer nur das Gleiche im Urlaub: Nach Florida fliegen, uns die Keys ansehen, in den National-Park gehen oder am Strand faulenzen. Ich finde das mega langweilig. Warum nicht mal etwas anderes machen und ausprobieren?«

»Von mir aus können wir gerne etwas anderes ausprobieren. Aber dazu gehört auf *gar* keinen Fall eine Piratenfahrt!«

»Und warum nicht?«

»Weil ich mich schon neben den Touris in verschwitzten, geschmacklosen Hemden mit Fotoapparat um den Hals sitzen sehe. Die Frauen unruhig, wann sie denn nun endlich Johnny Depp und Orlando Blohm begegnen werden. Nein, Süße, das ist nichts für mich. Da bleibe ich lieber schön hier auf meiner Couch liegen und gucke mir einen ›Dr. House‹ an.«

Jana ließ sich auf das Sofa ihm gegenüber fallen und pustete genervt Luft durch die Nase, während sie im Prospekt blätterte.

»Wieso willst du eigentlich eine Piratenfahrt machen, wo du solche Angst vor Haien hast?«, fragte Gary.

»Das Schöne ist, wir befinden uns bei einer solchen Tour auf dem Schiff und nicht im Wasser. Das macht es den Haien verdammt schwer, mir Angst einzujagen.«

Er zog nur die Augenbrauen hoch.

»Schatz«, versuchte Jana es ganz ruhig, »du kannst nach der Tour am Strand liegen und dich zwei Wochen lang entspannen. Diese Fahrt dauert auch nicht lange. Nur zwei Tage.«

»Was?«, Gary schoss aus seinem Sessel nach vorne. »Zwei Tage? Wieso das denn?«

»Warum, was hast du denn?«

»Zwei Tage? Normalerweise dauern solche Sightseeing-Touren zwei Stunden plus vier Stunden zum Souvenirs kaufen.«

»Jetzt hör aber auf!«

»Na schön. Aber mit zwei Stunden liege ich gar nicht so verkehrt. Warum so lange?«

»Weil das eine Tour ist, bei der wir auf dem Schiff übernachten und am nächsten Tag eine Insel ansteuern werden. Es soll sich so anfühlen, als befänden wir uns im siebzehnten Jahrhundert. Es gibt ein Piratenmahl, Übernachtung in den Kojen, Tänze und Gesang ...«

»... einer wird über Bord geworfen und ertränkt«, unterbrach er sie.

Jana ließ sich nicht beirren und redete weiter: »... es finden Piratenkämpfe statt, einige kommen ins Krähennest ...«

»Ins Krähennest?«

Jana seufzte. »Das ist der Ausguck an der Mastspitze. Wenn du dich dafür interessieren würdest, wüsstest du so etwas.«

»Das Schöne ist, meine Süße, dass mir in meinem Leben keine Piraten mehr begegnen werden und ich mit extrem großer Wahrscheinlichkeit ein Schiff weder zu steuern noch zu schrubben brauche.«

»Ich sag' doch: du bist ein Spielverderber!«

»Ach, jetzt geht das schon wieder los. Lass uns das Thema wechseln. Wie wäre es mit einer Runde ...«

»Nein!«, unterbrach Jana ihn scharf.

»Du weißt doch gar nicht, was ich sagen wollte.«

»Backgammon wird es nicht gewesen sein.«

»Schach war's.«

»Du kannst kein Schach.«

»Ich könnte es lernen. Wie wär's, wenn du ...«

»Nein! Ich will dir kein Schach beibringen, ich *will* auf dieses Schiff.«

»Na, schön. Dann fahr' doch.«

Jana blickte zu ihm hinüber und studierte sein Gesicht, dann sagte er: »Ja, ich meine es ernst. Fahr' alleine, wenn du unbedingt möchtest.«

»Hast du denn gar keine Angst?«

Gary kam nach vorne und stützte die Ellenbogen auf seine Oberschenkel. »Ich habe verdammt viel Angst, wenn ich auf deinem OP-Tisch liege und du das Messer ansetzt. Obwohl ich ein sehr großes Vertrauen in dich setze.«

Jana lachte auf. »Ich meine, Angst um *mich*. Dass mich einer der Piraten an den Mast bindet und obszön berührt.«

»Oh, welch interessante Vorstellung. Da es sich um keinen echten Piraten handeln wird, hat er wahrscheinlich noch alle Zähne und kann ein neuzeitliches Denken an den Tag legen. Ich muss sagen, die Vorstellung fasziniert mich und macht mich schon ein bisschen eifersüchtig. Aber ich glaube, du bist eine starke Frau, du kannst sehr gut auf dich selbst aufpassen.«

Jana blickte ihn prüfend an. »Ist das jetzt gut oder schlecht?«

»Was?«

»Dass du mich alleine reisen lässt.«

»Gut, natürlich. Dann hab ich endlich meine Ruhe.«

Jana warf mit einem Kissen nach ihm. Er duckte sich gespielt und kam dann schnell zu ihr, um seine Lippen auf ihre zu pressen. Sofort wanderte seine Hand an ihre Brüste und er biss ihr in den Hals.

»Stopp!«, hielt Jana Gary zurück. »Ich habe keine Zeit für Sexspielchen, ich muss meine Reise planen.«

»Ach, bevor du's falsch verstehst, meine Süße, ich werde natürlich mit in die Karibik kommen und bei einem Longdrink am Pool auf dich warten.«

Jana guckte verwirrt. »Aber ich dachte, du hast keine Lust.«

»Ich habe keine Lust auf die dumme Piratentour. Aber ein bisschen relaxen am Strand und an der Pool-Bar, das hat noch keinem geschadet und am wenigsten mir.«

Wie schön das Hotel auf der Insel Margarita war, das Jana ausgesucht hatte, ging aus dem Reiseprospekt nicht hervor.

Das Beach Hotel lag in einem großen tropischen Garten. Als sie die geschmackvolle Empfanghalle betraten, wurden sie überwältigt von der Lobbybar mit der dekorativen Wasserkaskade.

Da war es auch egal, dass die Fahrt im Shuttel-Bus vierzig Minuten vom Flughafen in Porlamar bis zum Hotel gedauert hatte. Gary hatte zwar gejammert, doch nun war auch er begeistert.

Sie meldeten sich bei der Rezeption an, bezogen das Zimmer und starteten erst mal einen Rundgang durch die Hotelanlage. Die Pool-Landschaft mit einer großen Reddach gedeckten Bar im Wasser überwältigte beide. Lässig hatten sich einige Hotelgäste mit einem Cocktailglas in der Hand in der Pool-Bar niedergelassen und unterhielten sich entspannt.

»Na, hier wird es mir die nächsten zwei Tage gutgehen«, freute sich Gary.

Eine schlanke Frau mit langen Beinen im knapp geschnittenen Bikini und rot gelockten Haaren schritt an ihnen vorbei und ließ sich langsam auf einer Liege nieder.

Gary blicke ihr hinterher und sagte: »Sehr gut sogar!«

Jana stupste ihn in die Seite. »He, schön brav sein.«

»Dito«, sagte er und guckte Jana von der Seite an.

Sie lachte: »Klar, der nächstbeste Piraten vernascht mich!«

»Vorstellen kann ich es mir, so attraktiv wie du bist.«

»Nicht, Schatz, sonst werde ich noch rot.«

»Ich meine das ernst.«

Mit guten Gewissen ließ Jana ihren Freund Gary mit der Aussicht auf Drinks an der Pool-Bar und Massagen im Spa-Bereich im Hotel zurück. Es war knapp drei Uhr nachmittags und sie musste sich beeilen, um das Schiff pünktlich zu erreichen.

Als Jana zum Steg kam, blieb sie verblüfft stehen. Ein riesiges dunkelbraunes Holzschiff mit feuerroten Segeln lag dort im Wasser. Es strahlte Macht und Stolz aus. Eine Totenkopf-Fahne flatterte im Wind. Sofort kam sie sich um drei Jahrhunderte zurückversetzt vor. Andächtig schritt sie den langen Steg zum Schiff entlang, dabei brannte die Nachmittagssonne, trotz des leichten Windes, stark vom Himmel. Jana stellte sich vor, was die Piraten damals empfunden haben mussten, vom Landgang wieder zurück auf ihr schwimmendes Zuhause zu steigen. Wochen- und monatelang ohne Land, ohne richtiges Essen, ja nicht einmal frisches Wasser und festen Boden unter den Füßen zu haben oder nur mal andere Menschen zu sehen.

»Aye, Lady, Willkommen an Bord der ›Blackbeard‹. Wie

ist ihr Name bitte?« Ein Mann, als Pirat verkleidet, grüßte, indem er sich einen Säbel mit der flachen Seite senkrecht an die Stirn hielt und leicht verbeugte.

»Jana McGill«, schmunzelte sie.

Auf einer Liste suchte er ihren Namen mit dem Finger, fand sie und setzte einen Haken dahinter. »Danke, Lady, gehen Sie einfach an Bord und setzen Sie sich hinten an einen der langen Holztische.«

Jana bedankte sich, ging los und setzte sich auf die für ein Piratenschiff untypisch aufgestellte Bank. Dort saßen schon diverse Passagiere. Junge Leute zwischen zwanzig und Mitte vierzig. Ihr gegenüber saß ein gut aussehender Mann, der sie unverwandt ansah. Als Jana seinem Blick ein zweites Mal begegnete, lächelte er. Flüchtig lächelte sie zurück.

»Aye, meine Piratenfreunde. Willkommen an Bord der ›Blackbeard‹. Mein Name ist José. Ich bin der Quartiermeister, das heißt, ich kümmere mich um alle Besatzungsmitglieder, teile eure Essensrationen auf und schwinge auch schon mal die Neunschwänzige. Das ist eine Peitsche mit neun Lederriemen, an deren Enden Knoten befestigt sind – also, immer schön folgsam sein«, sagte José und lachte. »Ich gebe euch Aufgaben und koordiniere das Geschehen auf dem Schiff.

Zwei erlebnisreiche, aufregende Tage stehen uns mit einer Übernachtung an Bord bevor. Wir werden euch viel über Piraten und deren Lebensweisen, Eigenarten, Taten und Legenden erzählen. Dabei werdet ihr herausgefordert, tatkräftig mitzumischen, denn ihr sollt euch so fühlen, als wärt ihr selbst einer von ihnen. Also, Mut und Lust am Spiel sind gefragt.

Außerdem werden wir am zweiten Tag eine Insel anlaufen, wo wir auf zwei Piratenfrauen treffen.«

»Mary Read und Anne Bonny!«, rief ein eifriger Passagier.

»Ja, ganz genau. Da ist jemand schon informiert, wie ich höre. Aber nicht zu vorlaut sein, Kaulquappe, sonst binde ich dich an den Mast.« Wieder unterstrich er seine Worte mit einem Lachen.

Jana betrachtete das Ganze, obwohl es ja nur ein Spiel sein sollte, mit gemischten Gefühlen.

»Diese beiden Piratenladys«, fuhr der Quartiermeister José fort, »werden uns auf dieser Insel begegnen, wobei euch dort noch eine kleine Überraschung erwartet.

So, meine lieben Piratenfreunde, wir werden in etwa zehn Minuten lossegeln und ich werde ein wenig über die Piraten plaudern.« Er blickte mit leicht zusammengekniffenen Augen durch die zwei Reihen der Passagiere. »Ein kurzes Wort zu uns: wie ihr wisst, bin ich José, der Quartiermeister. Dann haben wir hier noch Pablo, unseren Captain, also seid nett zu ihm, denn er führt das Kommando und kann euch jederzeit auspeitschen lassen. Hier zu meiner Rechten stehen Mike, der Steuermann, daneben Ed, unser Schiffskoch, Rodney und Miguel, unsere Bootsmänner. Sie werden immer ein Auge auf euch gerichtet haben.«

Jana blickte alle der Reihe nach an und blieb an Miguel hängen, weil seine gerade Haltung und seine Aura sie faszinierten. Er trug ein weißes, bereits angegrautes Leinenhemd mit weiten Fledermaus-Ärmeln, leichte schwarze Segeltuchhosen, Stiefel und um seine Taille war ein purpurfarbenes Tuch geschlungen. Außerdem zierte seine Hüfte ein breiter Ledergürtel, in dem ein Entermesser steckte. Ein türkisfarbener Stein hing an einem Lederband um seinen Hals. Er hatte die schwarzen Haare im Nacken zu einem Zopf gebändigt und ein weinrotes Tuch fest um seine Haare gebunden.

Als Jana in seine Augen blickte, hatte er sie anscheinend

die ganze Zeit, während sie ihn musterte, beobachtet. Ertappt guckte sie sofort weg.

Der Quartiermeister José zeigte den Passagieren das Schiff. Der junge, gut aussehende Mann hatte es geschafft, sich hinter Jana einzureihen und im schummerigen Licht des Schiffsinneren ständig, wie rein zufällig, ihre Hand oder ihren Po zu berühren.

Gleichzeitig wurden den Passagieren auch ihre Kajüten gezeigt. Sie waren karg, klamm und eng. Jana hatte sich ein bisschen mehr erhofft, denn schließlich waren sie nicht wirklich auf einem Piratenschiff. Sie dachte schon jetzt mit Schaudern an die ihr bevorstehende Nacht.

Es war nicht anders zu erwarten gewesen, aber die Kajüte des Schönlings lag genau neben ihrer. Er lächelte ihr süffisant zu, als er es erfuhr und hauchte ihr ein paar Worte ins Ohr, dass er sich nichts Besseres hätte wünschen können.

Jana wandte sich einfach ab und stieg mit den anderen die schlecht gebaute Holztreppe wieder hinauf. Auch wenn die Sonne noch heiß vom Himmel brannte, war Jana froh, sie wiederzusehen und die laue Brise tief einzuatmen.

José zögerte nicht, alle Passagiere einzuteilen. »Schließlich sind wir auf einem Piratenschiff und da kann es wohl kaum sein, dass wir sechs Piraten arbeiten und ihr uns dabei zuseht. Mit gefangen, mit gehangen.« Er lachte. »Also, ihr Landratten, ich habe hier eine Liste. Ich rufe euch namentlich auf und teile euch ein.«

Sie waren fünfundzwanzig Passagiere. Vier sollten zerfetzte Segel flicken, vier sollten gerissene Seile reparieren, vier die Waffen säubern. Drei weitere mussten dem Koch helfen und zwei jüngere Schiffsmitglieder wurden als Schiffsjungen verdonnert. Einer hatte die Aufgabe, die Kajüte des Captains sauber zu machen und der andere sollte für Handlangerdienste zur Verfügung stehen. Jana gehörte zu den acht, die das Deck zu schrubben hatten.

Jana ärgerte sich, dass ihre weiße Bluse mit den weiten Armen, die sie sich extra für diese Tour gekauft hatte, um wenigstens ein bisschen piratenmäßig auszusehen, nun nass und schmutzig wurde. Allerdings war sie froh, einen längeren Rock anzuhaben. Er umspielte ihre Knöchel, so dass sie sich beim Knien keine Blöße gab. Eine andere Frau hatte genau das Problem, einen Minirock anzuhaben und versuchte permanent so aufrecht wie möglich zu schrubben, was ihr nicht immer gelang. Sie erntete Pfiffe und Rufe, als hätten die Männer sich bereits zu Piraten verwandelt.

Jana ging die ganze Sache sehr gegen den Strich. Sie konnte nicht glauben, dass man ihr diese Art von Information im Reisebüro verschwiegen hatte. Sie wusste von Bekannten, die ebenfalls Passagiere eines imaginären Piratenschiffes waren, dass sie lediglich über Piraten geredet hatten, später eine Insel anfuhren, wo ein Schatz versteckt war und dort wild gegessen und viel getrunken wurde. Aber ein richtiges Piratenleben zu führen, mit Deck schrubben ... so hatte sie sich das nicht vorgestellt. Ihr taten schon jetzt die Knie und Hände weh. Sie blickte hoch, um sich zu vergewissern, dass die anderen auch etwas taten und sich nicht nur mit ihr einen üblen Scherz erlaubten. Und tatsächlich stöhnten und ächzten auch die anderen in der prallen Sonne unter der schweren Arbeit.

Jana sah den Bootsmann Miguel in einiger Entfernung an der Reling stehen, die Arme vor der Brust verschränkt und die Leute beobachtend. Er blickte zu Jana.

Augenblicklich schrubbte sie weiter. Doch plötzlich hielt sie inne. Vor ihr auf dem Boden lag ein Goldstück. Sie konnte es kaum glauben und hob es hoch. Vielleicht war es auch nur der Ohrring einer der schrubbenden Damen. Aber nein, es war eine Dublone. Ein Wappen befand sich darauf und der Rand war ungleichmäßig geformt. Es konnte sich doch nur um einen Scherz handeln. Oder ihnen wurden später noch Münzen gezeigt und diese war einem beim Zeigen der Vorgänger-Mannschaft hinuntergefallen und keiner hatte es bemerkt. Sollte sie die Münze abgeben? Jana blickte hoch. Alle Leute schienen beschäftigt, keiner kümmerte sich um sie. Schnell nutzte sie die Gunst der Stunde und steckte die Dublone in ihren BH. Taschen besaß sie nicht. Sie kam sich schlecht dabei vor, aber es war ein wunderbares Andenken an diese Fahrt. Dann hatte sie sich ja doch noch gelohnt! Als kleine Entschädigung für das Schrubben im Urlaub, dachte sie und lächelte vor sich hin.

»Na, Prinzessin, was gibt es da zu schmunzeln? Ist die Aufgabe nicht anstrengend genug?«

Jana zuckte zusammen. Über ihr stand José und hatte die Hände in die Hüften gestützt.

»Doch, schon. Ich dachte nur gerade an etwas.«

»Aha, los weitermachen!«

»Ich habe ein Recht auf eine Pause, schließlich ist es mein Urlaub.«

José setzte eine finstere Mine auf. »Urlaub? Ihr wisst wohl nicht, wo Ihr Euch befindet, was? Hier zählt nicht, was draußen war oder ist.«

»Ich habe aber keine Arbeit gebucht. Ich arbeite das ganze Jahr über und muss mich in meinem Urlaub nicht erniedrigen lassen!« Jana wollte gar nicht so schroff reagieren. Doch die Worte waren raus und sie spürte, wie sich die Wut des Mannes in ihm aufstaute. Mit einem Ruck zog er sie zu sich hoch, so dass ihre Brüste ihn berührten und seine Nase ihre fast anstieß.

»Reizt mich nicht, Lady.«

Jana hielt seinem Blick stand.

Der Bootsmann Rodney rief ihn. Sofort ließ er Jana los und drehte sich grimmig um. »Was ist?«, polterte er.

Rodney kam, flüsterte ihm etwas ins Ohr und nickte auf Jana. Mit einem Ruck riss José den Kopf herum. Ohne zu zögern packte er Janas Handgelenke so, dass sie mit ausgebreiteten Armen vor ihm stand. Kaum hatte Jana das realisiert, schob José sie mit seinem ganzen Körper nach vorne, so dass Jana rückwärts torkelte.

José antwortete nicht, sondern schob sie weiter vor sich her, bis ihr ein Mast den Weg versperrte und sie unsanft dagegen knallte.

»Au! Was soll das?«, rief sie erschrocken.

Ohne ein Wort griff er ihr an den Busen.

Jana schrie auf, wollte ihn mit der frei gewordenen Hand wegstoßen, doch er stand wie ein Fels vor ihr. Schließlich wurde er fündig und hielt die Goldmünze hoch, die sie noch vor wenigen Minuten so triumphierend in ihren BH gesteckt hatte. Ihre Brustwarze stellte sich auf und stach durch den dünnen Stoff der Bluse. José bemerkte es und knetete ohne Umschweife beide Brüste. Jetzt konnte Jana ihn fort stoßen. Er ließ es sich gefallen und lachte, während er sich sein Ergebnis betrachtete und es für alle sichtbar gemacht hatte. Die erigierten Nippel.

Jana rauschte an ihm vorbei, doch er hielt sie am Arm zurück: »Nicht so schnell, Prinzessin. Das werden wir doch nicht ungesühnt lassen.«

»Was meinen Sie damit«, fauchte sie.

»Wenn jemand Gold findet und es behält, so wird er dafür

bestraft. Es muss bei mir oder dem Captain abgegeben werden. So sind die Regeln. Und wer sich nicht an die Regeln hält, der wird nun mal bestraft.«

Jana blieb der Mund halb offen stehen. »Bestraft? Was zum Teufel meinen Sie damit?«

»Kommt drauf an, was der Captain dazu sagt. Ich wäre ja für ausziehen und auspeitschen.« Er lachte wieder.

Einige Pfiffe waren zu hören.

»Sie sind ja nicht ganz richtig im Kopf! Das ist eine Urlaubsreise und kein echtes Piratenschiff – niemand hat das Recht, Hand an mich zu legen. Wenn Sie jetzt bitte meinen Arm loslassen würden! Sonst rufe ich meinen Anwalt an!«

Das war zu viel für José. Er brach in schallendes Gelächter aus und andere fielen mit ein. Unverwandt blickte Jana ihn an und kochte innerlich vor Wut. Das war hier der reinste Kindergarten! Dennoch pochte ihr Herz stark in ihrer Brust, befürchtete sie doch, eine Strafe zu bekommen, bei der ihr Anwalt, etwa achthundert Meilen entfernt, nicht viel ausrichten konnte.

»Ausziehen«, rief einer der Passagiere, ein anderer kicherte.

Der Captain kam herbei. Auf seinen von der Sonne aufgesprungenen Lippen lag ein höhnisches Grinsen. Er hätte wirklich ein echter Pirat sein können. Denn als er den Mund aufmachte, ließ er eine Reihe schlechter Zähne sehen.

»Auspeitschen wäre wohl zu schade um den hübschen Rücken. Aber ein bisschen Seewasser zu kosten, fände ich interessant und dabei würden wir alle noch etwas lernen. Denn, eine der Strafen der Piraten war, das sogenannte ›über die Planke gehen‹.« Er lächelte unsympathisch. »Das sah so aus, dass dem Piraten die Hände auf dem Rücken gefesselt wurden und er über eine Schiffsplanke ins Meer spazieren musste. Dort erwartete ihn der sichere Tod.«

Es herrschte absolute Stille. Jana wich alle Farbe aus dem Gesicht. »Sind Sie völlig wahnsinnig geworden!?«

»Aber, Prinzessin, wieso regt Ihr Euch so auf, wir machen es doch nicht wirklich. Das heißt, wir werden Euch natürlich wieder aus dem Wasser fischen. Niemandem wird auf der Fahrt etwas angetan, was sein Leben in Gefahr bringt.«

»Das ist trotzdem das Letzte. Ich will das nicht! Lassen Sie mich endlich los und kehren Sie mit dem Schiff um, ich will sofort von Bord!«

»Aber, Prinzessin, glaubt Ihr wirklich …«

»Hören Sie auf mit Prinzessin und mit Ihr und Euch! Wir leben in einer zivilen Zeit und ich möchte, dass das auch so bleibt.«

»Das kann schon sein«, bestätigte José, »aber hier, Prinzessin, sind wir auf einem Piratenschiff in der Karibik und da gelten eben andere Gesetzte.«

Jana schüttelte den Kopf. »Das glaube ich nicht!«

»Mir egal! So, und nun Schluss mit dem ganzen Gezicke! Captain Pablo, sagt, was wir mit dieser kleinen Sprotte machen sollen.«

»Über die Planke gehen lassen!«, antwortete dieser grinsend.

Einige Männer grölten und lachten, klatschten in die Hände. Jana roch Rum. Es hatte also auch schon einen Ausschank gegeben. Sie war sprachlos. Wo war sie hier hineingeraten, was konnte sie tun? Hilfesuchend blickte sie sich nach Miguel um, doch sie fand ihn nicht. Stattdessen war der attraktive Mann in ihrer Nähe und versuchte, ein gutes Wort für sie einzulegen, denn sie sah wie er den Kopf schüttelte und auf sie zeigte.

Als Rodney, der Bootsmann, sie packte, riss sie sich los und rannte übers Deck, doch José und einer der Passagiere hielten sie auf. »Nicht so schnell, Prinzessin, erst die Strafe, dann dürft

Ihr flüchten, wohin Ihr wollt«, sagte José.

Jana versuchte, obwohl es sinnlos war, sich gegen die starken Männerhände zu wehren. Vergeblich. Ihr wurden die Handgelenke auf dem Rücken zusammengebunden und bedeutet, sich hinzusetzen. Rodney zog ihr die Schuhe aus.

In diesem Augenblick erschien Miguel. Er war unter Deck gewesen. Mit schnellem Blick versuchte er, sich von der Situation ein Bild zu machen. Als er Jana auf einem Fass sitzen sah, kam er heran. »Was ist passiert?«, fragte er.

»Geh weg, Miguel, das ist nichts für dein weiches Herz. Wir haben hier eine Gefangene, die ein Goldstück geklaut hat und nun ordnungsgemäß bestraft wird«, zischte Rodney.

»Was? Wie denn bestraft?«

»Über die Planke gehen!«, rief einer der Passagiere.

»Ja, schickt sie ins Wasser. Aber zieht ihr vorher noch die Klamotten aus, wir wollen nackte Haut sehen«, rief ein anderer. Einige Männer, auch Frauen, lachten und riefen dann durcheinander.

Jana konnte nicht glauben, dass die Passagiere im Handumdrehen auf der Seite der Piraten standen. Was waren das für Menschen?

»Keine schlechte Idee«, griente José und drehte sich zu Jana um, zog sie wieder mit einem Ruck zu sich und knöpfte ihr langsam die Bluse auf.

Sie versuchte, sich ihm zu entwinden und ruckte ihren Körper zur Seite.

»Hey, Schluss damit!«, rief Miguel. »Wir sind doch keine Barbaren! Lasst sie gehen. Wir müssen kein Exempel statuieren, nur um die Geschichte der Piraten anschaulicher zu gestalten.«

»Halt den Mund, Miguel«, donnerte Captain Pablo.

»Für einen echten Piraten gehört es sich, die Meinung der

gesammten Mannschaft anzuhören. Wir sollten abstimmen«, schlug Miguel vor.

»Okay«, rief Captain Pablo, »wer ist dafür, unsere Dublonen-Diebin über die Planken gehen zu sehen?«

Die Mehrheit der Passagiere hob die Hand, auch Frauen.

Ehe sie wusste wie ihr geschah, wurde Jana von José gepackt und hochgehalten. Rodney legte eine Planke quer über die Reling und beschwerte sie mit einem Fass. José stellte Jana darauf und ließ sie los.

Mit klopfendem Herzen stand Jana auf der Planke und blickte nach vorne zum Meer. Türkisblau strahlte es ihr entgegen. Schweiß brach ihr aus und ihre Angst vor Haien kehrte zurück. Was wäre, wenn sie ins kalte Nass sprang und ein Hai auf sie wartete …?! »Was ist mit Haien! Wer garantiert mir, dass er mir nicht den Kopf abbeißt, wenn ich gelandet bin?«

»Ach, Prinzessin, darüber macht Euch mal keine allzu großen Gedanken«, sagte José. »Hier gibt es nur Hammer-, Mako- und Bullenhaie. Die ersten beiden greifen Menschen so gut wie nie an und für den Bullenhai seid Ihr doch nur ein Häppchen. Nicht der Mühe wert, überhaupt zu Euch zu schwimmen!« Er lachte und andere fielen mit ein. Auf einmal, als wäre ein Knoten geplatzt, fingen die Männer wieder an zu grölen und zu rufen. Sie trieben Jana mit Worten an und klatschten dabei laut in die Hände. Sie wollten endlich etwas geboten bekommen.

Doch Angst saß Jana in den Knochen. Was, wenn sie nicht rechtzeitig gerettet wurde und wenn ein Hai kam und ihrem Leben ein Ende setzte? Sie spürte, wie Panik in ihr hochkroch und ihren Herzschlag extrem beschleunigte. Sie konnte sich nicht von der Stelle rühren, die Angst lähmte ihre Bewegungen.

Sie blickte sich nach den wenigen Fürsprechern um. Der

gutaussehende Mann kaute nervös an seiner Unterlippe. Miguel blickte ihr gerade in die Augen und sie bemerkte erst jetzt, dass er vom Bootsmann Rodney und dem bulligen Schiffskoch Ed festgehalten wurde. Dieser Anblick brachte ihr Herz in Wallung und sie wollte sich gerade umdrehen und zurück aufs Schiff laufen, als sie zwei lange Enterhaken im Rücken und an den Beinen spürte.

»Los, geh endlich, wir wollen was für unser Geld sehen«, hörte sie aus den Reihen. Johlende Laute und Rufe mischten sich hinein. Die Enterhaken trieben sie immer weiter nach vorne auf die Spitze. Jana atmete schwer und schloss die Augen.

In diesem Augenblick hörte sie Schreie und Stimmengewirr. Sie blickte sich um. Miguel hatte sich losgerissen und sprang auf die Planke. Drei Männer hinter ihm her. Janas Herz raste.

»Los, schmeiß den Ketzer gleich mit rein«, rief jemand.

Jana wollte zurücklaufen, streckte sogar die Hand nach Miguel aus, doch der harte Schlag einer Stange traf ihre Beine und sie stürzte mit einem Aufschrei ins Wasser. Laut schlug das kühle Nass über ihr zusammen. Automatisch wollte sie mit den Armen Schwimmbewegungen ausführen, doch ihre Hände waren ja gefesselt. Wild und in Panik riss sie die Augen auf und strampelte so stark sie konnte mit den Füßen. Sie schaffte es an die Wasseroberfläche, aber nur, um sofort wieder unterzutauchen. Sie wollte schreien, doch der Verstand sagte ihr, dass sie dann am Wasser ersticken würde.

Ein Klatschen war zu hören. Dann noch eins. Ihre Panik reichte, um die erste Ladung Wasser zu schlucken. Sie kämpfte sich an die Oberfläche und zog mit weit aufgerissenen Augen Luft ein. Sofort sackte sie wieder ab. Jana wollte nicht ertrinken, hoffte auf irgendjemanden, der ihr zu Hilfe kam. Doch ihre Hoffnungen schwanden, als sie Wasser einatmete …

In diesem Augenblick wurde sie an die Oberfläche gerissen und hochgehalten. Jana strampelte mit den Füßen, hustete erneut, riss an den Fesseln. Die Fesseln wurden durchgeschnitten. Sie blickte in Miguels Augen. Er hielt sie noch eine Weile fest, bis sie sich beruhigt hatte. »Geht´s wieder?«

Sie nickte, unfähig zu sprechen.

»Schwimm zur Rückseite des Schiffes«, keuchte Miguel.

Sofort kam Janas Panik wieder. »Und du?«

Ihre Frage wurde beantwortet, indem sie sah, wie Rodney mit dem Messer auf ihn losging. Augenblicklich löste sie sich von Miguel und schwamm zum Schiffsheck. Eine Strickleiter wurde Schiffskoch und einem der Passagiere festgehalten. Jana kletterte mit zitternden Knien hinauf. Ihre Augen brannten vom Salzwasser.

Der Schiffskoch Ed nahm sie in Empfang und hob sie über die Reling. »Danke«, flüsterte Jana und versuchte, ihr Zittern zu unterdrücken.

Die Leute um sie herum pfiffen und johlten. Ein Tuch wurde ihr gebracht. »Ach Quatsch!«, rief José und schleuderte es weg. »Wer braucht schon ein Tuch, wenn er einen solchen Anblick bietet. Nicht wahr, Männer?!« Sofort griff er ihr wieder an den Busen. Jana schlug grob seine Hand weg.

»José, lass sie in Ruhe«, rief Captain Pablo. José lachte.

Jana wusste, dass ihre Nippel steif und erigiert waren, dass sie für jedermann sichtbar durch die weiße, nasse Bluse stachen, trotz ihres BHs. Dazu musste José sie nicht einmal anfassen.

»Ausziehen!«, rief einer und zwei weitere bestätigten das.

In dieser Situation fragte Jana sich, was Miguel und Rodney so lange im Wasser machten. Wieso kamen sie nicht an Bord?

Einer der Passagiere schaffte es, ihr die Bluse auszuziehen, obwohl Jana zappelte und trat. Doch sie wehrte sich vergeblich, denn zwei Männer hielten sie fest. Ein anderer Passagier kam dazu und fasste in ihren Schritt.

»Aufhören!«, donnerte Captain Pablo und schoss mit einer Pistole in die Luft. »Wir sind doch keine Kanalratten. Wir sind Piraten! Lasst das Mädchen los!«

Die Männer taten es. Sofort zog Jana ihre Bluse provisorisch über die Brüste, holte zitternd Luft und wich ein paar Schritte zurück. Sie stieß an einen Mann und zuckte erschrocken zusammen. Starke Hände legten sich um ihre Schultern. Es war Miguel. Vor Erleichterung hätte sie beinahe geweint, sich am liebsten an seine Brust geworfen. Stattdessen spürte sie nur, wie ihr die Hitze ins Gesicht schoss. »Was ist passiert?«, flüsterte sie.

»Nur ein kleiner Kampf im Wasser – nichts Wildes«, gab Miguel zurück und tropfte auf die Schiffsplanken.

»Piraten hin oder her, ich möchte nicht, dass es Handgreiflichkeiten unter den Passagieren gibt«, sagte Captain Pablo. »Das gilt auch für dich, José.«

Dieser brummte etwas vor sich hin und trat nach einem Hanfseil. »Man wird ja wohl ein bisschen Spaß haben dürfen, wir sind schließlich Piraten.«

»Aber Piraten haben auch ihren Stolz. So, und nun reißt Euch zusammen. Wir haben ein schönes Beispiel gesehen, wie es auf einem Piratenschiff zugegangen sein kann. Jetzt werden wir die Arbeit niederlegen, uns zusammensetzen, ein bisschen Grog trinken, Tintenfisch essen und über die Piraten und deren Vergangenheit plaudern. Miguel, geh runter zu Ed und lass dich verbinden. Rodney, mit dir möchte ich mich noch unterhalten. Auf geht's.«

Rodney schlurfte nass wie ein Hund an Jana vorbei und hielt sich den Arm. Captain Pablo wirkte sehr verärgert und zerrte ihn mit sich fort zum Bug.

Jana blickte sich um. Miguel ging gerade unter Deck. Sie knöpfte sich ihre Bluse im Gehen zu, während sie Miguel über die schrägen, ungleichmäßigen Stufen folgte. Unten angekommen, erwartete er sie. Sein Hemd war oberhalb der Brust blutdurchtränkt. Jana erschrak. »Oh mein Gott …«

»Alles halb so wild.«

»Aber warum? Es soll doch angeblich nur ein Spiel sein.«

»Guck dich an. Das war schon kein Spiel mehr.«

»Ich verstehe das nicht. Ist das immer so bei euch?«

»Kann ich nicht sagen. Bin das erste Mal dabei.«

Jana schüttelte den Kopf. »Ich bin wirklich schockiert, habe so etwas einfach noch nicht erlebt. Wenn du nicht gewesen wärst, hätte mich wahrscheinlich ein Hai verspeist.«

Miguel lächelte. »Na, so schnell geht das nicht.«

Jana blickte ihn einige Zeit an, dann sagte sie. »Danke.«

»Wofür? Dass ich meinen Job mache?«

»Das war mehr als das.«

»Ich muss jetzt zum Koch. Er soll mir ein Pflaster mit kleinen blauen Elefanten aufkleben.«

Jana lachte. »Wenn du willst, verbinde ich dir die Wunde.«

Miguel überlege kurz und nickte dann. »Na schön.«

Sie ging in ihre Kajüte und holte ihre Arzttasche.

»Das sieht ja fachmännisch aus«, sagte er mit einem Blick auf die Tasche.

Sie lächelte. »Vielleicht liegt es daran, dass ich Ärztin bin.«

Einen Augenblick guckte er sie an, setzte sich dann auf ihr kleines Bett. »Ich habe selten so schäbige Kajüten gesehen«, sagte er. »Dagegen sind unsere die reinsten Juniorsuiten.«

»Anscheinend sollen sie als abschreckendes Beispiel gelten.«

Er nickte.

Jana versuchte, das Hemd weiter aufzureißen. »So geht es

leider immer noch nicht. Kannst du das Hemd ausziehen?«
»Klar.«
Sie hockte sich vor ihn.
»Soll ich sonst noch was ausziehen?«, fragte er schmunzelnd.
Sie blickte zu ihm hoch und sagte: »Noch nicht.«
»Schade.«
»Tu dir keinen Zwang an, Bootsmann. Wenn du die Sachen unbedingt loswerden willst ...«
»Hast schon recht. Vielleicht später.«

Mit verzerrtem Gesicht zog er das nasse Hemd über den Kopf. Jana half ihm dabei und stieß mit einer Brust an seine Wange. Sie spürte, wie sie rot wurde. Als sie ihn mit einem schnellen Blick betrachtete, wie er oben herum gebaut war, spürte sie noch mehr Röte in sich aufsteigen.

Jana betupfte die Wunde mit Jod und hielt sich dabei an seiner Schulter fest. Sie war hart und gestählt. Sein Körper spannte sich und er zog scharf die Luft ein. Nochmals tunkte sie den Tupfer in Jod, presste ihn gegen die Wunde und säuberte sie. Wieder spannten sich seine Muskeln unter der bronzefarbenen Haut. Seine Brustwarzen waren steif und sie sah, wie sein Herz klopfte. Jana spürte, wie sie auf ihn reagierte. Ihr Unterleib wurde warm und ihre Muschi feucht. Sie versuchte, an Gary zu denken, sich abzulenken und sich ins Gedächtnis zu rufen, dass sie fast verheiratet war. Aber das hier auf dem Schiff war nicht ihr reales Leben! Sie war ein blinder Passagier, befand sich in einer anderen Zeit und in einer anderen Welt, und vor ihr saß ein Pirat. Miguel. Sie spürte, wie sie in seiner Nähe immer schwächer wurde. Mit zitternden Fingern drückte sie ihm ein großes Wundpflaster auf die Stelle. Er packte ihre Handgelenke und legte sie sich auf die Brust. Sie blickten sich an. Mit einem Ruck zog er sie zu sich heran und küsste sie stürmisch. Jana antwortete sofort. Ihre Zungen verschlangen sich förmlich. Ehe Jana reagieren konnte, ließ sich Miguel vom Bett aus vorsichtig auf sie sinken und drückte sie auf den Holzboden. Er öffnete die provisorisch zugeknöpfte Bluse und zog sie zur Seite. Berauscht massierte er ihre Brüste und biss sanft in die Brustwarzen, die sich unter ihrem BH sofort noch mehr aufrichteten als sie es schon waren.

Jana seufzte tief. Sie wollte mehr, war gierig nach ihm und drückte sich nach vorne. Er verstand und hakte schnell den BH auf, warf ihn zur Seite. Dann rutsche Miguel von ihr und zog den nassen Rock aus. Behutsam küsste er ihren Bauch und glitt mit der Zunge zu ihren Brüsten, kreiste auf den steifen Nippeln, saugte daran und entlockte Jana einen Seufzer. Sie wühlte sich in seine langen Haare und drückte ihm ihr Becken entgegen.

»Du willst wohl mehr, was?«, raunte er.

»Ja«, hauchte sie.

Er presste seine Lippen auf ihre und schob seinen Körper auf sie. Langsam bewegte er seinen Unterleib, wobei er sich rechts und links neben ihr auf dem Boden abstützte, so dass seine Muskeln deutlich unter der braunen Haut zu sehen waren.

Jana stöhnte leise. Sie spürte seinen harten Schwanz durch die dünne Segeltuchhose und konnte sich kaum beherrschen. Lüstern spreizte sie die Beine, als würde sie ihre Möse nur für seinen Schaft öffnen.

Miguels nackter Oberkörper überzog sich mit einem leichten Schweißfilm. Er glänzte im schräg einfallenden Sonnenlicht, das sich durch die kleine Fensterluke quälte. Sein langer schwarzer Zopf war nach vorne gefallen und Wassertropfen liefen von ihm an seiner Brust hinunter und tropften auf Jana. Sie stöhnte und bog ihm ihren Oberkörper entgegen. Sofort saugte er an ihren Brustwarzen, nahm eine Hand dazu und presste die Nippel mit Daumen und Zeigefinger. Jana stöhnte und kreiste rhythmisch unter seinem harten Schwanz.

»Oh Gott, ich will dich!«, raunte er und stand auf. Rasch entledigte er sich seiner Hose. Er trug nichts darunter.

Janas Herz klopfte, als sie den stark erigierten Penis sah, der sich gleich in sie senken würde. Er kniete sich hin und zog ihren Slip aus. Seine Augen huschten darüber und Jana war es auf einmal peinlich. Doch nicht lange, denn er fuhr langsam mit der Hand über ihre seidige Scham. Jana erschauderte und bekam eine Gänsehaut.

»Du wirkst, als siehst du zum ersten Mal eine Frau«, flüsterte sie.

Er lächelte, beugte sich zu ihrem Ohr und murmelte: »So, wie du aussiehst, tue ich das auch.«

Sie schüttelte verwirrt den Kopf.

»Ich habe noch nie eine blonde Frau in natura nackt gesehen«, half er ihr auf die Sprünge, »noch dazu eine, die so einen hübschen Körper hat, wie du.«

Sie streichelte seinen Rücken und zog ihn zu sich. »Komm zu mir, ich will dich in mir spüren.«

Er legte sich neben sie und seine Hand glitt zwischen ihre Schenkel. Langsam und ausgiebig strich er dort hin und her, erkundete ihre Weiblichkeit. Jana schloss die Augen und gab sich ganz seiner Fingerfertigkeit hin. Sie wusste, dass sie feucht war, doch seine Finger machten sie nass. Schließlich tauchte einer von ihnen in ihre glühende Spalte. Jana seufzte auf. »Oh Gott, komm endlich zu mir.«

Miguel schob sich auf sie, wobei sie seinen harten Schwanz spürte. Jana spreizte die Beine, um ihm Einlass zu gewähren. Ihr Körper war erregt und ihre Knie zitterten erwartungsvoll.

»Hey, Miguel. Hier bist du also. Los, steig von der Kleinen ab, sie suchen dich schon überall!«, sagte Ed der Koch, als er in die Kajüte platzte. So schnell wie er gekommen war, verschwand er wieder.

Miguel rollte sich zur Seite. »Tut mir leid«, flüsterte er.

»Schon gut«, gab Jana peinlich berührt zurück.

»Wir holen das nach, das verspreche ich dir!« Er gab ihr einen Kuss aufs Haar, zog sich an und war ruck zuck aus dem Zimmer verschwunden. Jana fühlte sich unbefriedigt, verlassen und einsam.

Lange dachte sie in ihrer Kajüte darüber nach, ob sie diesen ganzen Haufen Pseudo-Piraten nicht verklagen sollte. Sie kannte da wirklich einen guten Anwalt. Aber letztendlich war es der Mühe nicht wert und so richtig beweisen konnte sie auch nichts.

Jana musste sich zwingen, wieder an Deck zu gehen. Ihr war die Lust auf die Leute und die Piratentour vergangen. Doch die laue Abendluft tat ihr besser als sie gedacht hatte. Erst jetzt stellte sie im Vergleich fest, wie stickig es doch im unteren Teil des Schiffes gewesen war.

Eine Duftwolke von Alkohol wehte zu ihr herüber und brachte Lachen, Johlen und dumpfe Geräusche mit sich. Am Horizont ging langsam die Sonne unter und für einen kurzen Moment hatte Jana das Gefühl, auf einem echten Piratenschiff zu sein. Gischt schäumte um den Bug und sie beobachtete die Wellen, durch die das Schiff unbeirrbar seinen Weg fortsetzte.

»Aye, Prinzessin, wieder erholt vom Schrecken?« José grinste sie von der Seite an.

»Lassen Sie mich in Ruhe«, zischte Jana.

»Aber, aber, wer wird denn da noch immer so angefasst sein«, sagte er und rückte zu ihr heran.

Jana wich zurück. »Wenn Sie mich berühren, dann ...«

»Dann?« Lust brannte in seinen Augen.

»José, los verzieh dich!«

»He, Miguel, du hast mir gar nichts zu sagen, du Angeber.«

»José, kannst du mal kommen?«, bat Roney.

»Was ist denn los, bin gerade im Gespräch. Verdammt!«, knurrte José und spuckte über die Reling, bevor er sich schnaufend entfernte.

»Wie geht es dir?«, fragte Miguel.

»Gut.«

»Ich wollte dich etwas fragen, also, eher bitten ...«

»Ja?!«

»Ich weiß, dass es ein bisschen viel verlangt ist, aber ... könntest du ...«

»Miguel, komm, du sollst beim Essenauftragen helfen«, rief Rodney.

»Bin gleich da.« Er wandte sich wieder an Jana.

»Nein, jetzt!« Rodney blickte ihn herausfordernd an. Sein rechter Arm lag in einer Schlinge. Jana erschauderte. Das war Miguels Werk gewesen.

Sie sah, wie Miguel mit sich rang. Wenn er sich weigerte, wäre er mit Sicherheit seinen Job los. Miguel blickte Jana in die Augen, wandte sich dann wortlos ab. Rodney folgte ihm grinsend.

***

Das Essen war ärmlicher als es Jana erwartet hatte. Es gab zwar Fisch, Krebse und gekochtes Rindfleisch, aber dazu lediglich schwarze Bohnen, die Jana nicht sehr besonders mochte, und Reis. Die weitere Hauptmahlzeit bestand aus Arepas – kleine Maispfannkuchen, die man selber mit den unterschiedlichsten Dingen belegen konnte, wie Käse, Fleischstreifen, Schinken, Eiern oder Ähnliches – dazu gab es jede

Menge Bier, Rum und Grog. Zum Glück auch Wasser, sonst wäre Jana wohl beim ersten Schluck Rum umgekippt, denn bisher hatte sie noch nicht viel gegessen.

Sie verstand nicht, warum das Essen unter Deck stattfinden musste. Eingepfercht in einem engen, stickigen Raum mit nur sehr wenig Tageslicht, saßen die Leute plaudernd zusammen und schlangen das Essen in sich hinein. Jana hatte das Gefühl, dass der Alkoholpegel schon so groß war, dass die meisten überhaupt nichts mehr merkten. Vielleicht war diese Piratentour auch deshalb so beliebt. Keiner schien sich so unwohl zu fühlen wie Jana. Sie sehnte sich nach Miguels weicher Haut, seinen starken Muskeln, den kräftigen und doch so sanften Händen und seinen lüsternen Augen. Als sie den Blick im schummerigen Licht schweifen ließ, entdeckte sie ihn. Sein Blick war auf sie geheftet. Sofort beschleunigte sich ihr Herzschlag. Er hatte die Ellenbogen auf den Tisch gestützt und die Hände ineinander gefaltet, ab und zu wurde er von seinen Tischnachbarn angerempelt. Er reagierte gar nicht darauf, hatte nur Augen für sie, Jana. Unverwandt blickten sie sich an. Irgendwann verzog sich sein Mund zu einem leichten Lächeln, das Jana erwiderte.

Zu gerne hätte sie sich alle Leute fortgewünscht und ihm ihren nackten Körper dargeboten. Ihr Verlangen nach ihm wurde fast unerträglich. Seinen starken Schwanz in sich zu spüren, musste gigantisch sein.

Jana wurde zum Abräumen verdonnert, wie einige andere Passagiere auch. Sogar spülen musste sie. Der Koch war zum Glück ein netter Mann, mit dem man sich gut unterhalten konnte, sonst hätte die Arbeit wohl noch länger gedauert.

Zum Würfel- und Kartenspiel ging Jana nicht an Deck, sondern blieb in ihrer Kajüte. Sie hasste solche Art von Spiel und die daraus entstehenden Unstimmigkeiten, besonders wenn der Alkohol so sehr floss, wie hier.

Sie dachte an Miguel und hoffte, er würde sein Versprechen einlösen und zu ihr kommen. Sie wartete und blickte durch die kleine Fensteröffnung aufs Meer hinaus. Die Sonne war inzwischen untergegangen und hatte nur einen leichten helllila Schimmer am Himmel hinterlassen. Auf der anderen Seite war schon tiefschwarze Nacht.

Langsam schlummerte Jana weg. Im Halbschlaf nahm sie wahr, wie die Männer an Deck grölten und stampften. Musik wurde gespielt und Frauen kreischten. »Los, zieh dich aus, Mädchen«, hörte Jana jemanden rufen. Sie stellte sich vor, wie sie sich die Kleider vom Leib riss und wild um ein Feuer tanzte. Feuer auf einem Schiff? Nein, sie war an Land. Ein Lagerfeuer. Jana erwachte. Es war heiß und stickig in der Kajüte. Auf dem Deck war Gepolter und Lachen.

Sie ließ sich wieder zurücksinken und fiel in einen Halbschlaf, in dem ihr nackt tanzende Frauen begegneten, die ausgelassen und vor Freude kreischten und sich Männern an den Hals warfen. Eine Frau schnappte sich Miguel. Sie umgarnte ihn und presste ihre hübschen Brüste in sein Gesicht. Mit gespreizten Beinen setzte sie sich auf seinen Schoß und bewegte sich rhythmisch. Erst jetzt stellte Jana fest, dass Miguel nichts anhatte und die hübsche Frau auf seinen kräftigen Oberschenkeln saß und seinen harten Schwanz ritt. Jana war tief verletzt, sprang auf, rannte zur Frau und riss sie zu sich herum. Doch diese lachte nur und kam zum Höhepunkt, während ihre großen Brüste schaukelten und sie immerzu Miguels Namen rief. Das schlimmste war, Miguel kam auch, aber er rief Janas Namen!

Janas Kopf schoss nach oben. Sie war schweißgebadet und

blickte in Miguels Augen. Sie stieß einen erstickten Schrei aus. Die Haare klebten ihr am Gesicht, sie atmete schwer.

Miguel legte ihr die Hand auf den Mund: »Pst, ich bin es.« Sie beruhigte sich etwas und er nahm die Hand wieder weg.

»Was machst du hier?«, fragte sie.

»Komm mit.«

»Wohin?«

»Stell keine Fragen. Komm einfach.«

Jana versuchte, einen klaren Kopf zu bekommen, aber sie war müde, es war unerträglich heiß und ihre Gliedmaßen schwer. Sie stand auf. Als sie wankte, fasste er sie am Arm und zog sie mit sich fort.

Als sie an Deck kamen, schlug ihr die Nachtluft entgegen. Es war auch hier noch immer sehr warm und feucht. Jana war dieses karibische Klima nicht gewohnt. Dennoch fand sie die Sprache wieder. »Wo wollen wir hin?«

»Bitte, stell keine Fragen.«

»Das sagtest du bereits.« Sie blieb stehen. »Ich will trotzdem wissen, was du vorhast.« Jana kam es sonderbar vor, dass er so nervös wirkte. Nicht verführerisch, wie sie es sich erhofft hatte.

Er drehte sich zu ihr um und sein Gesicht wirkte angespannt. »Es ist wichtig, dass du mir vertraust, was auch immer passieren wird. Tust du das?«

»Was auch immer passieren wird? Was wird denn passieren?« Jana war auf einmal hellwach.

»Wir müssen in das Boot steigen. Bitte, vertrau mir!«

Jana wurde unsicher und dann trotzig. »Ich vertraue niemandem. Ich kenne dich kaum.«

»Bitte steig die Strickleiter hinunter.«

»Nein!«

Miguel zischte wieder ein »Pst«.

»Jetzt beeil dich oder willst du alle Leute wecken!«, zischte eine weitere Männerstimme.

Miguel packte Jana grob, verklebte ihr mit einem Streifen Klebeband den Mund. Sie schrie, soweit es ihr möglich war, und zappelte. Seine starken Hände rissen sie zur Längsseite des Schiffes mit sich fort. Sie versuchte, den zweiten Mann zu erkennen, doch auch er trug Piratenklamotten und hatte sich zusätzlich ein Tuch um den Mund gebunden. Sie rief Miguels Namen, wollte, dass er zur Vernunft kam, doch sie brachte nur dumpfe Laute hinter dem Klebeband hervor.

Jana konnte es nicht glauben. Ausgerechnet *ihm* sollte sie vertrauen!

Grob drückte er sie gegen eine Holzseite und zischte ihr zu: »Geh da runter!« Und dann: »Warte! Juan, geh vor!«

Juan schob sich an beiden vorbei und kletterte die Strickleiter hinunter. Jana folgte ihm unsicher. Unten angekommen, hob Juan sie von der Leiter in ein Ruderboot. Er grinste sie an. »Mein Bruder hat gar nicht gesagt, wie hübsch du bist.«

Miguel sprang ins Boot. Er stieß Juan von ihr: »Lass sie in Ruhe, wir brauchen sie noch«, zischte er und fesselte Janas Hände. Dann drückte er Jana auf die mittlere Sitzbank, setzte sich selber vorne ins Boot und nahm die Ruder. Schnell warf er einen Blick nach oben aufs Piratenschiff und ruderte los.

Jana war den Tränen nahe. Sie wurde vom Schiff weggerudert, wo ihre ganzen Sachen waren, wo sie noch Kontakt zu ihrer Welt hatte. Nun begab sie sich in die Hände zweier Männer, die sie nicht kannte, die irgendetwas mit ihr vor hatten und ihr Furcht einflößten. Mitten in der Nacht ruderten sie ins Nichts. Vielleicht warfen sie sie auch einfach über Bord und gaben den Haien ihr Nachtmahl. Jana fing an zu zittern, obwohl sie es nicht wollte. Die innere Anspannung wurde so groß, dass sie sie kaum noch im Zaum halten konnte. Sie hoffte auf Miguel. Sie hatte das Vertrauen in ihn fast gänzlich verloren. Allerdings war ein kleiner Funken noch übrig geblieben, an den sie sich klammerte.

Als hätte er ihre Gedanken gelesen, beugte er sich zu ihr herüber und riss mit einem Ruck das Klebeband von ihrem Mund. Sie unterdrückte einen Schmerzenslaut, dann drehte er sie so zu sich um, dass er an ihre Fesseln kam und zog sie runter.

Als das Piratenschiff fast außer Sichtweite war, legte Miguel die Ruder hin, tauschte mit Juan die Plätze und warf einen kleinen Motor an. Jana konnte nicht mehr sagen, wie lange sie so unterwegs waren. Ihr Zittern ließ etwas nach, kam aber in Schüben zurück. Irgendwann tauchte die noch nicht vorhandene Sonne den Horizont in einen hellblaurosa Streifen, der sich dann in ein warmes Orange färbte. Mit dem Morgengrauen kehrte auch Janas Hoffnung zurück. Inzwischen hatte Juan sein Tuch abgenommen und den Piraten-Hut beiseite gelegt. Er sah Miguel ziemlich ähnlich.

In einiger Entfernung konnte Jana eine Insel erkennen. Was wollten sie dort mit ihr? Wollten sie Jana entführen und sie auf der Insel ansiedeln? Sie konnte sich wirklich keinen Reim aus dem Ganzen machen. Wenn Miguel sie hätte haben wollen, hätte er sie jederzeit in ihrer Kajüte haben können, sie war ja mehr als bereit dazu gewesen. Im Stillen ärgerte sie sich, wie leichtsinnig sie gewesen war und wie schnell sie sich mit diesem falschen Piraten eingelassen hatte. Sie blickte zu ihm hinüber. Er guckte, in Gedanken versunken, übers Meer, dann zu ihr. Anscheinend hatte er ihre Musterung bemerkt. Schnell wandte sie ihre Aufmerksamkeit dem immer näher kommenden Festland zu.

»Was wollen wir dort?«, fragte Jana über den Motorenlärm.

»Mund halten«, fauchte Juan.

»Wenn Sie mich schon entführen, dann hab ich wohl das gute Recht, zu erfahren, wo ich hingebracht werde.«

»Wenn ich dir das erzählen würde, Schätzchen, wäre es doch keine richtige Entführung mehr, oder?«

»Sie sind also Miguels Bruder?«

Verblüfft starrte er sie an, dann fand er seine Sprache wieder. »Halt den Mund, sonst werfe ich dich den Haien vor!«

»Hey, beruhig´ dich!«, sagte Miguel.

»Idiot«, zischte Juan und guckte aufs Meer.

»Das ist also kein Piratenstreich, der zur Belustigung aller Passagiere beitragen wird?«, fragte Jana.

»Nein, kein Streich, alles echt«, antwortete Miguel.

Schließlich näherten sie sich dem Strand. Die Sonne schob sich gerade über den Meeresrand und brachte Wärme mit.

Juan sprang ins Wasser und streckte die Arme nach Jana aus. Sie stand auf und ließ sich von ihm über den Bootsrand heben. Das Wasser reichte ihr bis zu den Oberschenkeln und tränkte sofort ihren langen Rock.

Jana blickte zum Boot zurück.

»Nun komm schon, Mädchen, Miguel wird es auch ohne deine Hilfe schaffen«, sagte Juan genervt.

Miguel warf einen kleinen Sandanker und sprang ebenfalls ins Wasser. Da Jana noch nie mit einem langen, durch das Wasser schweren Rock, durchs Meer gewatet war, stolperte sie und stützte sich mit beiden Händen im Wasser ab. Was nicht mehr viel nützte, denn nun waren alle ihre Klamotten durchnässt.

»Pass doch auf!«, schnauzte Juan sie an, drehte sich wieder nach vorne und stapfte kopfschüttelnd weiter.

Miguel packte sie am Oberarm, zog sie hoch und mit sich.

»Wo sind wir hier?«, fragte sie Miguel leise.

»Isla Cubagua.«

»Und was wollen wir hier?«

»Wirst du gleich erfahren.«

Die Insel wirkte klein und flach, der Strand war nicht besonders tief und Palmen waren nur spärlich gesät. Einige Kakteen säumten die getretenen Pfade aus rotbräunlicher Erde.

Nach etwa zehn Minuten kamen sie zu einer Art kleiner Siedlung. Dort stand eine Fischerhütte neben der anderen. Nicht viele, höchstens zwanzig. In eine von ihnen trat Juan ein. Jana hielt inne und blickte zu Miguel. Dieser nickte. Nervös betrat sie die Hütte.

»Mama, bist du wach? Soy yo, Miguel«, sagte Miguel leise und liebevoll.

Taktvoll blieb Jana in dem Raum stehen, der Küche, Ess- und Wohnzimmer in einem zu sein schien. Juan bedeutete ihr, zu warten und ging ebenfalls in den Raum, aus dem die Stimmen kamen. Alle drei redeten leise miteinander. Dann rief Miguel sie.

Langsam ging Jana in das Schlafzimmer. Auf einer kleinen Holzpritsche lag eine Frau, die am ganzen Körper zitterte, daneben in einem zweiten Bett ein kleiner Junge von etwa zwölf Jahren. In einem dritten Bett ein älterer Mann, er schlief noch, schüttelte sich aber auch in Schüben.

Miguel stand auf und kam Jana entgegen. »Meine Mutter ist krank. Kannst du ihr helfen?«

»Deine Mutter ist krank?« Jana wusste nicht, was sie davon halten sollte.

»Sie ist *schwer* krank«, fügte Juan hinzu.

»Warum holt ihr denn keinen Arzt?«, fragte Jana.

»Pass mal auf, amiga…«, Juan baute sich vor ihr auf. Miguel

hielt einen Arm zwischen ihn und Jana und schob ihn damit zur Seite. »Wir haben kein Geld für einen Arzt. Derjenige, der regelmäßig auf die Insel kommt, ist uns zu teuer geworden. Deshalb gibt es keinen mehr. Wir müssten unsere Mutter aufs Festland fahren. Aber da wir nicht wissen, was unsere Mutter hat, wollten wir kein Risiko eingehen.«

»Du bist doch Ärztin, oder nicht?«, fragte Juan skeptisch.

»Ja, das bin ich. Und deshalb entführt ihr mich einfach?«

Juan schubste Miguel zur Seite und drückte Jana mit seinem ganzen Körper an die Wand. Sein Mund war nur wenige Zentimeter von ihrem entfernt. »Meine Mutter liegt wahrscheinlich im Sterben. Und nicht nur sie, mein kleiner Bruder und mein Vater ebenfalls, und je länger wir jetzt mit einander Unfug quatschen, desto weniger habe ich noch von ihnen! Also, entscheide dich! Willst du uns jetzt helfen?«

Sie nickte langsam. Juan ließ sie los. Vorsichtig ging Jana zum Bett der Frau und kniete sich hin. Diese drehte langsam den Kopf und zitterte. Miguel zündete ein Windlicht an.

»Es una mujer«, flüsterte die Frau.

Jana nahm ihre Hand, doch die Kranke entzog sie ihr sofort. Verwirrt blickte Jana zu Miguel.

»Sí, pero también es doctora«, sagte er und redete beruhigend auf sie ein.

»Was ist los?«, wollte Jana wissen.

»Meine Mutter ist skeptisch, weil du eine Frau bist.«

Jana legte vorsichtig ihre Hand auf die Stirn der Mutter. Sie war heiß und schweißnass. Langsam zog Jana die Decke ein Stückchen hinunter und tastete behutsam den Bauch ab, drückte auf die Leber, dann knöpfte sie das leichte Hemdchen auf. Die Frau hielt Janas Hände mit der flachen Hand fest und sah Miguel fragend an, dann Juan.

»Mamà … todo está bién«, sagte Miguel.

»Ich muss mir ihre Haut ansehen, um sicherzugehen, dass sie kein Dengue-Fieber hat«, sagte Jana leise.

Miguel übersetzte das und schob noch ein paar Sätze hinterher. Dann bedeutete er Juan, mit hinauszugehen. Dieser folgte.

Jana schob das Hemdchen zur Seite und die Frau ließ es geschehen, so dass Jana sich die Haut ansehen konnte. Danach fühlte sie ihren Puls. Schließlich streckte sie der Frau die Zunge heraus und zeigte darauf. Die Frau machte es ihr nach. Jana nickte und sagte: »Gracias.« Die Mutter lächelte schwach und wurde wieder von einer Fiberwelle geschüttelt. Gerade als Jana sich umdrehte, um zur Tür zu gehen, kam Miguel herein und brachte ihre Arzttasche.

»Ich dachte, die brauchst du vielleicht.«

Sie blickte ihn an. »Wo hast du sie her?«

»Ich hab sie mitgenommen, als du noch geschlafen hast. Juan legte sie ins Ruderboot. Habe sie eben nur vergessen.«

»Danke«, flüsterte Jana.

»Wie sieht es aus, kannst du schon etwas zum Gesundheitszustand meiner Mutter sagen?«

»Es ist sehr schwer einzukreisen. Sie hat eine Fieberart, so viel ist klar. Dengue-Fieber ist es wohl nicht, sie hat keinen Hautausschlag, und Typhus ist es wohl auch nicht, da die Zunge in Ordnung und die Milz nicht vergrößert ist. Es könnte Malaria oder Gelbfieber sein. Ich messe ihr noch mal den Blutdruck.«

»Sie hat sich gestern übergeben«, fügte Miguel hinzu.

»Hat sie auch Kopf- und Gliederschmerzen?«

»Ich glaube ja.«

»Ich muss sie mir noch mal bei besserem Licht ansehen. Seit wann ist ihr Zustand so?«

»Seit etwa drei Wochen.«

»So lange schon?« Sie blickte Miguel entgeistert an, dann auf den Boden. »Das ist sehr lange. Wie sieht es mit deinem kleinen Bruder und deinem Vater aus?«

»Sie scheint es nicht so hart getroffen zu haben. Sie fiebern auch seit dieser Zeit, aber noch lange nicht so schlimm.«

»Gut, ich werde sie mir gleich auch noch ansehen.«

Als Jana wieder hineingehen wollte, hielt Miguel sie am Arm zurück. Erschrocken blickte sie ihn an.

»Danke, dass du das für mich tust«, sagte er.

»Hatte ich eine Wahl?«

»Du hättest dich auch weigern können.«

Jana lächelte milde und stieß ganz kurz Luft durch die Nase, dann ging sie ins Schlafzimmer zurück.

***

Als Jana etwa eine halbe Stunde später aus der Hütte trat, sah sie Miguel und Juan beieinander stehen und sich leise unterhalten. Sie ging auf die beiden zu. Juan wirkte angespannt, fast ein bisschen aggressiv, Miguel ruhig und gespannt.

»Es ist Gelbfieber«, sagte Jana.

»Ganz sicher?«, wollte Miguel wissen.

Jana nickte.

Juan stürzte auf sie zu und drückte sie mit dem Rücken gegen eine Palme. Seine Hand hatte sich um ihren Hals gelegt. »Wenn du dich irrst und die falsche Prognose abgibst, dann bringe ich dich eigenhändig um!«, schrie er.

Jana starrte ihn an, unfähig, sich zu rühren.

Juan wurde von ihr weggerissen und Miguel schimpfte auf spanisch mit ihm. Er gab etwas zurück und so ging es einige Zeit hin und her. Jana fing sich wieder. Schließlich stapfte Juan an ihr vorbei in die Hütte und knurrte etwas Unverständliches.

Jana konnte sich selbst nicht begreifen, aber sie ging in die Höhle des Löwen und folgte Juan. Miguel hielt sie nicht zurück.

In der Küche stand Juan und guckte mit starrem Blick durch das winzige Fenster aufs Meer, in dem sich die Morgensonne spiegelte.

»Juan, ich wollte Ihnen sagen, dass Ihre Eltern und Ihr kleiner Bruder nicht sterben werden. Sie sind schon längst über den Berg.«

Als Juan sprach, drehte er sich nicht zu ihr um. »Ich kenne viele Menschen, die Gelbfieber hatten, und ich habe bei allen geholfen, sie zu beerdigen.«

»Das sind Ausnahmefälle.«

»Ausnahmefälle?«, giftete er und drehte sich zu ihr um.

Jana versuchte, fachmännisch zu bleiben und sich nicht auf Juans emotionale Schiene zu begeben. »Genau. Es gibt zwei Phasen bei Gelbfieber. Die erste kann geringe oder stärkere Symptome aufweisen, manche Menschen haben Gelbfieber, wissen es aber gar nicht. Alle überleben innerhalb und nach dieser Phase. Gefährlich ist die zweite Phase, die aber nur fünfzehn Prozent erreichen …«

»Hören Sie auf mit Zahlen! Stirbt meine Familie oder nicht?!«

»Ich kann nur so viel sagen, dass bei einem ungünstigen Verlauf der Krankheit etwa die Hälfte der Erkrankten innerhalb der zweiten Krankheitswoche stirbt. Da Ihre Familie diese Woche bereits hinter sich hat, wird sie genesen.«

»Meine Mutter spuckt Blut.«

»Das kann sein und gehört zum Krankheitsbild. Pflegen Sie sie, versuchen Sie das Fieber zu senken und die Symptome zu bekämpfen. Sie wird sich berappeln und das Fieber überstehen. Es wird nicht mehr auftauchen. Alle, die Gelbfieber überstanden haben, bekommen es nie wieder.« Jana lächelte verkrampft. Ihr Herz klopfte wild in ihrer Brust. Sie konnte kaum verheimlichen, dass Juan ihr Angst einflößte. Er bekräftigte das auch noch, indem er einen Schritt auf sie zutrat. Unwillkürlich wich sie zurück und stieß an die Hüttenwand. Er stand dicht vor ihr. »So, so, Señorita Doctor, dann will ich mal hoffen, dass du die Wahrheit gesagt hast und mit deiner Prognose Recht hast, sonst ...«

Sie versuchte, ihren Atem zu kontrollieren und ihm in die Augen zu blicken.

»Wieso bekommt mein Bruder eigentlich immer nur die schönen Frauen?« Spontan griff er ihr an den Busen. Jana wollte seine Hand wegschlagen, doch er packte ihre Handgelenke mit einer Hand, hielt ihr den Mund mit der anderen zu, drückte sie an die Hüttenwand und presste seinen ganzen Körper gegen sie.

»Weil du einfach nicht mit Frauen umgehen kannst«, sagte Miguel. »Lass sie los!«

Juan ließ augenblicklich locker und lachte höhnisch. »Zieh Leine, Miguel. Sie gehört nicht dir.«

»Du könntest dich ein bisschen mehr von deiner netten Seite zeigen, schließlich hat sie einiges für uns getan.«

»Ach, leck mich ...«, schnauzte Juan, ließ Jana los und verließ die Hütte.

»Tut mir eid«, sagte Miguel.

»Weswegen?«

»Wegen allem. Ich sah keine andere Möglichkeit, meiner Familie zu helfen, als dich zu entführen.«

»Sie werden überleben. Bekämpft die Symptome und pflegt sie gesund.«

»Danke!« Nach einer Weile reichte er ihr die Hand.

Jana ergriff sie und sie verließen die Hütte. Die Sonne hatte ihren Weg gefunden und tauchte den Himmel in ein warmes Orange. Keine Menschenseele war zu sehen. Sie gingen auf den Strand zu.

»Warum bist du Pirat auf diesem Schiff?«, fragte Jana.

Miguel wurde verlegen. »Ich brauche das Geld.«

»Was hast du denn vorher gemacht?«

»Ich war Fischer, wie meine Familie, aber das bringt kein Geld mehr. Ob du's glaubst oder nicht, ich studiere auf dem Festland, obwohl ich nicht mehr in den Zwanzigern bin. Und dazu brauche ich diesen Nebenjob.«

»Es ist nie zu spät, den richtigen Weg zu gehen.«

Er lächelte. »Komm, ich bring dich aufs Schiff zurück.«

»Aufs Schiff?« Jana blieb stehen, starrte ihn ungläubig an.

»Was dachtest du?«

»Mich der Meute wieder ausliefern?«

»Wie du gemerkt hast, kannst du mir auch nicht vertrauen.«

»Du hast es letztendlich aus Liebe zu deiner Familie getan.«

»Möchtest du ein Teil davon sein?«

Jana guckte auf den Boden und scharrte mit dem Fuß. »Ich kann nicht«, flüsterte sie. »Ich bin liiert.«

»Ich weiß.«

»Woher?«

»Ich habe es gespürt.«

Sie blickten sich eine Weile an. Jana wurde heiß und kalt. Miguel hatte durch die Entführung nichts von seiner Aura eingebüßt. Die Sonne im Rücken, hob er sich deutlich vom Himmel und der Landschaft hinter sich ab. Seine halbnackte Brust hob und senkte sich regelmäßig. Jana verspürte ein unbändiges Verlangen, sich diesem Mann hinzugeben. Sie sehnte sich so sehr danach, dass sie Gary einfach für diesen Augenblick vergessen wollte. Sie stellte sich vor, wenn die starken Hände ihr die Kleidung auszogen und ihren Körper berührten. Jana wusste, dass er so viel Anstand besaß, sie, nach den eben gesagten Worten, nicht anzurühren.

»Nimm mich!«, stieß sie hervor.

Seine Atmung beschleunigte sich. Sekundenlang blickten sie sich an, dann ergriff er ihre Hand und lief mit ihr zu einem Bootshaus. Es stand an zwei Seiten offen, aber von der einen war es nicht einzusehen, da eine riesige Palme davor stand und von der anderen ebenso wenig, da die Seite zum Meer hin zeigte.

Miguel legte eine Hand auf Janas Wange, fuhr an ihrem Hals hinunter und streifte die Bluse über ihre Schulter. Dann nahm er die andere Hand mit hinzu und tat das gleiche auf der anderen Seite. Jana zog ihre Arme heraus. Diese Bluse war nicht zum Knöpfen, sondern zum Überstreifen, und als Jana selber ihren langen Rock ablegte, rutschte die Bluse über ihre Hüften auf den Boden. Zeitgleich entkleidete Miguel sich. Im Nu war er bei ihr und fuhr mit der Hand in ihren Slip. Jana stöhnte auf. So schnell hatte sie ihn nicht erwartet. Er kniete sich hin, küsste ihren Bauch und hakte den BH auf, zog dann ihren Slip hinunter. Sie spürte seinen warmen Atem auf dem Bauch, dann an den Innenseiten ihrer Oberschenkel. Scharf sog sie die Luft ein, als er seinen Arm um ein Bein von ihr schlang und seine Hand von hinten zwischen ihre Pobacken fuhr, sich nach vorne zu ihrer heißen Möse schob. Die andere Hand presste er auf ihren Bauch, so dass sie sich angenehm gefangen fühlte. Er kreiste mit der langen Seite seines Zeigefingers in ihrer Spalte und stieß ab und an gegen ihre Klitoris mit der Fingerspitze.

Jana seufzte und krallte sich in seine Haare. Sie nutzte einen kurzen Augenblick seiner Liebkosungen, um ihm das Haargummi abzustreifen. Wie Seide fielen seine dichten, schwarzen Haare über die Schultern.

Doch sie hatte keine Zeit, sich ausführlich mit ihm zu beschäftigen, da er ihre Spalte voll in Besitz genommen hatte. Immer wieder rieb er darin und presste nun seinen Mund auf ihre Lustperle, um sie zu saugen und sanft zu lecken.

Jana wurde ganz schwindelig und hielt sich an ihm fest, während sie stöhnte und spürte, wie ihre Säfte zusammenliefen.

Miguel ließ von ihr ab, schnappte sich sein Piratenhemd, breitete es auf dem Boden aus und legte Jana behutsam darauf. Dann schob er ihr seine Hose unter den Kopf und widmete sich sofort wieder ihrer heißen Spalte, indem er sich nun davor legte und die Arme unter ihren Beinen hindurchschob. Endlich spürte sie seine Zunge in seiner ganzen Größe, wie sie gierig durch ihren glühenden Schlitz strich.

Jana bewegte ihr Becken, versuchte, sich seiner wunderbar kundigen Zunge zu entziehen, doch er hielt sie fest umschlungen und leckte immer weiter. Sie stöhnte und spürte, dass ihre Brustwarzen steinhart waren. Der Orgasmus kündigte sich an und kam schneller als erwartet angerollt. Gerade als Miguel ihre geschwollene Klitoris wieder in den Mund saugte und mit der Zungenspitze anstachelte, brach es aus ihr hervor. Sie zerrte seine Hose unter ihrem Kopf hervor und biss hinein, um nicht jeden auf der Insel ihr Schreien hören zu lassen. Miguel hörte nicht auf, sie zu lecken, so lange der Orgasmus währte. Erst als die Steifheit aus ihrem Körper wich und sie entspannt auf sein Hemd sank, hörte er auf, sie zu bearbeiten.

Einen Augenblick verharrten beide so wie sie waren, um dem Augenblick seinen Genuss zu lassen. Dann kniete Miguel sich vor sie und sagte: »Wow, bist du abgegangen!«

Sie lächelte. »Das hast du zu verantworten …«

»Lust auf eine zweite Runde?«

Sie nickte. Als er sich auf sie legen wollte, schob sie die Beine ein Stück zusammen, so dass er sie sofort fragend anblickte.

»Komm zu mir«, sagte sie.

»Was meinst du?«

»Jetzt will ich *dich* probieren.«

Miguel richtete sich auf und kniete sich über sie, so dass sein Schwanz vor ihrem Gesicht lag. Er zuckte in Erwatung. Doch Miguel sah unsicher aus.

»Was hast du?«, fragte Jana.

Er tat sich schwer zu antworten, dann überwand er sich. »Das hat bisher noch keine Frau mit mir gemacht.«

Jana lächelte verführerisch. »Es wird dir gefallen.«

Sein Atem beschleunigte sich, Jana bemerkte es auch an seiner Brust. Behutsam schob sie ihre Lippen über die samtene Penisspitze und leckte sanft mit der Zunge darüber. Miguel versuchte, seinen Atem zu kontrollieren. Jana wusste, dass er nicht gerne die Kontrolle abgab. Das würde jetzt anders werden. Mit einem Mal schob sie sich seinen Schwanz tief in den Mund, zog ihn schnell raus und wiederholte es. Miguel konnte sich nicht mehr beherrschen und stöhnte seine Lust heraus. Er verkrampfte seine Hand in ihrem Haar und zog ihren Kopf automatisch zu seinem Schwanz. Jana nahm ihre Hand als Unterstützung mit dazu und schob zusätzlich die Vorhaut vor und zurück.

»Stopp!«, keuchte er und hielt beide Handflächen offen vor Janas Gesicht. »So bin ich gleich da.«

»Das wäre nicht das Schlimmste.«

»So will ich das aber nicht. Ich will dich ausfüllen.« Er

rutschte zur Seite, drehte Jana um und hob sie ein Stückchen an, so dass sie sich auf die Handflächen und Knie stützte. Miguels Hände glitten über ihre Pobacken und zogen sie ein Stückchen auseinander. Er tauchte mit seiner Hand dazwischen massierte ihr Geschlecht. Sanft führte er einen Finger in ihre heiße Spalte ein und entlockte Jana einen tiefen Seufzer. Sie bewegte unmerklich ihren Körper vor und zurück, als Miguel seine Hand von ihr wegzog. Aber nur, um mit seinem harten Schaft wiederzukommen. Er setzte ihn an und schob ihn mit einem einzigen Stoß in ihren glühenden Schlitz. Jana schoss die Röte ins Gesicht und sie schnappte nach Luft. Miguel seufzte, dann fing er an, sich zu bewegen. Seine Hände hatten ihre Hüften gepackt und zogen sie zusätzlich zu seinen rhythmischen Stößen zu sich heran. Beide wussten, sie würden es so nicht lange durchhalten. Besonders nicht, als Miguel nach vorne griff und mit ihrer Klitoris spielte. Wellen der Lust durchströmten Janas Körper. Sie wollte, dass er sich schneller bewegte, ihr noch mehr Lust verschaffte, sie verrückt machte vor Geilheit.

Dann endlich zog er das Tempo an. Er hielt sie wieder mit beiden Händen an den Hüften und zog sie schnell zu sich ran, während er stöhnend seinen prallen, geilen Schwanz in sie hineintrieb. Jana keuchte und stöhnte, spürte, wie sie auf ihren Höhepunkt zustrebte. Dann kam er. Mit einem unterdrückten, tiefen Aufschrei stieß er hart in ihre nasse Grotte. Bei Jana krampfte sich alles zusammen und sie biss wieder in seine Piratenhose, während die höchsten Gefühle der Lust sie übermannten.

Miguel schlang seine Arme um ihre Hüfte und presste seine Hände auf ihren Bauch, dabei legte er den Kopf auf ihren Rücken. Dann drehte er sie zu sich um, so dass sie in seinen

Armen lag. Sie blickten sich an.

»Das war phantastisch«, flüsterte Jana.

Miguel lächelte und nickte.

***

Jana konnte nicht sagen, wie viel Zeit sie noch in dem Bootshaus verbracht hatten. Für sie schien die Zeit stillgestanden zu haben. Nur der Sonnenstand brachte sie wieder zurück in die Wirklichkeit.

Schließlich kehrten sie zu Miguels Familie zurück, Jana warf noch einmal einen Blick auf die Kranken, wünschte ihnen alles Gute und hinterließ ihre Adresse und Telefonnummer für ein eventuelles Blutbild, sollte die Krankheit sich nicht als Gelbfieber herausstellen. Sogar Juan gab ihr rechts und links zwei Küsschen auf die Wange, bedankte sich und murmelte eine Entschuldigung. Jana nahm ihre Arzttasche und verließ mit Miguel die Fischerhütten. Am Strand angekommen, wateten beide durchs Wasser zum Ruderboot. Miguel hob sie mit Leichtigkeit hinein. Dann schwang er seinen Körper hinterher. Jana beobachtete ihn und war fasziniert von seiner Muskelkraft, als er den Anker lichtete, den Motor anwarf und sich hinsetzte. Der türkisfarbene Stein an seiner Kette funkelte in der Sonne. Sie starrte ihn gebannt an. Der Stein sah so aus, als ob er das Meer in sich vereint trüge und auch ständig in Bewegung wäre.

»Das ist ein Larimar«, sagte Miguel, dem ihr Blick wohl aufgefallen zu sein schien.

»Er sieht schön aus.«

Miguel lächelte.

»Wo hast du ihn her? Im Meer gefunden?«

Er lachte. »Nein, um Himmels Willen. Es ist wirklich nichts Besonderes. Habe ihn vor vielen Jahren günstig auf einem

Markt erstanden. Seitdem habe ich ihn nicht abgelegt.«

»Egal, wo du ihn her hast, die Faszination bleibt.«

Sie saß eine Weile schweigend im Boot und blickte aufs Meer hinaus, während Miguel immer wieder auf einen kleinen Kompass guckte und die Richtung entsprechend ganz leicht änderte.

»Was wird uns auf dem Schiff erwarten?«, fragte Jana.

Miguel zuckte kurz mit den Schultern. »Hab keine Ahnung. Vielleicht lassen sie uns ja auspeitschen ...«

Jana verzog keine Miene.

»Hey, Kleines, nun lass mal nicht den Kopf hängen. Sie werden uns nichts tun. Wir sind ja nicht im wirklichen Piratenzeitalter.«

Jana schluckte. »Das habe ich aber anders in Erinnerung.«

»Ach, was! Es wird schon nichts passieren.«

***

Viel zu schnell fanden sie das Piratenschiff. Jana hätte nicht gedacht, dass Miguel das anhand des kleinen Kompasses schaffen würde.

Das Ruderboot tanzte wie eine Nussschale auf dem offenen Meer. Miguel hielt die Strickleiter, die noch über der Reling hing, fest und wollte Jana beim Betreten der ersten Sprosse behilflich sein, als sie aussprach, was sie die ganze Zeit schon gedacht hatte. »Ich habe Angst, zurückzukehren.«

»Das brauchst du nicht. Ich bin ja auch noch da.«

Jana nickte wenig überzeugt und drehte sich zur Leiter, da zog Miguel sie noch einmal zu sich herum und gab ihr einen tiefen und langen Zungenkuss, den sie erwiderte. Eng umschlungen pressten sie wie zwei Ertrinkende ihre Körper aneinander. Schließlich löste Miguel sich von ihr, zog mit einem Ruck das Lederband mit dem Stein vom Hals.

»Was tust du?«

Miguel legte ihr die Kette um. »Mir hat sie immer Glück gebracht. Vielleicht brauchst du sie.«

Jana befühlte den Stein um ihren Hals und lächelte: »Danke.« Dann raffte sie den Rock und kletterte die Strickleiter hinauf. Miguel folgte ihr mit der Arzttasche. Kaum erreichte Jana die Reling, da half ihr auch schon José hinüber. »Na, Prinzessin, wir haben Euch sehnlichst erwartet. Flüchtig gewesen und doch wiedergekehrt, hm?!«

Jana schwieg, wollte sich seinem Arm entziehen, doch er hielt sie fest wie in einem Schraubstock.

Miguel tauchte auf. Er sprang von der Reling an Bord. Bootsmann Rodney stand vor ihm. »Und dich haben wir auch schon vermisst, Wasserratte. Du weißt ja, was einem flüchtigen Piraten blüht, nicht wahr? Wenn du wieder aufwachst, wirst du es erfahren!« Mit einem hämischen Grinsen schlug er Miguel eine Holzbohle auf den Hinterkopf. Dieser brach sofort zusammen und blieb reglos auf dem Boden liegen.

Jana stieß einen Schrei aus ...

Fortsetzung im Buch »Trinity Taylor - Ich will dich ganz«

»Vorurteil«

Die Internet-Story

Mit dem Gutschein-Code
TRINITY2007
erhalten Sie auf
www.blue-panther-books.de
diese exklusive Zusatzgeschichte als PDF.
Registrieren Sie sich einfach!

Trinity Taylor – Ich will dich ganz

Empfohlen von der Berliner Zeitung

Trinity Taylor entführt den Leser in Geschichten voller
lasterhafter Fantasien & ungezügelter Erotik:

Im Theater eines Kreuzfahrtschiffes, auf einer einsamen Insel mit
einem Piraten, mit der Freundin in der Schwimmbad-Dusche
oder mit zwei Männern im Baseballstadion ...

Trinity überschreitet so manches Tabu und schreibt
über ihre intimsten Gedanken.

Lucy Palmer - Mach mich scharf!

Begeben Sie sich auf eine sinnliche Reise voller erotischer Begegnungen, sexuellem Verlangen und ungeahnter Sehnsüchte ...

Ob mit dem Chef im SM-Studio, heimlich mit einem Vampir, mit zwei Studenten auf der Dachterrasse, oder unbewusst mit einem Dämon ...

„Lucy Palmer schreibt einfach super erotische, romantische und lustvolle Geschichten, die sehr viel Lust auf mehr machen." Trinity Taylor

Weitere erotische Geschichten:

Trinity Taylor
Ich will dich

Schlaflose Nächte mit erregenden Geschichten voller Sinnlichkeit.

Trinity Taylors Geschichten schärfen alle Sinne: Phantasievoll, aufregend, mit perfektem Gespür für spannungsgeladenen Sex, laden diese Storys zum erotischen Träumen und Tun ein.

Trinity Taylor
Ich will dich ganz & gar

Lassen Sie sich von der Wollust mitreißen und fühlen Sie das Verlangen der neuen erotischen Geschichten:

Gefesselt auf dem Rücksitz,
auf der Party im Hinterzimmer,
»ferngesteuert« vom neuen Kollegen,
oder in der Kunstausstellung ...

»Scharfe Literatur! - Bei Trinity Taylor geht es immer sofort zur Sache, und das in den unterschiedlichsten Situationen und Varianten.« Berliner Zeitung BZ

Trinity Taylor
Ich will dich jetzt

Neue erotische Geschichten ...